grafit

Chemnitzer Str. 31, D-44139 Dortmund
Internet: http://www.grafit.de
E-Mail: info@grafit.de

Umschlagmotiv: audrey_bergy / fotolia.com
Druck und Bindearbeiten: CPI – Clausen & Bosse, Leck
ISBN 978-3-89425-487-2
1. 2. 3. / 2019 18 17

Gabriella Wollenhaupt

Grappa
und
die Venusfalle

Kriminalroman

grafit

Die Autorin

Gabriella Wollenhaupt arbeitete viele Jahre als Fernsehredakteurin in Dortmund. Ihre freche Polizeireporterin Maria Grappa hatte 1993 ihren ersten Auftritt. Mit *Grappa und die Venusfalle* stellt sie zum siebenundzwanzigsten Mal ihre Schlagfertigkeit unter Beweis.

Zudem hat sich die Autorin gemeinsam mit ihrem Ehemann Friedemann Grenz mit *Blutiger Sommer* auf einen Ausflug in den Vormärz und mit *Schöner Schlaf* in die Kunstszene begeben.

www.gabriella-wollenhaupt.de

Personen

Peter »Pitbull« Berger	beißt gern zu
Carsten »Bärchen« Biber	wird handzahm
Hans Damm	will mitbestimmen
Maria Grappa	findet die Wahrheit
Simon Harras	bleibt gelassen
Jakobus Hiller	hat Dauerpech
Jutta Hold	läuft sich warm
Mark Niklas	macht alles richtig
Wayne Pöppelbaum	bindet sich
Doreen Raupenstrauch	hat ein Gewissen
Sarah, Stella und Susi	mischen mit
Anneliese Schmitz	hält noch durch
Diana Schrott	packt zu
Engelbert Schrott	war zuerst da
Venus Schrott	wird befreit
Nadine Schuster	packt aus
Perihan Tercanli	kommt zurück
Margarete Wurbel-Simonis	sucht nach sich selbst

Im Haus der Tränen lächelt Venus nicht.

Romeo und Julia, 4. Aufzug, erste Szene

Aufhören zu wissen

Als Polizeireporterin stelle ich mir seit vielen Jahren die Frage, welcher gewaltsame Tod die wenigsten Schmerzen verursacht. Erhängen dauert lange, erwürgt zu werden muss grauenhaft sein und die Vorstellung, einen Schlag auf den Kopf zu bekommen, sodass die Hirnschale zertrümmert wird, treibt mir kalte Schauer in die Seele.

Das alles traf auf Marina Schrott nicht zu. Sie wurde aus dem Wasser des Phoenix-Sees gezogen und nach einer ersten Leichenschau wurde Tod durch Ertrinken festgestellt.

Es gibt viele Beschreibungen und Expertenmeinungen zum Ertrinkungstod. Auch Schriftsteller haben sich mit dem Thema befasst.

Jack London zum Beispiel schilderte die Empfindungen eines Ertrinkenden so:

> *Der Druck auf seine Trommelfelle war eine Pein, und in seinem Kopfe summte es. Sein Wille brach und mit einem mächtigen explosiven Stoß entwich die Luft aus seiner Lunge. Dann kamen Qual und Würgen und ein furchtbares, erstickendes Gefühl. Die Hände begannen krampfhaft und schwach zu schlagen. Er schien matt in einer See von Traumgesichtern zu treiben. Farben und Glanz umgaben und badeten und durchdrangen ihn. In seinem Gehirn war plötzlich ein helles weißes Licht. Dann ein lang anhaltendes Dröhnen, und ihm schien, als falle er eine gewaltige und unendliche Treppe hinab. Und irgendwo an ihrem Fuß fiel er ins Dunkel. Und in dem Augenblick, da er es wusste, hörte er auf, zu wissen.*

»Wir müssen los, Grappa«, erinnerte mich Wayne Pöppelbaum an den nächsten Termin. »Oder willst du Bärchen Biber nicht beim ersten Schaulaufen erleben?«

»Das lass ich mir doch nicht entgehen«, antwortete ich und klickte das London-Zitat weg.

Gemeinsam schlenderten wir Richtung Konferenzraum. Volles Haus – auch Verleger Hans Damm war aufgelaufen, um den kommissarischen Leiter des *Bierstädter Tageblattes* offiziell einzuführen.

Damm sah angeschlagen aus. Wir alle wussten, dass er gerade jede Menge Probleme hatte. Die Staatsanwaltschaft ermittelte gegen ihn wegen massiver Steuerhinterziehung – ein Thema, das im *Tageblatt* natürlich nicht erwähnt, aber von der Konkurrenz – besonders den Wirtschaftsmagazinen – schadenfroh aufgegriffen wurde.

»Wetten, dass der sich demnächst ins Private zurückzieht?«, raunte mir Pöppelbaum zu. »Man munkelt, dass er sein Vermögen seiner Frau überschrieben hat. Laut *Wirtschaftswoche* sollen es um die sechshundert Millionen Euro sein.«

»Und das haben wir für ihn erarbeitet?«, fragte ich.

»Nee. Er hält noch Beteiligungen an zahlreichen Firmen. Hauptsächlich Billigklamottenläden und Bordellbetriebe.«

»Du bist ja gut informiert«, meinte ich. »Aber schön, dass wir uns um ihn keine Sorgen machen müssen. Ich werde ihn vermissen, falls er den Verlag verlässt. Die Besuche in seinem Büro sind immer sehr … skurril.«

»Du meinst den ausgestopften Löwenkopf an der Wand?«

»Genau. Der Bürostuhl mit den Elefantenstoßzähnen ist auch nicht ohne.«

Im Konferenzraum thronte Bärchen Biber neben Damm. Der kleine Schleimer hatte sich in Schale geworfen: schwarzer Anzug, weißes Hemd und eine gepunktete Fliege. Damm dagegen trug den üblichen gemäßigten Großwildjägerlook: khakifarbenes Hemd, Weste mit Patronentaschen und eine Hose in Tarnfarben.

»Sie wissen es ja: Herr Schnack hat uns verlassen«, begann Damm. »In Richtung Pressestelle des *Vereins für das deutsche* – ich sag ja immer – *HundeUNwesen* ...« Er lachte dröhnend.

»Ganz neuer Witz«, flüsterte Sportreporter Simon Harras.

»Aber die Arbeit muss weitergehen – das sind wir unseren Lesern schuldig. Deshalb wird Herr Biber die Redaktion kommissarisch leiten, bis wir einen geeigneten Nachfolger für Herrn Schnack gefunden haben«, machte Damm weiter. »Ich hoffe, dass Sie ihn nach Kräften unterstützen – wie Sie es bei Herrn Schnack auch getan haben.«

»Aber gerne doch«, sagte ich. »Wir alle haben Herrn Biber genauso lieb wie den Kollegen Schnack.«

Gekicher. Bärchen warf mir einen giftigen Blick zu.

»Danke, Frau Grappa, das höre ich gern«, sagte Damm und erhob sich. »Dann will ich mal nicht weiter stören. Frohes Schaffen, liebe Kollegen! Und Sie wissen ja – meine Tür steht immer offen.«

Als Damm den Raum verlassen hatte, übernahm Bärchen Biber die Leitung der Konferenz.

»Ich denke, dass ich von Ihnen keine Glückwünsche zu meiner Beförderung erwarten kann«, beugte er vor. »Ich verlange also von Ihnen keine Freundlichkeiten, sondern einfach Professionalität. Das wird ja wohl, trotz der zahlreichen Konflikte in den letzten Monaten, möglich sein.«

Er machte eine Pause. Eisiges Schweigen.

»Na gut. Wenden wir uns dem Tagesgeschäft zu«, redete er weiter. »Wie Sie bestimmt schon wissen: Es gibt eine Wasserleiche – und zwar nicht irgendeine. Marina Schrott, die Ikone der Mühseligen und Beladenen – um es mal biblisch auszudrücken.«

»Was? Diese Gutmensch-Schnepfe mit ihrer ewigen Sammelbüchse?«, schob sich unsere Redaktionssekretärin Stella in den Mittelpunkt. »Die trifft man doch bei jedem regionalen und überregionalen Anlass. Und immer hat sie ihre Tochter dabei.«

Simon Harras hatte auch etwas beizutragen: »Ist das nicht diese Schwachsinnige im Rolli? Die hab ich sogar schon im Stadion gesehen, immer Glucke Mama daneben, mit dem scharfen Blick in die Runde, ob auch jeder sieht, wie sie sich kümmert um das arme Ding.«

»Nun macht mal halblang«, mischte ich mich ein. »Die Frau ist tot, da wollen wir doch nicht mit Dreck werfen. Soweit ich weiß, hat sie für die Behinderten in Bierstadt eine Menge auf die Beine gestellt. Da durfte sie auch ein bisschen stolz sein. Weiß man denn schon Einzelheiten?«

»Die Obduktion läuft. Noch steht nicht fest, ob es ein Freitod, ein Unfall oder eine Gewalttat war. Aber die Geschichte ist auf jeden Fall allererste Sahne. Weniger unter dem Blaulicht-Aspekt, sondern als soziale Homestory. Was passiert jetzt mit der Tochter der Toten, dieser schwer behinderten jungen Frau?«

Sekretärin Sarah war ja Auge und Ohr der Redaktion am Fernsehschirm. Daher wusste sie mehr als alle anderen: »Die ist schon in allen Talkshows aufgetreten, so furchtbar behindert hat die da gar nicht gewirkt. Immerhin kann sie zusammenhängend reden, wenn sie einen guten Tag hat.«

Bärchen war noch nicht zufrieden: »Ja, aber was wird nun aus ihr? Muss sie ins Heim? Gibt es einen Vormund? Kümmert sich der Vater? Was sagt denn unsere Polizeireporterin dazu?«

»Fragen über Fragen«, stimmte ich zu. »Und eine hast du vergessen, Bärchen, nämlich: Wer erbt die vielen Hundesalons, die die Tote betrieben hat? Sie hat ja ein hübsches Vermögen angehäuft.«

»Ich verbitte mir die Anrede *Bärchen,* Frau Grappa!« Sein Gesicht zeigte eine hochrote Farbe.

»Wie soll ich dich denn sonst nennen?«, lächelte ich. »Vielleicht *Chef?*«

Er lächelte nicht zurück. »Wie wäre es mit *Herr Biber?*«

»Wir waren doch schon beim Du, Herr Biber«, erinnerte ich ihn.

»Dann drehen wir die Zeit eben zurück.« Er schaute in die Kollegenrunde. Die erwartete ein gepflegtes Blutbad. »Und das gilt übrigens für alle hier. Ich bin vorübergehend Ihr Vorgesetzter und ich habe vor, dieses Amt ernsthaft und vor allem gewissenhaft im Sinne des Verlages auszuüben.«

»Dann mach das mal, Herr Biber«, sagte ich und erhob mich. »Ich kümmere mich jetzt ernst- und gewissenhaft um die Leiche aus dem Phoenix-See.«

Die Tür knallte in den Rahmen und ließ die Wand wackeln. Ich bin zu alt, um diesen aufgeblasenen Jüngling ernst zu nehmen, dachte ich und fuhr den Rechner hoch.

Tote Charity-Queen mit Anhang

Ich blätterte das Leben der Toten auf, soweit es im Internet seinen Niederschlag gefunden hatte. Persönlich hatte ich sie nie getroffen, denn ich befasste mich nicht mit sozialen Themen. Aber die tote Dame war auch kulturell aktiv gewesen. Zum Beispiel als Schirmherrin von zahlreichen Gemälde-Ausstellungen für gute Zwecke.

Meine Kollegin Mäggi Wurbel-Simonis rauschte ins Großraumbüro. Sie konnte mir vielleicht helfen.

»Tach, Mäggi«, begrüßte ich sie. »Wo warst du denn? Du hast die Inthronisierung von Bärchen verpasst.«

»Ich war beim Arzt. Heuschnupfen«, behauptete sie und stellte eine Papiertüte vom Feinkostladen auf ihrem Schreibtisch ab. »Schlimmer als Schnack kann Biber auch nicht werden«, schniefte sie.

»Sag mal, kennst du eine Marina Schrott?«, fragte ich.

»Kennen ist zu viel gesagt. Ich hab sie ab und zu auf Vernissagen getroffen«, antwortete sie. »Ich hab schon im Radio gehört, dass sie ertrunken ist. Machst du die Geschichte?«

Ich bejahte.

»Mord?«, fragte sie.

»Steht noch nicht fest. Vielleicht auch ein Unfall. Beim Schwimmen oder so.«

Sie schüttelte den Kopf. »Glaub ich nicht. Schwimmen ist im Phoenix-See verboten. Wegen der Schadstoffe im Wasser. Außerdem ist es noch zu kalt fürs Baden.«

»Was weißt du über sie?«

»Nicht viel. Lass uns in die Kantine gehen, ich brauch einen Tee«, schlug sie vor. »Mein Heuschnupfen bringt mich noch um.«

Ihr Telefon klingelte. Sie ging dran und meldete sich. Die Stimme am anderen Ende der Leitung klang nicht freundlich.

»Ich kann mich auch krankschreiben lassen, bis meine Allergie vorbei ist«, schnappte Wurbelchen. »Ganz wie du willst. Und jetzt lass mich meine Arbeit machen.« Sie knallte den Hörer auf.

»Bärchen?«, fragte ich.

»Ja, er hat bemängelt, dass ich nicht in der Konferenz war. Was fällt dem denn ein?«

»Er spielt halt den Chef«, erklärte ich. »Ich glaube, wir müssen ihm mal ordentlich die Hörner stutzen.«

Mäggi stimmte zu. Der Anruf hatte ihr Gesicht in eine sanfte Röte getaucht. »Was ist denn nun mit dem Tee? Ich erzähl dir dann, was ich über diese Mutter Teresa für Arme weiß.«

»Sympathisch scheint sie dir ja nicht gewesen zu sein«, stellte ich fest, als wir in der Kantine Platz genommen hatten.

»Ich kannte sie zu wenig, um sie nicht zu mögen«, widersprach Mäggi. »Aber dieses Zurschaustellen ihres persönlichen Schicksals mochte ich nicht. Und dass sie ihre behinderte Tochter überall mit hingeschleppt hat, fand ich völlig daneben. Das Mädchen hing im Rollstuhl, grinste blöd, grummelte vor sich hin und sabberte.«

»Warum daneben?«, fragte ich. »Ich finde es gut, dass sie unsere Gesellschaft an ihren eigenen Ansprüchen gemessen hat. Alle schwätzen von Inklusion, gucken aber betreten weg, wenn sie mal einen behinderten Menschen sehen.«

»Diese Frau Schrott war einfach nur geltungssüchtig. Sie hatte sogar einen Vertrag mit RTL 2. Die haben vor ein paar Jahren die Delfin-Therapie der Tochter mit der Kamera begleitet«, erzählte Mäggi weiter. »Natürlich hat der Sender vorher Spenden gesammelt, von denen die Aktion dann bezahlt wurde. Die Tochter hatte Angst vor den Tieren, aber die Mutter kannte kein Erbarmen. Der Sender hat die Langzeitbeobachtung schließlich eingestampft, weil Behindertengruppen protestiert haben. Danach hat Marina Schrott ihr Kind nur noch als Staffage für die eigenen Auftritte benutzt.« Wurbel-Simonis schaute auf die Uhr. »Ich muss in zehn Minuten los. Pressekonferenz des Kulturrates. Mal gucken, wie viele Zeilen mir Bärchen zugesteht.«

»Irgendwie muss er seine Zeitung ja vollkriegen«, lächelte ich. »Er braucht uns, aber wir brauchen ihn nicht. Insofern sollte sich unser Möchtegern-Chef gut mit uns stellen.«

Erneut öffnete mir Google den Zugang zu Marina Schrotts Leben. Die Frau hatte nichts ausgelassen. Immer, wenn es im weitesten Sinn um Behinderte und ihre Pflege ging, tauchte sie in Print-Interviews, Talkshows und Charity-Häppchenorgien auf; die Tochter immer dabei. Das Mädchen hieß Venus. Ausgerechnet.

Sekretärin Susi legte mir eine ausgedruckte E-Mail auf den

Tisch. »Für dich, Grappa. Gerade gekommen. Diese Frau Schrott ist ertränkt worden. Also Mord.«

Kürzer hätte ich es auch nicht zusammenfassen können.

Ich verfasste für unsere Onlineausgabe einen Artikel, der die bisher bekannten Fakten enthielt:

Charity-Queen in Phoenix-See ertränkt

Marina Schrott (45), eine der bekanntesten Persönlichkeiten im sozialen Leben der Stadt, wurde heute Morgen tot aus dem Phoenix-See geborgen. Die Obduktion der Leiche ergab, dass Marina Schrott ertränkt wurde. Es wurden Abwehrverletzungen festgestellt. Die Ermittlungsbehörden gehen von einem Kapitalverbrechen aus. Wie lange die Leiche im Wasser gelegen hat, ist noch unklar.

Marina Schrott führte bis zu ihrem gewaltsamen Tod eine Reihe von etwa fünfundzwanzig Hundesalons unter dem Namen *Sexy Dream Dog-Company.* Die Tote war außerdem im Behindertenrat der Stadt aktiv und Vorsitzende karitativer Vereine, die sich für die Inklusion einsetzen. Sie hinterlässt eine pflegebedürftige Tochter.

Wir berichten weiter, sobald es neue Informationen gibt.

»Hilfst du mir bei den Fotos?«, rief ich. »Das Archiv quillt über.«

»Klar, Grappa«, antwortete Wayne und bewegte sich in meine Richtung. »Der kleine Schleimer wird sich rächen, Grappa«, orakelte er. Er meinte Bärchen.

»Der kann mir gar nichts«, behauptete ich, griff nach dem Kaffeepott, den er in der Hand hielt, und trank. »Je mehr Ärger er mit uns kriegt, desto geringer sind seine Chancen, sich als Chef zu etablieren. Die Verleger wollen, dass der Laden läuft, und sie hassen Personalstress.«

»Kann ich meinen Kaffee wiederhaben?«

Ich reichte ihm den Becher. »Jetzt kümmern wir uns erst mal um Frau Schrott. Das letzte Foto von ihr ist ein halbes

Jahr alt. Marina Schrott neben dem Oberbürgermeister. Hier!«

Das Bild zeigte eine Scheckübergabe. Zehntausend Euro für einen Inklusionshelfer in einer Grundschule.

»Das können wir nehmen«, meinte Wayne. »Den OB schneide ich ab und den Scheck mach ich auch weg, damit er das Kind nicht verdeckt. Wie kann man nur so ein Scheißfoto machen?«

Er hatte recht. Die Plakattafel, auf der das Scheckformular abgebildet war, verdeckte die obere Kopfhälfte von Venus.

»Das Foto hat die Pressestelle der Stadt verbrochen«, sagte ich. »Das sind eben keine Profis, so wie du. Lass uns doch einfach die ganze Venus abschneiden, oder?«

Wayne starrte auf den Schirm. »Diese junge Dame heißt Venus?«, fragte er fassungslos.

»Ja. Kinder können sich ihre Vornamen selten aussuchen.«

»Die Eltern aber schon. Ich bastele ihr einen neuen Oberkopf«, versprach er. »Und dann fahre ich zum See. Die Leiche ist in der Nähe der Thomasbirne auf der Kulturinsel rausgefischt worden.«

Die Birne – eigentlich ein Konverter – diente früher dazu, aus Roheisen Stahl zu erzeugen. Sie war vor über sechzig Jahren gebaut worden und stellte jetzt ein Industriedenkmal dar.

»Gute Idee«, lobte ich. »Und morgen gucken wir uns die Hundesalons der Toten an. Schau mal hier – ein Appetithäppchen bei Youtube.«

»Ach du Sch…«, machte Wayne und starrte auf den Film. Er zeigte einen weißen, frisch ondulierten Yorkshireterrier mit rosa Schleifchen im Haar und einem mit Glitzersteinen besetzten Halsband, der sich auf Venus' Schoß niedergelassen hatte. Das Mädchen hatte Kniestrümpfe an, ihr Körper steckte in einem lilafarbenen formlosen Kleid und die unmoderne Brille mit dicken Gläsern saß schief auf ihrer Nase.

Aber sie lächelte – mit unübersehbaren Zahnlücken. Marina Schrott stand hinter dem Rollstuhl, hatte eine Hand auf der Schulter ihrer Tochter, mit der anderen kraulte sie das weiße Kopfhaar des Hundes.

»*Die Sexy Dream Dog-Company* macht auch aus deinem Hund einen Star«, sprach Marina Schrott in die Kamera. Ihre Worte waren mit einer schwülstigen Musik unterlegt worden. »Unsere Leistungen für Ihren Liebling: Schneiden, Scheren, Trimmen, Baden, Waschen, Fönen, Ohrenreinigung, Krallenpflege, Augenpflege und Analdrüsenkontrolle.«

»Hoffentlich zeigen sie Letzteres nicht im Film«, meinte ich leicht verstört.

»Guck mal hier«, sagte Wayne. »Die bilden sogar aus. ›Groomer‹ – so heißen die Hundefriseure heutzutage.«

Marina Schrott erklärte dazu im Video: »Leider ist der Beruf des Groomers in Deutschland noch kein anerkannter Ausbildungsberuf. Oft geht es den Ausbildern nur um Geld und weniger um Fachwissen. Gern dürfen Sie sich vor Ausbildungsbeginn ein genaueres Bild von unseren Salons und unserer Arbeit machen: durch einen kostenlosen Schnuppertag!«

»Schnuppertag! Passt irgendwie zu Hunden«, sagte ich.

»Und zu Analdrüsen«, warf Wayne ein. »Über tausend Euro kostet die Ausbildung und sie dauert nur drei Wochen. Das wäre vielleicht was für dich, Grappa, wenn Bärchen dich rausschmeißt.«

»Das ist eine Überlegung wert«, nickte ich. »Mein erster Kunde wäre dann Bärchen.«

»Über eine intensive Analdrüsenkontrolle freut der sich bestimmt«, grinste Wayne.

»Aber nicht, wenn ich sie mache«, sagte ich grimmig. »Außerdem finde ich solche homophoben Bemerkungen nicht in Ordnung«, schob ich hinterher.

»Sorry, heilige Grappa«, lachte er.

Auffe Pommes noch wat drauf?

Pöppelbaum trollte sich Richtung See. Ich holte mir ein Luftbild auf den Monitor. Die Kulturinsel mit der Thomasbirne war über eine kurze Brücke erreichbar. Im Umfeld erkannte ich die Hörder Burg und einige neue Bürogebäude. Auch eine Polizeiwache befand sich in der Nähe. Dass Marina Schrott gerade hier ertränkt worden sein sollte, fand ich nicht besonders glaubhaft. Gab es Strömungen in dem Gewässer? Die Spurensicherung würde die genaueren Umstände sicherlich herausbekommen.

Ich suchte die Ufer des Sees nach einer Stelle ab, die so verborgen lag, dass ein Mörder den Mut haben konnte, sein Opfer dort zu ertränken, fand aber keine. Alle Abschnitte des Sees waren voll einsehbar. Die schmucken Einfamilienhäuser, die sich wie Legosteine eng an eng am Wasser und in zweiter und dritter Reihe drängelten, hatten große Fenster, die den Spaziergängern einen freien Blick in die Zimmer der Hausbesitzer gestatteten. Und umgekehrt.

»Da ist es passiert?«, fragte Simon Harras, der hinter mich getreten war.

»Hier hat man sie rausgezogen«, antwortete ich und deutete auf die Kulturinsel. »Ganz in der Nähe der Polizeiwache. Als hätte es jemand darauf angelegt, dass sie schnell gefunden wird.«

Ich vergrößerte den Ausschnitt. Wir starrten auf den Monitor.

»Ich bin hier zwar nur der Sportfuzzi«, sinnierte er. »Doch wenn ich jemanden ertränken wollte, würde ich's am Kanal machen und nicht da. Viel zu viel Publikum.«

»Vielleicht sollte sie schnell gefunden werden«, wandte ich ein. »Die Leichen im Kanal werden normalerweise sehr viel später entdeckt und es macht oft Mühe, sie zu identifizieren.«

»Okay. Ich würde sie trotzdem woanders ertränken, in einen Kofferraum packen und hier …«, Harras deutete auf die kleine Straße, die zur Brücke führte, »… hier über die Brücke tragen und ins Wasser werfen. Nachts ist es da ziemlich dunkel, weil die Büros nicht beleuchtet sind. Rein mit der Leiche und weg!«

»Da ist was dran«, nickte ich.

Mein Smartphone gab einen Ton von sich. Pöppelbaum hatte mir einige Fotos vom Phoenix-See geschickt. Harras half mir bei der Auswahl, ich lud sie in den Onlinetext und setzte sie ins Print-Layout.

»Häppchen und Absacker im *Schmackes?*«, fragte Harras. »Ist der neue Laden von unserem früheren BVB-Kevin.«

»Ich weiß. Ist das Essen so, wie der spricht?«

»Ich war noch nicht dort«, gab er zu. »Aber mit Burger, Wurst und Pommes kann man ja nix falsch machen, oder?«

»Abwarten.« Ich schickte Wayne eine SMS, mit der ich ihn ins *Schmackes* bat. Er sagte zu.

Das war dann doch nicht so eine gute Idee. Auch wenn Shabbychic gerade angesagt war, hier war's übertrieben. Die Stühle waren aus Metall, dem künstlicher Rost angeklebt worden war, am Holz der Einrichtung blätterte die Farbe ab und in die Holztische hatte ein Einrichtungskünstler Macken und Rillen eingefräst. Die Speisekarte las sich besser, als der Laden aussah: rustikale Ruhrpott-Cuisine.

Harras und Wayne orderten Currywurst und doppelte Hackfleischtaler, ich hatte Lust auf Pommes.

»Willse auffe Pommes oben noch wat drauf?«, fragte die Bedienung.

»Jau. Majo«, entgegnete ich. »Und 'n Kissen brauch ich.«

»Wofür dat denn?«

»Der Stuhl ist zu hart.«

»Hamwanich.«

Alles klar.

»Die wollen, dass man hier keine Wurzeln schlägt«, mutmaßte Pöppelbaum. »Wenn dir der Hintern wehtut, essen sich deine Pommes schneller, wetten?«

»Kann sein.«

Die Kellnerin brachte die Majo-Flasche und eine zusammengefaltete Decke. »Probier die mal.«

Ich schob das Teil unter meinen Allerwertesten. »Alles paletti.«

»Sons noch wat zu kamellen, Leute?«

Hattenwernich.

»Erzähl mal, was am See los war«, bat ich Wayne.

»Na ja, dass es ein Mord war, hat sich natürlich in Windeseile rumgesprochen. Die Kriminaltechnik war gerade weg mit den Wasserproben. Die machen einen Abgleich mit dem Wasser in der Lunge der Leiche. Und – einige Spaziergänger behaupteten, dass Marina Schrott ihre Tochter ab und zu den Uferweg entlanggeschoben hat. Das Mädchen hat die Enten und Gänse gefüttert, was ein paar Leute schwer geärgert hat. Aber die trauten sich nicht, was zu sagen, weil die junge Frau im Rollstuhl saß.«

Wayne drückte Ketchup auf seinen Hackfleischklops und biss mit Schmackes hinein.

»Sonst noch was?«, fragte ich.

»Sie hatte eine große Wohnung am See. Nicht so ein Zwergenstudio, sondern eine große Maisonettewohnung auf zwei Ebenen mit allem Zipp und Zapp. In dem früheren Magazingebäude, in dem jetzt die modernen Loftwohnungen gebaut wurden. *Phoenix-Sea-Living* heißt die Anlage großspurig.«

»Dann muss es ihr ja wirklich gut gegangen sein. Ich wusste gar nicht, dass Hundesalons so viel Kohle einbringen.«

»Außerdem gab es einen Mann in ihrem Leben. Aber zusammengelebt haben sie nicht. Das erzählte mir eine Frau, die auch in der Anlage wohnt.«

»Gut gemacht«, lobte ich. »Nachbarn schütteln bringt immer was.«

Mein Handy piepte und kündigte eine Mail an. Eine Pressemitteilung der Staatsanwaltschaft. Ich öffnete sie und las sie Wayne und Harras vor: *»Die genaue Untersuchung des Wassers in der Lunge der Leiche der geschädigten Marina Sch. hat ergeben, dass sie nicht im Wasser des Phoenix-Sees ertrunken ist. Es wurden Hundehaare und Shampoo-Rückstände in der Lunge festgestellt. Die Rechtsmedizin geht im Übrigen von einer Liegezeit im Wasser von zwei Tagen aus.«*

»Die Hundesalons«, sagte Wayne. »Da hat man sie ertränkt. Und dann in den See geworfen.«

»Dann ist der Mörder ziemlich dumm. Er muss sich doch vorstellen können, dass ein Gerichtsmediziner so was rauskriegt.«

Ich scrollte die Mail bis zum Ende. »Hier steht noch was über das atypische Ertrinken. Das ist das *gewaltsame Untertauchen durch eine körperlich überlegene Person. Das Opfer geht sofort unter, eine inspiratorische Phase, also mehrmaliges Luftholen an der Wasseroberfläche, findet nicht statt. Dadurch ist der Erstickungsablauf kürzer als beim typischen Ertrinken.* Da hat ihr wohl jemand den Kopf ins Hundewaschbecken gedrückt.«

Die Rechnung für die Delikatessen vom *Schmackes* hielt sich in normalen Grenzen. Wir teilten durch drei und verabschiedeten uns. Die Männer wollten noch mal in die Redaktion, ich fuhr heim.

Zu Hause reicherte ich den Text in der Onlineausgabe des *Tagesblattes* mit den neuen Informationen an und endete mit dem Satz:

Die Ermittlungsbehörden gehen davon aus, dass der oder die Täter die Leiche in den See warfen. Es werden dringend Zeugen gesucht, die Angaben zu den Tätern machen können oder denen etwas Ungewöhnliches aufgefallen ist.

Die Nacht verbrachte ich allein. Wie meistens. Mein gelegentlicher Lebensgefährte Friedemann Kleist hatte die Terrorbekämpfung ad acta gelegt und eine Professur für Kriminologie und Polizeiwissenschaft an der Hochschule in der Landeshauptstadt angenommen. Das bedeutete: ade aktiver Polizeidienst. Schade für mich – nicht nur wegen unserer Liaison, sondern auch weil ich kaum noch Informationen aus dem Polizeipräsidium erhielt.

Bevor ich einschlief, schickte ich ihm noch eine SMS: *Miss You!*

Auf Englisch hörte sich das weniger schwülstig an.

Er antwortete: *Träum was Schönes!*

Sicherheit und Silikon

Bärchen Biber hatte Kreide gefressen. In der Konferenz entschuldigte er sich für seinen Ausbruch und bat uns, seine *geschätzten Kollegen*, um Verzeihung.

»Ich muss mich wohl erst an die Situation gewöhnen, in leitender Stellung tätig zu sein«, lächelte er.

»Wir auch, Bärchen«, sagte ich. »Aber es ist ja nicht für lange, hoffe ich.«

»Danke, Grappa«, gab er zurück. »Bei dir weiß man wenigstens, woran man ist.«

»Wie sollen wir Sie denn jetzt anreden?«, fragte Sarah. »Mit Sie oder mit Du?«

»Es bleibt so, wie es früher war«, sagte er. »Und jetzt kommen wir zum Tagesgeschäft. Die Wasserleiche dürfte uns auch heute noch beschäftigen. Du hast sechzig Zeilen auf der Eins, Grappa. Ist das okay?«

»Klar.«

Meine Güte, wer hatte Bärchen so weichgespült?

»Und Sie, Kollegin Wurbel-Simonis?« Er schaute sie direkt an.

»Der guckt schon wie der Schnack«, flüsterte mir Harras zu. »Und dessen Körperhaltung ahmt er auch nach. Wie arm ist das denn?«

»Nun, Kollegin?«, setzte Biber nach.

Wurbelchen zippelte an ihrem Seidenhalstuch. »Im Museum wird eine Ausstellung von Paul McCarthys Werken vorbereitet. Ein überaus interessanter Künstler aus Los Angeles.«

»Und was macht der so?«, hakte Bärchen nach.

»Zwerge aus Silikon.«

»Wie bitte?«

Wurbelchen schob ihm ein Bild zu. Es zeigte einen gelben Gartenzwerg, der statt einer Nase ein Rohr im Gesicht hatte.

»Paul McCarthys Œuvre hat Generationen junger Kunstschaffender inspiriert«, erklärte sie. »Er bedient sich der stereotypen Bildvorstellungen der Massenkultur, wie sie sich in Disneyland, Hollywoodfilmen oder Cartoons manifestieren. Vor ein paar Jahren hat McCarthy einen umfangreichen Werkkomplex zu Schneewittchen entwickelt und das da ist ein Exponat aus dem Projekt. Es handelt sich um einen Zwerg aus dem Schneewittchen-Märchen. Haben Sie es jetzt verstanden, Herr Biber?«

»Und so was wollen die Leute sehen?«, fragte der Angesprochene.

»Aber natürlich!« Wurbelchen hatte sich heiß geredet. »McCarthy ist zudem der Erfinder der Malerei *painting as action.* Er setzt seinen eigenen Körper als Pinsel ein und verwendet eigene Körpersäfte als Malmaterie – eine gewollte künstlerische Auseinandersetzung mit gesellschaftlichen Tabus, mit Erotik und Sexualität. Hier hat er sogar Christbaumschmuck kreiert.«

Auf dem nächsten Foto prangte ein Tannenzapfen in Form eines erigierten Penis.

»Früher war mehr Lametta«, prustete Harras los. Gekicher.

»Sie bekommen fünfzig Zeilen auf der Kulturseite«, gab sich Biber geschlagen. »Aber achten Sie auf die Bildauswahl. Wir sind schließlich eine Familienzeitung, auf die auch Kinder Zugriff haben.«

Der Rest der Arbeit wurde verteilt und der neue Chef hatte sich selbst auch einen Termin ausgesucht. Er wollte zum Empfang der Stadt anlässlich der Fertigstellung des *Masterplans Sicherheit in der Stadt.* Eine Häppchenorgie mit Uniformträgern, höheren Beamten und kommunalen Politikern. Monatelang hatten Arbeitsgruppen sich Gedanken darüber gemacht, wie das Sicherheitsempfinden der Bürger gestärkt werden konnte. Der Oberbürgermeister hatte allerdings eine Bedingung gestellt, nämlich dass die Vorschläge der Gruppen nichts kosten durften. Einiges war schon durchgesickert: Die Sträucher auf öffentlichen Parkplätzen sollten häufiger geschnitten werden, damit sich keine Strolche dahinter verstecken konnten, Nachbarn sollten auf ihre Nachbarn aufpassen und auch ein Vorschlag der Frauenbewegung, der vor rund vierzig Jahren gemacht worden war, erlebte eine Renaissance: mehr Licht in Tunneln.

Old School also. Über diese Vorschläge würde das *Bierstädter Tageblatt* wohlwollend berichten.

Im Büro las ich alle Artikel, die zu dem Mordfall Marina Schrott verfasst worden waren. Die Boulevardpresse hatte sich bereits die Salons vorgenommen und die Frage gestellt, wer das Hundefriseur-Imperium erben würde. Die Kollegen hatten sogar einige Scheine locker gemacht und private Fotos ergattert: Venus Schrott in Großaufnahme in einem

Garten, im Hintergrund die Fassade einer Filiale der *Sexy Dream Dog-Company.*

Das Foto war befremdlich. Immerhin war Venus schon über zwanzig, doch sie hatte mehrere pinkfarbene Schleifen im Haar, wie man sie Yorkshireterriern im Fell befestigte. Der Mund mit den schiefen Zähnen lachte, vor den Augen die Brille mit Glasbausteinen, der Hals hatte eine Schieflage und die Hände schienen zu krampfen, denn die Finger hatten Ähnlichkeit mit Krallen. Auf den Fingernägeln prangten glänzende Rosenbildchen. Hatte Marina Schrott überhaupt keine Zurückhaltung gekannt? Wie konnte sie ihre Tochter so gruselig ausstaffieren?

Sekretärin Susis Blick fiel auf das Foto. »Was ist das denn?«, schrie sie entsetzt.

»Ein Mensch«, antwortete ich. »Ein Mensch, der nie ein Leben führen kann wie du und ich. Ein Mensch, der immer auf die Hilfe anderer Menschen angewiesen sein wird.«

»Das ist die Tochter dieser Wasserleiche, stimmt's?«

Ich nickte.

»Und was geschieht jetzt mit dem armen Kind?« Susi war wirklich erschüttert.

»Das Kind ist erwachsen und kann hoffentlich selbst eine Entscheidung treffen. Sie erbt vermutlich ein großes Vermögen.«

»Davon wird sie auch nicht schöner«, sagte Susi trocken. »Aber die Zähne sollte sie sich machen lassen. Und dieses rosa Gelumpe aus den Haaren nehmen. Kontaktlinsen statt dieser schrecklichen Brille. Dann sieht das alles schon besser aus.«

Hundeklau leicht gemacht

Das Outfit von Venus Schrott erinnerte mich an einen amerikanischen Film aus dem Jahr 1932 mit dem Titel *Freaks*. Körperlich schwer behinderte Menschen mussten ihren Lebensunterhalt in einem Zirkus verdienen. Die »Normalen« zahlten dafür, dass andere ihre körperlichen Gebrechen zur Schau stellten und die Besucher der Freak-Show sich über sie erhaben fühlen konnten.

In dem Film heiratet die schöne Cleopatra den kleinwüchsigen Hans, weil er eine Erbschaft gemacht hat. Auf der Hochzeit zeigt Cleopatra ihr wahres Gesicht und macht sich über die vielen außergewöhnlichen Menschen im Zirkus lustig. Sie und ihr Geliebter Hercules versuchen, Hans zu vergiften, um an sein Geld zu kommen. Doch er überlebt. Die Freaks nehmen Rache. Sie töten Hercules und machen die schöne Cleopatra gewaltsam zu einer der ihren. Sie wird verstümmelt und schließlich selbst Teil einer Kuriositätenshow.

In dem Film kam auch eine Zirkuskünstlerin namens Venus vor. Aber das musste wohl ein Zufall sein.

Die Verächtlichmachung behinderter Menschen hatte eine noch längere Geschichte. Bei vielen Naturvölkern waren Kinder mit schweren Missbildungen meist gleich nach der Geburt getötet worden. Man bestrich die Brustwarzen der Mutter mit Gift, erwürgte oder ertränkte die Neugeborenen, begrub sie bei lebendigem Leibe, verbrannte sie oder setzte sie in der Wildnis aus.

Im Mittelalter galten behinderte Neugeborene als vom Teufel besessen. Sie wurden abgestempelt als ausgewechselte, von satanischen Mächten untergeschobene Kinder, sogenannte Wechselbälger. Die Kirche empfahl, die Kleinen mit geweihten Ruten bis aufs Blut zu schlagen, sie verhungern zu lassen, auszusetzen oder anderswie zu töten.

Im Laufe der Jahrhunderte änderte sich die Haltung der Amtskirche langsam. Missgebildete Kinder konnten in Marmorschalen abgelegt werden, um in geistlichen Einrichtungen oder Pflegefamilien aufgezogen zu werden – wenn sie Glück hatten und nicht auf Jahrmärkten als Volksbelustigung ihr Schicksal fristen mussten.

Martin Luther allerdings empfahl noch im Jahre 1540 in einer seiner Tischreden, dass man diese Kinder ersäufen solle, da sie ein vom Satan in die Wiege gelegtes Stück seelenloses Fleisch seien – *massa carnis sine anima.*

So führte eine direkte Linie von Luther zum Euthanasieprogramm der Nationalsozialisten, die sich gern auf den Reformator beriefen.

Pöppelbaum riss mich aus meinen Gedanken.

»Was liegt an?«, fragte er. »Wie gehen wir vor?«

»Wir müssen den Lebensgefährten der Toten finden. Und dazu fahren wir in einen der Hundesalons. Vielleicht weiß jemand vom Personal, wer der Mann ist. Aber zuerst brauchen wir einen Hund!«

»Wie bitte?«, fragte Wayne verdattert.

»Wenn wir mit einem Hund dort aufkreuzen, fallen wir weniger auf.«

»Wo willst du denn jetzt einen Hund hernehmen?«

Ich überlegte. »Zwei Straßen weiter ist doch eine Tierarztpraxis. Da holen wir uns einen.«

»Du spinnst, Grappa!«

»Lass mich mal machen.«

»Schrott macht flott«

Der Geruch von Hundeangstschweiß und Katzenpisse schlug uns entgegen, als wir die Tür zur Tierarztpraxis Dr. Osterberg öffneten. Volles Haus. Die Katzenbesitzer hatten ihre kranken Tiere in Transportkisten untergebracht, die Hundeherrchen und Frauchen hielten ihre Lieblinge an der Leine in Schach, was diese nicht davon abhielt, zu japsen, zu zittern oder zu sabbern. Die Kaninchen drückten sich ängstlich in die Streu ihrer Boxen.

»Ja, bitte?«, fragte die Tierarzthelferin hinter dem Tresen. Ich überhörte sie.

»Guten Tag, liebe Tierfreunde«, sagte ich laut. »Sie kennen doch bestimmt den Fernsehsender RTL 2. Und da gibt es eine neue Show. Sie heißt *Die Wette gilt …* Das ist so ein modernes *Wetten dass …*, die Sendung, die früher mit dem Gottschalk lief. Erinnern Sie sich?«

Ich wartete, bis Herrchen und Frauchen aufmerksam lauschten.

»Ich bin Kandidatin dieser Show und der junge Mann an meiner Seite ist der Fotograf des Senders. Und jetzt zu meinem Anliegen. Ich habe gewettet, dass ich es schaffe, einen Hundebesitzer dazu zu bringen, mir seinen Liebling für drei Stunden anzuvertrauen, damit ich ihn in einem renommierten Hundesalon trimmen lassen kann. Also Fell schneiden, Krallen und so weiter. Derjenige, der mitmacht, bekommt einen Hunderter sofort auf die Hand und ist Ehrengast in der ersten Sendung, die ausgestrahlt wird.« Ich zog einen Hunderteuroschein aus der Tasche und wedelte damit.

»Gehen Katzen nicht auch?«, fragte ein Mann und hielt mir seine Muschi entgegen. Die weiße Angorakatze glotzte mich an und miaute kläglich.

Mit einem Kopfschütteln lehnte ich ab.

»Dann geht meiner ja auch nicht«, meinte eine Frau frustriert und tätschelte ihre englische Bulldogge.

»Aber meiner geht«, strahlte eine junge Frau und zerrte eine Leine unter dem Stuhl hervor. Am Ende hing wenig überraschend ein Tier. Es war nicht besonders groß, hatte ein grau meliertes Fell und sah aus wie ein aus der Form geratenes Wollknäuel.

»*Don Camillo von der Schönenburg.* Ommas Liebling. Silberpudel«, erklärte sie. »Braucht dringend einen Schnitt.«

»Den nehmen wir, der ist schön handlich«, nickte ich. »Beißt er?«

»Nicht wirklich. Die meisten Zähne fehlen. Wie bei Omma.«

»Gut. Wir treffen uns in drei Stunden hier wieder.« Ich streckte die Hand aus und griff in die Leine.

»Moment!«, meinte sie. »Wer sagt mir, dass Sie nicht mit Millo abhauen?«

»Was soll ich denn mit einem zahnlosen Fiffi?«

Ihr Blick verfinsterte sich.

Ich drückte ihr den Schein in die Hand und zog meinen Personalausweis aus dem Etui. »Hier sind meine Daten.«

Sie holte ihr Smartphone raus und fotografierte die Vorderseite des Dokumentes. »In drei Stunden?«, vergewisserte sie sich.

»Setz dich bloß nach hinten mit der Töle«, meinte Wayne genervt.

»Was hast du gegen Millo?«, griente ich. »So ein süßer Kerl.« Ich griff ihm ins Fell. »Und so schön wuschelig! Da hat die Hundefriseurtante aber gleich viel abzuschneiden, nicht wahr, mein Hübscher?«

»Du hast sie nicht alle, Grappa.«

Ich verzog mich brav auf die Rückbank.

»Halt die Leine kurz und pass auf, dass er mir nicht in den

Nacken springt, das Polster vollsabbert oder vollkackt«, meckerte Wayne. »Warum war der Köter eigentlich beim Arzt? Hat er Flöhe oder was?«

»Kann nichts Schlimmes sein«, beruhigte ich ihn. »Er wirkt ganz gesund.«

»Im Gegensatz zu dir, Grappa.«

»Ich finde meine Kreativität bei der Hundebeschaffung einfach nur genial.«

»Das war gelogen und dreist«, blaffte mein Kollege und startete den Motor. »Deine Nerven möchte ich haben. Und ich bin sehr gespannt, wie du die hundert Euro wiederkriegen willst.«

»Spesen«, sagte ich. Millo saß inzwischen brav auf meinem Schoß und leckte mir die Hände.

»Du glaubst wirklich, dass Bärchen Biber deine Spesenrechnung unterschreibt?«

»Allerdings. Erhöhter Rechercheaufwand. So heißt das in der Betriebsvereinbarung.«

»Auf den Schlagabtausch bin ich gespannt.« Wayne gab Gas und bog in die Bundesstraße ein.

»Die Töle stinkt«, behauptete er. »Wehe, wenn der was Ansteckendes hat!«

Millo drückte sich an mich und winselte.

»Armer kleiner Millo«, tröstete ich ihn. »Eigentlich hat der Onkel Wayne dich ganz doll lieb, er kann es nur nicht so zeigen.«

Ein Pudel wird ein Pudel

Auf den ersten Blick war der Salon der *Sexy Dream Dog-Company* eingerichtet wie ein Friseursalon für Menschen, nur dass die Model-Fotos an den Wänden Hunde und keine Menschen zeigten. In Glasvitrinen war der komplette Hunde-

Chichi-Kram ausgestellt. Geschmackloses Zeugs in Pastell- oder Neonfarben.

Schrott macht flott – der Spruch war über dem Empfangstresen in Leuchtschrift montiert. Daneben ein geschöntes Jugendfoto von Marina Schrott in einem Goldrahmen.

Friseurstühle fehlten, die Hunde wurden auf erhöhten Pritschen frisiert. An einem Galgen konnten die Hundeleinen fixiert werden, sodass die Fiffis nicht abhauen konnten. Ganz unruhige wurden mit dem Körper in einen Tragegurt gehängt.

»Ja, wen haben wir denn da?« Die blond gefärbte Groomerin, gewandet in eine pinkfarbene Kittelschürze, kam hinter der Theke hervor. Ihre kleinen Locken konnten es mit dem Haarschmuck ihrer vierbeinigen Kunden aufnehmen.

»Hallo, das ist der Don Camillo«, erklärte ich. »Der Hund meiner Schwester. Die liegt grad im Krankenhaus. Bandscheibenvorfall.«

»Ich bin die Doreen. Ich leite diesen Laden. Herzlich willkommen bei uns. So ein schöner Schatz«, rief sie und hob Millo hoch. »Aber Trimmen muss man den Süßen ja mal wieder.«

Der Hund zog ihr die Zunge quer übers Gesicht. Vermutlich, um sie zum Schweigen zu bringen.

»Schmusen will er, der Kleine«, rief Doreen aus. Sie hatte eine naturlaute Stimme und Zähne, die die Kettenraucherin verrieten.

»Was braucht er denn Ihrer Meinung nach?«, fragte ich.

»Ich schlag Trimmen, Nagelpflege, Ohrenpflege und Analdrüsen entleeren vor. Alles diese Woche mit Rabatt.«

»Und Baden?«

»Geht heute nicht. Das Schamponierzimmer ist gesperrt.«

Wayne warf mir einen Blick zu, schaute sich um und hielt die Kamera auf die versiegelte Tür.

»Warum das?«

Sie zögerte, antwortete aber dann: »Die Polizei muss da drinnen noch was untersuchen. Außerdem ist der Abfluss verstopft.«

»Ich verstehe. Der Mord an Ihrer Chefin.«

»Dann haben Sie es auch in der Zeitung gelesen?«

»Ja, eine schreckliche Sache. Hoffentlich findet man den Mörder bald.«

»Waren Sie schon mal bei uns?«, änderte sie das Thema. »Oder Ihre Schwester?«

»Nein. Aber der Salon ist uns empfohlen worden. Von einem Herrn, der die Chefin hier gut gekannt hat. Sein Name ist mir entfallen.«

»Ach so.« Sie hob Millo auf den Tisch. »Beißen tut er ja nicht, woll?«

»Nicht dass ich wüsste.«

»Wie soll ich den Süßen denn zurechtmachen? Poodle-Style oder nur kürzen?«, fragte sie.

Wayne drehte die Augen nach oben. Auf den anderen Tischen waren zwei weitere Groomerinnen aktiv. Eine schnibbelte mit der Schere an den Ohren eines Cockerspaniels herum, die andere besprühte einen weißen Malteser mit einer parfümierten Flüssigkeit.

»Gut gegen Zecken«, erklärte Doreen.

»Riecht toll«, log ich. »Darf mein Mann Fotos machen? Dann kann ich meiner Schwester die Bilder von Millo zeigen. Sie vermisst den Kleinen so.«

Sie stimmte zu. »Also? Poodle-Style?«

Ich nickte. »Wenn schon, denn schon.«

Millo landete auf dem Tisch.

»Dann mal los, Süßer.« Doreen holte eine schwarze Hundeschermaschine aus der Schublade und stöpselte das Kabel in die Steckdose. Ein beunruhigendes Summen ertönte. Doreen legte los, Wayne knipste.

Millo jaulte, zerrte an der Leine und sah gar nicht entspannt aus. Prompt legte er eine Wurst auf den Tisch. Eine Duftwolke zog durch den Raum.

»Das haben wir gleich«, sagte Doreen, stellte die Maschine aus und rief: »Schickt mir mal den Kevin rüber. Aber ein bisschen plötzlich!«

Ein junger Kerl mit Pickelgesicht erschien und rümpfte die Nase. Er drehte wieder ab, kam mit ein paar Blättern von einer Küchenrolle zurück, wickelte die Wurst ein und trollte sich.

»Kevin ist unser Schülerpraktikant«, erläuterte Doreen. »Vier Wochen im Hundesalon zur Berufsfindung.«

Wayne würgte und verließ den Laden. Doreen schaltete die Klimaanlage an. Langsam verzog sich der Gestank.

»So ein kleiner Scheißer.« Sie riss Millos Schwanz hoch und wischte ihm den Po mit einem Schwamm aus. Der Pudel japste weinerlich.

»Da können wir gleich die Analdrüsen machen«, schlug Doreen vor und griff nach einer Packung Einweghandschuhe.

»Nee, lassen Sie mal«, wehrte ich ab. »Was wird eigentlich aus den Salons, jetzt, wo Frau Schrott tot ist?«

»Das fragen wir uns auch. Sie hat ja eine Tochter, die Venus. Die wird wohl alles erben.« Die Maschine summte weiter und machte die Verständigung schwieriger.

»Wird das Mädchen die Salons denn führen können? In der Zeitung steht, dass sie behindert ist. Gibt es einen Vormund? Vielleicht der Vater?«, hakte ich nach.

»Na, Sie wollen aber eine Menge wissen«, wunderte sich die Groomerin.

»Berufskrankheit.«

»Was für 'n Beruf?«

Jetzt musste ich auspacken, auch auf die Gefahr hin, dass sie uns rauswarf.

»Ich schreibe ab und zu für eine Zeitung«, untertrieb ich. »Der Fall ist ja noch nicht geklärt. Wie war die Frau Schrott denn so?«

»Prima war sie. Ja wirklich. Sie war sich nicht zu fein, hier mit anzupacken, wenn mal ein Engpass war. Hatte ein offenes Ohr für jeden.«

»Keine Feinde? Neider?«

Doreen schüttelte den Kopf.

Ich atmete durch. Sie hatte nicht mit der Wimper gezuckt.

»Das hab ich der Polizei auch schon erzählt. Dass sie eine gute Chefin war.«

»Dann kann ich das ja auch schreiben.«

Wayne war zurückgekommen und nickte zufrieden. Er hasste es, wenn ich nicht mit offenen Karten spielte.

»Vielleicht geht aber auch alles an den Jupp«, meinte die Groomerin.

»Jupp?«

»Ihr Mann. Jakobus Hiller. Sie hat ihn immer Jupp genannt.«

Nach einer Stunde war Doreen mit Don Camillo fertig: Puschel an den vier Beinen, eine Persianerweste, Bommel am Schwanzende, der Rest des Körpers geschoren. Auf dem Kopf ein toupiertes Krönchen. Der arme Millo sah total bescheuert aus. Wie gut, dass der Hund sich nicht sehen konnte, er wäre vors nächste Auto gelaufen.

Ich bezahlte siebzig Euro für die Hundepflege und legte noch dreißig dazu.

»Infohonorar«, erklärte ich. Die Spesenrechnung wuchs.

»Gut, dass du ihr die Wahrheit gesagt hast«, sagte Wayne, als wir neben dem Auto standen.

»Musste ich doch. Sonst kann ich nichts schreiben und deine Fotos hätten wir auch vergessen können.«

»Lass uns den Köter zurückbringen.«

Wir düsten zum Tierarzt und brachten Millo seiner Besitzerin zurück.

»Nee, wat schön!« Sie war vom neuen Haarschnitt ihres Lieblings hellauf begeistert. »Und zur Fernsehsendung komm ich dann auch.«

»Sie können Ihren Pudel schon morgen früh in der Zeitung bewundern«, kündigte ich an. »Wir haben ein paar Fotos gemacht.«

Die gelbe Rose

Wir waren spät dran. Auf dem Weg in die Redaktion besorgten wir uns zwei Pizzen. Ich hatte noch sechzig Zeilen zu schreiben.

Die *Pizza diabolo* duftete und ich stopfte die Hälfte in mich hinein. Lecker, aber gesund war das nicht.

Mitarbeiter über Mordopfer: Sie war eine gute Chefin – Spurensuche im Hundesalon Schrott in der nördlichen City

Exklusivbericht von Maria Grappa

Sie hatte für jeden ein offenes Ohr und war sehr beliebt – das sagen ihre Mitarbeiterinnen über sie. Niemand kann sich vorstellen, wer Marina Schrott (45) auf so brutale Weise getötet haben könnte. Die Besitzerin einer Kette von Hundesalons wurde gestern tot aus dem Phoenix-See gezogen. Die Obduktion hat aber ergeben, dass Schrott nicht im See ertränkt wurde. In ihrer Lunge wurden Hundehaare und Seifenwasser gefunden. Nun wird vermutet, dass der Tatort einer der Schrott'schen Hundesalons ist. Die Polizei hat zurzeit die Schamponierbecken zu Beweiszwecken gesperrt.

Pöppelbaum schaute mir über die Schulter. »Hier ist das passende Foto dazu. Doreen in Aktion, Don Camillo in Angst.«

Hinter den beiden strahlte das gerahmte Foto von Marina Schrott. Es wirkte wie ein Heiligenbild.

»Sehr gut«, lobte ich. »Ich kümmere mich mal um den mysteriösen Jupp.«

Ich fand Jakobus Hiller nicht. Merkwürdig in einer Zeit, wo jeder danach giert, sich in der Öffentlichkeit zu präsentieren.

»Schreib doch einfach, dass er sich bei uns melden soll«, schlug Wayne vor.

»Nein«, wehrte ich ab. »Die Polizei weiß bestimmt, wie der Mann zu erreichen ist. Ich versuch es zuerst dort.«

Ich griff zum Hörer, stellte den Lautsprecher an und wählte die Nummer der Pressestelle.

»Bei uns hat sich ein Herr Jakobus Hiller gemeldet, der behauptet, der Ehemann des Mordopfers aus dem Phoenix-See zu sein. Er hat uns Informationen angeboten.«

»Und? Was haben wir damit zu tun?«, fragte der Pressesprecher.

»Ich wollte abklären, ob der Mann seriös ist«, behauptete ich. »Zumal er der Polizei Vorwürfe macht.«

»Herr Hiller beschwert sich?«, wunderte sich der Polizist. »Da werde ich ihn doch gleich mal fragen, um was es geht.«

»Ist er gerade bei Ihnen?« Jetzt staunte ich.

»Kein Kommentar, Frau Grappa. Und jetzt einen schönen Tag.«

Wayne hatte mitgehört und machte seine Kamera startklar. Zum Präsidium brauchte er knapp fünf Minuten. »Vielleicht hab ich ja Glück«, meinte er.

Er hatte Glück und kam mit einer Bilderserie zurück.

»Jakobus Hiller?«, fragte ich.

»Ja. Als er in seinen Nobelschlitten einstieg, hab ich den Bullen am Empfang gefragt, ob ein Herr Hiller noch da sei. Und er meinte, dass Hiller gerade das Haus verlassen habe.«

»Hat er gemerkt, dass du ihn fotografiert hast?«

»Bin ich ein Anfänger, Grappa-Baby?«

»Genial«, meinte ich zufrieden. »Dann kann er uns nicht ärgern, bevor wir das Bild veröffentlicht haben.«

Hiller war ein Mann um die fünfzig, der sich sichtlich bemühte, jugendlich zu wirken. Die Kleidung war betont lässig, Polo-Shirt mit Krokodil, den Pullover über die Schultern geworfen. Sonnenbankgebräunt, getönte Pilotenbrille mit Goldrahmen und blauschwarzes Haar. Die Karre passte zum Outfit: ein Porsche Cayenne in Schwarzmetallic.

»Das wird unseren Lesern gefallen«, meinte ich. »Wetten, dass Hiller mich besuchen kommt, wenn er den Artikel gelesen hat?«

Wir stellten den Artikel fertig. Niemand las ihn gegen. Bärchen Biber hatte das Haus längst verlassen. Der Artikel über den *Masterplan Sicherheit in der Stadt* hatte ihn wohl geschafft.

Ich kopierte meinen Bericht ins Layout und setzte ihn in die Onlineausgabe. Feierabend.

Zu Hause wartete eine Überraschung. In meinem Briefkasten lag eine gelbe Rose. *Ich bin in der Stadt* – stand auf der Notiz, die am Stiel befestigt war, und: *9 Uhr, Frühstück bei Frau Schmitz?*

Das war die beste Nachricht des Tages.

Sicherheit in einer unsicheren Stadt

»Frau Schmitz, wie isses?«

»Muss, Frau Grappa. Und selbst?«

»Muss.«

»Willst du Frühstück wie imma?«

»Ja. Aber es kommt noch wer.«

»Wer? Er?«

»Ja, er.«

»Schön für dich. Erst ma Kaffee?«

»Ja. Den Rest später.«

Die Bäckerin begab sich in die Küche, ich setzte mich ins Bistro. Alles war so vertraut. Der Geruch von frischen Kaffeebohnen mischte sich mit dem Duft knackiger Brötchen, das *Tageblatt* lag zerfleddert auf dem Tisch. Und jetzt stand auch noch die passende Frühstücksbegleitung vor mir: Friedemann Kleist. Er trug das Haar kürzer und hatte sich eine Brille zugelegt. Wir umarmten uns. Frau Schmitz sah uns lächelnd zu.

»Frühstück für die Turteltäubchen?«, zwitscherte sie.

Ich prustete los.

»Sehr gerne, liebe Frau Schmitz«, antwortete er. »Ich habe Ihr Frühstück sehr vermisst. Niemand macht Rührei mit Bacon so wie Sie.«

»Immer noch derselbe Charmeur, der Herr Doktor. Jetzt bring ich aber den Kaffee.«

Kleist setzte sich. »Ich hab meine Hochschule bei der Veranstaltung *Masterplan Sicherheit in der Stadt* vertreten.«

»Wir werden uns alle viel sicherer fühlen, wenn du das übernimmst«, grinste ich.

»Schön wär's«, seufzte er. »Leider ist die Bereitschaft der Kommunalpolitiker, die das Konzept letztendlich billigen müssen, nicht besonders ausgeprägt.«

»Weil es nichts kosten darf?«

Er bejahte. »Wenn du mal nicht weiterweißt, gründe einen Arbeitskreis – am besten ohne die Bürger, die da wohnen müssen, wo sie sich unsicher und bedroht fühlen. Im Norden der Stadt beherrschen libanesische und albanische Familienclans ganze Straßenzüge, der Rauschgifthandel liegt in türkischer und marokkanischer Hand und die Zwangsprostitution wird von russischen und bulgarischen Familien organisiert. Aber die Bekämpfung dieser Missstände darf nichts kosten. Dieser Masterplan ist ein tot geborenes Kind!«

Frau Schmitz brachte Kaffee, Brötchen und zwei Teller mit Rührei. »Bleiben Sie für länger, Herr Doktor?«

Kleist sah mich an. »Wenn ich darf. Ich hab zwei Wochen Urlaub.«

»Und die willst du im romantischen Luftkurort Bierstadt verbringen?«, fragte ich.

»Wie schön«, antwortete Frau Schmitz. »Dann seh ich Sie ja öfter. Und Sie können der Frau Grappa bei ihrem neuen Fall helfen.«

»Die Wasserleiche. Ich hab es gelesen«, lächelte er.

Mein Handy klingelte. Sarah teilte mir mit, dass ein Herr namens Hiller in der Redaktion auf mich wartete.

»Gute Laune hat der nicht gerade«, warnte sie mich. »Der sitzt bei Bärchen im Chefbüro. Am besten, du beeilst dich.«

»Ich muss los«, sagte ich und schob das Rührei von mir weg. »Es gibt Ärger. Dem Mann des Opfers scheint meine Berichterstattung nicht zu gefallen. Sehen wir uns heute Abend?«

»Ja, ich rufe an, wenn ich aus dem Hotel ausgecheckt habe.« Kleist zog ein Papier aus dem Jackett. »Hier hast du noch ein paar Informationen zu Jakobus Hiller.«

Flexibilität statt Charakter

Auf dem Weg zum Auto überflog ich den Zettel. Kleist war unglaublich. Er lieferte mir jede Menge Munition gegen Hiller.

Sogar der Pförtner im Verlagshaus hatte schon spitzgekriegt, dass Unheil drohte. »Der Mann war außer sich und hat Sie beschimpft. Und fragen Sie mich nicht, was er so alles gesagt hat. Ich hätte ihn am liebsten rausgeschmissen.«

»Das meint er bestimmt nicht so«, beruhigte ich ihn und betrat den Aufzug.

»Viel Glück«, rief er mir nach.

»Ich werde erwartet«, sagte ich zur Chefsekretärin und ging durch in Bärchens Büro.

»Guten Morgen, die Herren«, flötete ich. »Was kann ich denn für Sie tun?«

»Sie sind das also«, sagte Hiller und stand auf. »Wer hat Ihnen erlaubt, mich in Ihrem Käseblatt zu erwähnen und auch noch zu fotografieren?«

»Sie gehören zum engen Umfeld einer Frau, die ermordet worden ist, Herr Hiller«, entgegnete ich und setzte mich. »Und ich bin die Polizeireporterin dieses Käseblattes. Also liegt es auf der Hand, dass ich auch auf Sie stoße.«

»Haben Sie schon mal was vom Recht am eigenen Bild gehört, Sie Schmierenjournalistin?«, schrie er, stützte sich auf den Tisch und kam mir so gefährlich nahe.

»Nee, was ist das denn?«, lächelte ich.

»Beherrschen Sie sich, Herr Hiller«, sagte Bärchen Biber. »Wenn Sie sich weiter so gebärden, beende ich dieses Gespräch.«

»Was haben Sie denn dagegen, dass ich Sie als Ehemann von Frau Schrott bezeichne?«, fragte ich.

»Sie haben auch gefragt, ob ich der Erbe bin und was ich mit dem Mord zu tun haben könnte.«

»Fragen ist nicht verboten, Herr Schrott. Ich bin Journalistin. Und ich hätte noch viel mehr über Sie schreiben können, Dinge, die die Öffentlichkeit sicher interessiert hätten.«

»Wie meinen Sie das?« Sein Ton wurde plötzlich leiser.

»Mehrere Verurteilungen wegen Betrugs, Urkundenfälschung und Unterschlagung. Und das ist jetzt die verkürzte Version. Wollen Sie, dass ich das über Sie schreibe?«

»Das wagen Sie nicht!«

»Doch, das wagen wir«, mischte sich Bärchen ein. »Und jetzt wünsche ich Ihnen noch einen angenehmen Tag, Herr Hiller.«

Er stürzte zur Tür, öffnete sie und knallte sie zu, dass die Wand vibrierte.

»Unangenehmer Typ.« Bärchen setzte sich auf seinen Chefstuhl.

»Den sind wir jedenfalls los«, stellte ich fest.

»Das mit dem Foto war nicht in Ordnung, Grappa. Du hättest Hiller fragen müssen, und das weißt du auch. Ich muss das dem Verleger erklären.«

Ich lächelte maliziös. »Du hättest es verhindern können, Bärchen. Aber du warst ja nicht mehr da, um meinen Artikel gegenzulesen. Als amtierender Chef wäre das deine Aufgabe gewesen. Und das erkläre ich dann mal dem Verleger.«

»Ich musste dringend weg«, verteidigte er sich. »Arzttermin.«

»Dann warten wir mal ab, was der Verleger schlimmer findet.«

»Ich hatte halt Vertrauen in deine Professionalität«, seufzte er.

»Ich auch in deine.«

Er schaute mich mit einem Hundert-Jahre-Feindschaft-Blick an. »Dann haben wir beide was dazugelernt. Vertrauen ist gut, Kontrolle ist besser. Du sagst keinem, dass ich nicht da war, und ich gebe an, das Foto freigegeben zu haben. Ist das in Ordnung?«

»Klar, Carsten. Du machst noch mal die ganz große Karriere, da bin ich mir sicher. Und weißt du, woran das liegt?«

»Du sagst es mir bestimmt.«

»An deiner ungeheuren Flexibilität. Sie ersetzt deinen Charakter.«

»Du solltest mir nie den Rücken zudrehen«, sagte er.

»Ich weiß«, nickte ich. »Sonst hab ich ein Messer im Kreuz.«

Kein Kind mehr

In der Konferenz bekam ich vierzig Zeilen zugeteilt. Normalerweise konnte ich die aus null Infos produzieren, doch in dem Fall tat ich mich schwer. Ich sah mir die gesammelten Fakten und Fotos über das öffentliche Wirken der Marina Schrott an und hoffte darauf, dass die Inspiration angeflogen kam.

Immer wieder blieb mein Blick an Venus hängen. Auf manchen Fotos wirkte sie relativ munter, hatte einen offenen Blick und schaute voll in die Kamera. Doch da gab es auch Bilder, auf denen sie wie vollgedröhnt wirkte. Genaue Angaben zur Behinderung der jungen Frau gab es nicht. Es war nur *von behindert*, *schwer behindert*, *geistig und körperlich schwer behindert* die Rede. Auch Schrott hatte sich in der Öffentlichkeit mit Details zurückgehalten.

Wer kümmerte sich nach dem Tod der Mutter eigentlich um Venus? Genau, das war die Geschichte! Hatte sie überhaupt begriffen, dass sie jetzt allein war? Wo würde sie leben? Ich musste versuchen, an die Tochter heranzukommen.

Nach dem Mittagessen fragte ich Bärchens Vorzimmerdame, ob Hiller seine Visitenkarte dagelassen hatte. Hatte er. Ich rief ihn an.

»Das war heute früh nicht besonders erfreulich, Herr Hiller«, ging ich in die Offensive. »Ich schlage Ihnen einen Deal vor. Ich will Venus sehen und Sie wissen ja bestimmt, wo sie sich aufhält.«

»Warum sollte ich Ihnen helfen, Sie unverschämtes Weib?«

»Weil ich dann nicht über Ihre Vorstrafen berichte«, antwortete ich. »Jedenfalls, solange die Ermittlungsbehörde sie nicht öffentlich macht und wenn Sie nicht der Täter sind.«

»Die Polizei hat mich wieder gehen lassen, weil es keine Verdachtsmomente gegen mich gibt. Ich war in der Schweiz auf einer Kegeltour. Mein Alibi ist astrein. Außerdem ist Marina im Hundewaschbecken ertränkt worden und ich betrete die Läden nicht, weil ich eine Hundehaarallergie habe.«

»Klingt plausibel.« Meine Güte, war der Mann naiv. Oder tat er nur so? »Man kann aber auch einen Killer beauftragen«, wandte ich ein.

»Killer kosten Geld. Und ich hab keins.«

»Aber jetzt erben Sie doch, stimmt's?«

»Das Testament wird erst noch eröffnet. Ich denke, dass Venus alles bekommt. Meine Frau und ich hatten uns auseinandergelebt. Sie hat sich für ihr ...«, er suchte nach Worten, »... armes Kind aufgeopfert. Da war kein Platz für mich.«

»Steht Ihnen als Ehemann nicht ein Pflichtteil zu?«

»Die Hälfte – darauf werde ich bestehen.«

»Aber nur, wenn im Testament nichts anderes oder Gegenteiliges steht ...«

Er lachte bitter. »Selbst wenn das so sein sollte, bekomme ich noch immer fünfundzwanzig Prozent Pflichtteil.«

»Nur, wenn Sie Ihre Frau wirklich nicht getötet haben«, beharrte ich. »Als Täter kriegen Sie nämlich gar nichts. Wo ist Venus jetzt?«

»In einem Heim. Der Soziale Dienst hat sie dort untergebracht.«

»In welchem?«

»Das müssen Sie die Caritas fragen.«

Klappt gut, dachte ich. Er redet wie ein Wasserfall. »Haben Sie sich mit Ihrer Stieftochter gut verstanden?«

»Ja, habe ich. Das Kind hat sich bei mir wohl gefühlt.«

»Sie ist einundzwanzig Jahre und kein Kind mehr.«

»Wie auch immer.«

»Bleiben wir in Verbindung, Herr Hiller?«

»Meinetwegen. Aber nur, wenn Sie nichts über meine Vorstrafen schreiben.«

»Jedenfalls nicht als Erste«, versprach ich.

Barbiepuppe im Rollstuhl

Ich hatte meine Geschichte. Ein getrennter Ehemann mit Hundehaarallergie, eine bedauernswerte junge Frau, die in einem Heim vegetiert, und ein großes Vermögen, um das es zum Streit kommen konnte. Wie aber sollte ich Kontakt zu Venus aufnehmen?

Sie würde in einem Heim der Caritas sein, wo der Soziale Dienst Menschen mit Behinderungen unterbrachte, wenn es schnell gehen musste.

Sekretärin Sarah spielte *Bookworm* im Internet – vermutlich, um ihren Wortschatz zu komplettieren. Dabei musste man aus Buchstaben sinnvolle Wörter bilden. Je länger das Wort, desto mehr Punkte gab es.

»Ich brauch mal deine Hilfe«, sprach ich sie an und erklärte ihr den Sachverhalt.

»Geht klar, ich mach nur noch das Spiel zu Ende.«

Als sie mein Gesicht sah, drückte sie den Ende-Button und holte sich die Homepage der Caritas auf den Monitor.

Na also, geht doch, dachte ich.

In der Kantine traf ich auf Harras und Mäggi. Er schnippelte an einem Schweineschnitzel herum, sie rührte in einer Terrine Eintopf und holte die Bauchspeckstücke heraus. Ihre Augen waren geschwollen.

»Mäggi? Hast du geweint?«, fragte ich.

»Ja, vor Wut«, erklärte sie.

»In der Konferenz gab es mal wieder Stress«, erläuterte Harras. »Schade, dass du nicht da warst.«

»Ich hatte heute schon meine tägliche Dosis Bärchen«, erklärte ich. »Was ist passiert?«

»Unser unqualifiziertes Chefchen hat das Ressort *Kultur* aufgelöst«, schniefte Mäggi. »Es heißt jetzt *Vermischtes.* Keine Hochkultur mehr, sondern ein Kessel Buntes. Als Erstes soll ich über die *Selbsthilfegruppe Angiodysplasie* berichten. Ein bunter Abend mit Tombola! Hab ich dafür Kunstgeschichte und Musik studiert?«

»Was ist denn *Angio…*?«

»Das sind angeborene Gefäßfehlbildungen. Feuermale, Riesenwuchs, Blutschwamm und lauter solche Scheußlichkeiten …«

»Mäggi! Ist doch toll, wenn sich diese armen Menschen mal ernst genommen fühlen«, beruhigte ich sie. »Schreib halt was Freundliches und gut ist es.«

»Nein!«, schrie sie und erhob sich. »In meinem Arbeitsvertrag steht, dass ich das Kulturressort zu bearbeiten habe. Und dass du mich jetzt auch im Regen stehen lässt, Grappa, hätte ich nicht von dir erwartet.« Wutentbrannt und mit hochrotem Kopf rannte sie aus der Kantine.

»Heute mache ich aber auch alles falsch«, meinte ich verdattert.

»Bärchen fand ihren Artikel über diesen amerikanischen Künstler unter aller Sau«, erklärte Harras. »Und das hat er ihr auch unmissverständlich klargemacht. Das *Tageblatt* sei eine Familienzeitung und keine Zeitschrift für abstruse Auswüchse einer Kunstrichtung, die keiner kennen sollte.«

»Das klingt nach McCarthy und seinen Schneewittchen-Zwergen. Hat sie etwa doch das Foto von dem erigierten Tannenzapfen genommen?«

»Nein. Sie ist bei den Zwergen geblieben«, berichtete Harras. »Einer mit dem Namen Humpey, das heißt Rammler, kopuliert mit einem Brathühnchen und Schneewittchen wird von anderen Zwergen sexuell belästigt.«

»Wie im richtigen Leben, oder?«

»Sei nicht zynisch, Grappa.«

»Erscheint Mäggis Artikel oder nicht?«

»Bärchen hat ihn erst mal gestoppt«, antwortete er. »Und als er ihr das sagte, ist sie durchgedreht.«

»Die Kunst ist frei. So steht es im Grundgesetz. Da geht es nicht um individuellen Geschmack«, dozierte ich. »Außerdem ist seit Langem bekannt, dass in Märchen viel Sex, Erotik, Kannibalismus, Chaos und sogar Folter vorkommen. Was kann Mäggi für unsere verwirrten Seelen und tiefen Abgründe?«

Simon schaute mich an, als habe er eine Begegnung der dritten Art. »Ich glaub, du brauchst was Süßes, Grappa. Ich kann dir das Tiramisu empfehlen.«

Mäggi meldete sich krank. Niemand bedauerte es, ihr hysterischer Anfall in der Konferenz hatte alle geschockt. Bärchen Biber war ruhig geblieben und das hatte ihm Respekt eingebracht.

Ich fand Mäggis Artikel auf der letzten Seite der Onlineausgabe – da, wo fast niemand hinschaute.

Schneewittchens Albtraum hört nicht auf

Seit vierzig Jahren quält Paul McCarthy das saubere Amerika mit obszönen Inszenierungen. Jetzt findet in Bierstadt eine große Schau mit den wichtigsten Werken des Aktionskünstlers statt, der Albtraumszenarien baut.

Hier Beispiele seiner Provokationen: 1976 warf McCarthy sich in einen von Flüssigkeiten besudelten Klassenraum, übergab sich und steckte sich zum krönenden Abschluss eine im Rollstuhl sitzende Barbiepuppe in den Hintern. Er wälzte sich masturbierend in rohem Hackfleisch, steckte sich Würste in die Hose oder beschmierte seinen in Frauendessous steckenden Körper mit Schokoladensauce, Ketchup und Mayonnaise …

Nicht besonders appetitlich, aber auch nicht weiter schlimm. Verrückte gab es doch überall auf der Welt. *Eine Barbiepuppe im Rollstuhl …*

Ich blieb eine Weile bewegungslos in meinem Stuhl sitzen. In meinem Kopf verfestigte sich ein Bild. *Barbiepuppe im Rollstuhl …*

Puppe im Rollstuhl … Rollstuhl … Venus im Rollstuhl …

Verdammt, dachte ich, ich muss endlich mit diesem Mädchen reden.

Ich schrieb aber erst mal den Artikel über Hiller und verschwieg seine Vorstrafen – wie versprochen.

Wer erbt was? Testamentseröffnung mit Spannung erwartet

– so der Titel.

Jakobus H. war mit Marina Schrott verheiratet. Doch die Ehe mit der Besitzerin eines Hundesalon-Imperiums war so gut wie beendet. Das bestätigte H. in einem Exklusiv-Interview mit unserer Zeitung. Die Ermittlungsbehörden haben H. bereits vernommen, er gilt als nicht verdächtig, mit dem Tod seiner Frau etwas zu tun zu haben. Der 53-Jährige weilte im Ausland, als Marina Schrott ertränkt und in den Phoenix-See geworfen wurde. Ob er im Testament berücksichtigt worden ist, weiß er angeblich nicht. Er rechnet allerdings damit, dass die behinderte Tochter der Toten die Haupterbin ist. Die kranke junge Frau wird zurzeit in einem Heim medizinisch betreut.

Ich rief die Polizeipressestelle an und fragte nach dem Termin der Testamentseröffnung.

Der Polizeisprecher war auskunftsfreudig. »Morgen«, sagte er, »und am Nachmittag gibt es eine Pressekonferenz. Die Einladung an die Medien geht gleich in den Verteiler.«

Den Artikel garnierte ich mit einigen Fotos: Jakobus Hiller, ein Archivbild von Venus und ihrer Mutter und ein idyllisches Bild vom Phoenix-See mit Thomasbirne.

»Wir brauchen frische Fotos«, stellte Wayne fest.

»Die kannst du morgen machen. Da wird das Testament verlesen. Bei einem Notar, den wir leider nicht kennen.«

Ich loggte mich ins Handelsregister ein und rief den Eintrag zur *Sexy Dream Dog-Company* auf. Marina Schrott hatte immer denselben Notar beauftragt.

»Wir versuchen es mal bei dem«, sagte ich und rief die Homepage des Juristen auf. Dr. Meyer-Brink.

Ich wählte die Nummer. »Hier Büro Jakobus Hiller«, sagte ich. »Könnten Sie mir bitte die Uhrzeit für die Testamentseröffnung Schrott bestätigen?«

Die Dame konnte. Wayne grinste. »Du bist ein so raffiniertes Biest, Grappa.«

»Der Erfolg heiligt die Mittel«, entgegnete ich.

Bärchen las meinen Artikel gegen und hatte nichts zu meckern oder keine Lust auf eine Auseinandersetzung mit mir.

»Hast du meine Spesenrechnung schon unterschrieben?«, fragte ich, bevor er den Hörer auflegen konnte.

»Nein. Ich hab sie dir per Hauspost zurückgeschickt. Ich brauche detaillierte Angaben über den Verwendungszweck. Da steht nur *Recherche*.«

»Und was verstehst du an dem Wort *Recherche* nicht?« Ich merkte, dass mein Blutdruck stieg.

»Recherche Tierarzt, Recherche Hundesalon und gleich zweimal hundert Euro.«

»Ich hab mir einen Hund geliehen und ihn trimmen lassen.«

»Wie bitte?«

Ich erklärte es ihm ausführlicher.

»Das brauche ich schriftlich«, blaffte er mich an.

»Wie du willst«, sagte ich.

»Dann ist ja alles gut.«

»Was hast du heute Morgen mit der armen Mäggi gemacht?«, konnte ich mir nicht verkneifen zu fragen.

»Hör auf, Grappa. Nicht dieses Thema. Die Dame ist absolut nicht mehr tragbar.«

»Und deshalb hast du das Kulturressort gleich aufgelöst?«

»Kümmre dich um deinen Kram.«

»Damit kommst du nicht durch, Bärchen. Sie hat ihr Arbeitsgebiet im Vertrag verbrieft. Arbeitsrecht – du verstehst?«

»Na und?«

»Mal abwarten, was der Betriebsrat dazu sagt. Und der Verleger.«

»Ihr Weiber könnt mich alle mal!« Er knallte den Hörer auf.

Das könnte dir so passen, dachte ich. Außerdem war er doch schwul.

Kleist hatte gekocht. Ich roch es schon, als ich die Tür aufschloss, und bekam sofort Appetit.

»Guten Abend, die Dame!«

»Was ist das für ein geiler Duft?« Ich legte Jacke und Handtasche ab.

Er umarmte mich. Ein schönes Gefühl, dachte ich. »Und was hat der Küchenchef zu bieten?«

»Das Beste aus der Landküche: aromatisches Ibérico-Karree mit einer feinen Pfifferlingkruste, dazu eine kräftige Thymiansauce aus selbst gemachtem Fond und Bratkartoffeln. Möchtest du einen vollmundigen Rotwein aus Spanien oder einen kräftigen Weißen aus Südafrika?«

»Ich probiere beide«, tat ich kund.

Der Tisch war gedeckt und Kerzen brannten. »Für einen Polizisten bist du ganz schön romantisch«, sagte ich. »Aber heute gefällt mir das. Ich hatte einen anstrengenden Tag.«

»So schlimm?«

»Ja. Ich hab mehrfach gelogen, hatte Ärger mit Mäggi und Bärchen Biber.«

»Das ist doch nichts Neues«, lächelte er.

»Stimmt, aber heute kam es knüppeldick.«

»Setz dich und erzähl.«

Das tat ich. Nach einer halben Flasche Roten fand ich den Tag eher witzig. Kleist amüsierte sich besonders über den schrägen Aktionskünstler, der es geschafft hatte, dass sich der Kulturteil des *Tageblatts* in Luft aufgelöst hatte.

Gegen Mitternacht legten wir uns schlafen. »Können wir das jeden Abend wiederholen?«, fragte ich, bevor mir die Augen zufielen.

Ein bombenfestes Krönchen

Leider waren die Kollegen von der Konkurrenz auch auf die Idee gekommen, den Notar zu suchen, und sie hatten ihn ebenfalls gefunden. Bereits eine Stunde vor der Testamentseröffnung wurde die Kanzlei von den Medien belagert. Das Lokalradio hatte einen Ü-Wagen und einen Livereporter geschickt, das Fernsehen einen selbst drehenden Reporter und natürlich waren alle Zeitungen vertreten.

Jeder, der ins Haus ging, wurde von Wayne abgelichtet. Wir wussten ja nicht, wer in dem Morddrama später noch eine Rolle spielen würde.

Jakobus Hiller tauchte auf und sah sich einem Blitzlichtgewitter ausgesetzt, doch alle warteten vor allem auf Venus Schrott. Aktuell hatte sie noch niemand zu Gesicht bekommen und das schien auch so zu bleiben. Ich staunte nicht schlecht, als Groomerin Doreen auftauchte.

»Ich sollte auch herkommen«, erklärte sie mir. »Wär doch schön, wenn ich was erben würde. Mir ist richtig schlecht vor Aufregung.«

»Klar haben Sie geerbt, sonst hätte Sie der Notar nicht eingeladen«, beruhigte ich sie. »Können wir uns danach kurz unterhalten?«

Sie stimmte zu. Prima, die erste Quelle war angezapft.

Es betraten noch mehrere Leute das Haus, unter anderem Staatsanwalt Manfred Klebow. Die Reporter stürzten sich auf ihn, doch er wehrte ab und verwies auf die anschließend angesetzte Pressekonferenz.

Zuletzt erschienen noch ein großer, gut gekleideter Mann mit Panamahut und eine junge Frau, die der Staatsanwalt zu kennen schien, denn er begrüßte sie mit Handschlag.

»Haben Sie die beiden schon mal gesehen?«, fragte ich Doreen.

»Nee«, antwortete sie. »Ich muss dann mal los, Frau Grappa. Hat das Krönchen von Millo gehalten? Ich musste viel Festiger reinmachen, damit es nicht umkippt.«

»Alles sitzt bombenfest«, log ich. »Meine Schwester war begeistert.«

Sie zertrat ihre Kippe. »Prima. Bis gleich.«

Sie trollte sich.

Pöppelbaum sah ihr nach. »Diese Hundefriseuse ist ja ziemlich naiv. So ein richtiges Pott-Gewächs. Glitzerjacke, Leopardenleggins und die Fleppe in der lackierten Kralle.«

»Ich finde sie nicht naiv, sondern arglos«, entgegnete ich. »Eine patente Frau, die ihr Leben meistert.«

»Du findest sie nur so lange gut, wie sie nach deiner Pfeife tanzt, Grappa.«

»Macht ja sonst keiner«, seufzte ich.

»Heul doch!« Er drehte die Augen nach oben.

Wayne besorgte *Coffee to go* an einer Bude in der Nähe. So ließ sich die Warterei besser ertragen. Die Kollegen bekämpften die Langeweile mit Telefonaten und Spaziergängen ums Haus.

»Hast du einen Informanten dadrin, Grappa?«, fragte der Radiokollege.

»Sicher.«

»Ich bin in zehn Minuten auf Sendung. Du könntest mir den ausleihen. Wir sind sowieso das schnellste Medium. Dafür hast du dann bei mir einen gut.«

»Radio ist zwar schnell, aber wir sind gründlicher. Und meine Infos hätte ich gern exklusiv. Alles klar?«

»Exklusivität wird überbewertet«, motzte er und zog ab.

Die zweiflügelige Tür des Hauses öffnete sich. Die Testamentseröffnung war zu Ende.

Jakobus Hiller stürzte mit hochrotem Kopf heraus, schob die Reporter zur Seite und verschwand zwischen parkenden Autos.

»Ups«, meinte ich. »Da ging wohl was schief.«

Staatsanwalt Klebow folgte, begleitet von dem unbekannten Mann und der jungen Frau. Wayne fotografierte die drei, ohne dass sie es bemerkten.

Doreen kam als Letzte und lief zu mir. Sie strahlte über das ganze Gesicht.

Der Radioreporter bewegte sich auf uns zu – das Mikro in der Hand.

So nicht, dachte ich. »Kommen Sie, Doreen. Wir besprechen alles bei einer Tasse Kaffee.«

Ich griff ihren Arm und bugsierte sie ins Auto. Wayne setzte sich ans Steuer und startete den Motor.

»Bistro Schmitz?«, fragte er.

Ich nickte.

Doreen schwebte im siebten Himmel. »Marina hat mir zehn Salons vermacht«, jubelte sie laut.

Frau Schmitz machte große Ohren.

»Die zehn Läden, die am besten laufen. Ich fasse es nicht. Und ich dachte schon, dass ich zum Amt muss.«

»Glückwunsch, Doreen«, sagte ich. »Und wer hat sonst noch Grund zum Jubeln?«

»Jupp jedenfalls nicht«, grinste sie. »Und er hatte sich schon so gefreut.«

»Das dachten wir uns schon, als wir sein Gesicht sahen«, meinte ich. »Er kriegt also nichts?«

»Er hat was von Pflichtteil gefaselt«, erzählte Doreen und biss mit sichtbarem Appetit in ein belegtes Brötchen. »Aber auch den wird er nicht kriegen. Hat der Notar so gesagt.«

»Als Ehemann steht ihm der doch zu«, warf ich ein.

Wir warteten. Sie kaute und kaute und kaute und spülte mit Kaffee nach. Da kommt noch was, dachte ich.

»Venus kriegt das meiste und Herr Schrott und die Schwester gehen auch nicht leer aus.«

Ich traute meinen Ohren nicht. Wer war Herr Schrott? Und wieso Schwester? »Der große Mann mit Hut und die junge Frau?«, tippte ich.

»Genau«, sagte sie. »Der Ehemann von Marina und ihre zweite Tochter. Er hat die Heiratsurkunde und die Geburtsurkunde vorgelegt. Marina und er haben damals in Vegas geheiratet. Und jetzt kommt's: Jupp hat auch eine Heiratsurkunde. Marina hat sich aber nie scheiden lassen, also ist der Jupp auch nicht ihr Ehemann. Das ist Bigamie. Der Staatsanwalt hat das alles schon geprüft.«

»Unglaublich«, entfuhr es mir. »Und was bedeutet das?«

»Vater und Tochter wollen Venus zu sich nehmen. Sie leben in Amerika.«

»Das ist ja sehr interessant. Warum tauchen die erst jetzt auf?«, überlegte ich.

»Günstige Gelegenheit«, meinte Wayne.

Und auch Frau Schmitz hatte was zu sagen. »Richtig, Herr Wayne. Jetzt, wo die Frau tot und das arme Kind reich ist, kümmern die sich plötzlich! Wenn die mal nicht nur absahnen wollen. Was sagst du denn dazu, Frau Grappa?«

»Wichtiger ist, was die Ermittlungsbehörden davon halten. Und das werden wir gleich auf der Pressekonferenz erfahren.«

Frau Schmitz packte mir noch ein paar Mandelhörnchen ein. »Nervennahrung«, lächelte sie.

Wir setzten Doreen am Salon ab. Sie brannte darauf, ihren Kollegen die Nachricht zu überbringen, dass sie künftig die Läden schmeißen würde. Der Slogan *Schrott macht flott* ließ sich ja leicht ändern in *Doreen macht scheen*. Hauptsache, es reimte sich irgendwie.

Göttin der Jagd und Göttin der Liebe

In wohlgesetzten Worten bestätigte Staatsanwalt Klebow wenig später im Polizeipräsidium das, was Doreen uns bereits berichtet hatte: Die Ehe der Toten mit Jakobus Hiller war tatsächlich ungültig, was den total überrascht hatte. Damit rückte er wieder in den Fokus der Ermittlungen.

»Wie erklärt der legale Ehemann sein plötzliches Erscheinen?«, fragte ich.

»Seine Frau wollte ihn nicht sehen. Sie ist ihn massiv angegangen und hat gedroht, die behinderte Tochter in ein Heim abzuschieben, wenn er oder die andere Tochter sich ihr nähern würden. Er hat entsprechende Briefe vorgelegt.«

Der Radioreporter stellte sein Mikro scharf. »Wie hat er vom Tod seiner Frau erfahren?«

»Durch *Google Alert*«, erklärte der Leiter der Mordkommission. »Für die, die das nicht kennen: Man kann die Suchmaschine *Google* beauftragen, sich zu melden, wenn irgendwo ein bestimmter Name erwähnt wird. Herr Schrott bekam einen Artikel des *Bierstädter Tageblattes* gemeldet und erfuhr so vom Tod seiner Frau. Zur Zeit des Mordes befanden sich Herr Schrott und seine Tochter Diana nachweislich in den USA.«

Diana und Venus. Die Göttin der Jagd und die Göttin der Liebe. So viel schöne Mythologie in dieser mörderischen Geschichte.

»Standen die beiden Schwestern in Verbindung?«, fragte ich.

»Nein. Sie wussten nicht einmal voneinander. Es sind übrigens eineiige Zwillinge.«

Raunen im Saal. Zwillingsmädchen. Das wurde immer besser. Die Boulevardfuzzis jubelten innerlich, ich konnte es ihnen ansehen.

»Was ist denn damals zwischen den Eheleuten vorgefallen?«, hakte der Bild-Mann nach.

»Das hat mit dem Fall nichts zu tun und fällt in den privaten Bereich«, wich der Staatsanwalt aus. »Wir ermitteln weiter gegen eine Reihe von Personen.«

»Können Sie Namen nennen?«

»Die Geschädigte hatte einen sehr großen Bekanntenkreis und war im öffentlichen Leben aktiv«, dozierte der Ermittler. »Da schafft man sich nicht nur Freunde.«

»Wie umfangreich ist das Erbe?«, fragte der Kollege einer Presseagentur. »Lässt sich das in einer Summe ausdrücken?«

»Das hat die Öffentlichkeit nicht zu interessieren«, wehrte der Staatsanwalt ab. »Übrigens: Die Obduktion ist abgeschlossen und die Leiche freigegeben worden.«

Wir fuhren zurück zur Redaktion und hörten den Radioreporter live mit den aktuellen Informationen. Und schon klingelte mein Smartphone.

Ich schaute aufs Display. »Unser Chefchen«, erkannte ich und drückte ihn weg. »Er hat wohl auch Radio gehört und fragt sich jetzt, wo wir bleiben.«

Der Pförtner überraschte uns nicht, als er uns mitteilte, dass Bärchen Biber uns zu sprechen wünsche. Wir begaben uns schnurstracks zum Chefbüro.

»Was ist?«, fragte ich. »Ich muss die Onlineausgabe bestücken.«

»Dieser Fall entwickelt sich ja ganz enorm«, stellte Biber fest. »Ich hab es im Radio gehört.«

»Wir auch.«

»Und gelesen – in der Onlineausgabe der *Bild.*«

»Dann waren die Kollegen ja blitzschnell«, lächelte ich. »Sonst noch was?«

»Die *Bild* hat eine Kopie des Testamentes. Hier, ich hab euch das mal ausgedruckt. Wurde das dort verteilt?«

Ich griff nach dem Blatt. Tatsächlich! Das Testament!

»Da wurde gar nichts verteilt«, antwortete ich. »Die *Bild* ist dafür bekannt, dass sie einen großen Info-Etat hat. Da ist wohl Geld geflossen.«

»Und warum kommen wir nicht an solche Informationen?«

Ich räusperte mich. So nicht, Bärchen!

»Weil wir diesen Etat nicht haben«, sagte ich wahrheitsgemäß. »Ich denke gerade an meine Spesenabrechnung, die du nicht unterschreiben willst. Da ging es auch um exklusive Informationen. Zweihundert Euro, die ich vorgelegt habe und nicht zurückbekomme, wenn ich sie nicht vor dem Arbeitsgericht einklage. Und jetzt muss ich schreiben. Kommst du, Wayne?«

»Gut gemacht, Grappa«, lobte mich Wayne kurz darauf. »Meine Fahrtkosten und Parkgebühren sind auch noch nicht erstattet.«

»Bärchen tut mir fast leid«, behauptete ich. »Der kriegt es von allen Seiten.«

»Allerdings. Mäggi hat übrigens vom Krankenbett aus einen Anwalt eingeschaltet. Stella hat mitgekriegt, dass der bei Hans Damm angerufen und mit einer Klage gedroht hat. Und drei Minuten später musste Biber im Verlegerzimmer antreten.«

»Dann werde ich Damm eine Mail schreiben wegen meiner Spesen«, kündigte ich an.

»Ihr Weiber seid ja so böse«, grinste Pöppelbaum. »Ist das nicht Mobbing?«

»Ach was. Das ist Notwehr gegen ein Möchtegern-Tyrannchen.«

Ich tippte:

Sensation im Mordfall Schrott – zwei Ehemänner wollen Geld

Es geht um ein Millionenerbe, zwei römische Göttinnen namens Venus und Diana, eine glückliche Hundefriseurin und einen Ehemann zu viel. Das ist das vorläufige Fazit der Testamentseröffnung im Fall der ermordeten Marina Schrott (45). Aus heiterem Himmel tauchten der erste Ehemann der Toten und eine weitere Tochter namens Diana auf. Engelbert und Diana Schrott, die Zwillingsschwester der in Bierstadt lebenden Tochter Venus, erheben Anspruch auf das Erbe. Der Mann legte eine Heiratsurkunde und einen Auszug aus dem Geburtenregister vor. Jakobus H., der sich für den rechtmäßigen Ehemann der Toten hielt, musste sich von der Staatsanwaltschaft sagen lassen, dass die mit ihm geschlossene Ehe ungültig sei, da sich Marina Schrott nie hat scheiden lassen. Die Doppelehe ist offenbar niemandem aufgefallen. Engelbert Schrott, der in den USA lebt, plant eine späte Familienzusammenführung: Er will seine behinderte Tochter zu sich nehmen. Laut einem Medienbericht hat die Verstorbene ein großes Vermögen angehäuft: mehrere Häuser, Firmenbeteiligungen, Aktienpakete, fünfundzwanzig Hundesalons und etwa vier Millionen Euro Barvermögen. Marina Schrott setzte ihre Tochter Venus als Haupterbin ein, einer ihrer Angestellten vermachte sie zehn Geschäfte. Um die Pflichtteile für Ehemann und Tochter Diana dürfte später vor Gericht gestritten werden.

Wer Marina Schrott auf brutale Weise getötet hat, ist weiterhin unklar. Der Staatsanwalt spricht von einem großen Bekanntenkreis der Toten, der jetzt gründlich überprüft werde. Die Überprüfung hat bei Engelbert Schrott und Jakobus H. bereits stattgefunden. H. war zum Zeitpunkt des Mordes auf einer Kegeltour in der Schweiz, Schrott befand sich in den USA. Wir berichten weiter.

»Hast du die Liste mit den Behindertenheimen der Caritas?«, rief ich Sarah zu.

»Die ist längst bei dir«, antwortete sie. »Guck in deine Mails. Zwei Heime und eine Wohngruppe. Venus Schrott lebt in der Wohngruppe für Behinderte am Stadtpark.«

»Was?« Ich traute meinen Ohren nicht.

»Ich hab mal rumtelefoniert. Recherche – so nennt man das, Grappa.«

»Echt?« Es tat ihr gut, mir mal einen mitzugeben.

»Dein Job ist ziemlich einfach«, stellte sie fest.

»Du kannst ja umschulen«, schlug ich ihr vor. »Und ich geh dann als Sekretärin und spiele den ganzen Tag *Bookworm*, stöbere in Onlineläden nach Schuhen und Handtaschen, poliere mir die Fingernägel und weigere mich, für die Redakteure Kaffee zu kochen. «

»Ruhig, Mädels.« Wayne hatte unsere letzten Sätze mitbekommen.

»Alles ist prima«, sagte ich. »Sarah hat rausgekriegt, wo sich Venus befindet. Danke, Sarah. Klasse gemacht, Sarah. Ich finde dich ganz toll, Sarah.«

»Ist ja gut«, muffelte sie. »Ich bin gern behilflich, man muss nur vernünftig mit mir reden. Du hast manchmal so eine Art, Grappa … so von oben herab.«

»Grappa doch nicht!«, widersprach Wayne. »Sie ist doch die Mutter der Redaktion.«

»Pfff …«, machte Sarah. »Wenn ich als Kind so eine Mutter gehabt hätte, wäre ich freiwillig ins Waisenhaus gezogen.«

Wir konnten nicht anders und prusteten los.

»Ich koch euch beiden mal Kaffee«, zwinkerte Sarah und trippelte Richtung Kaffeeküche.

»Ich muss dir was zeigen«, sagte Wayne. »Im Fotoarchiv hab ich den Ordner *Schrott* angelegt. Lass mich mal sitzen.«

Er drängelte sich auf meinen Stuhl und tippte. Ein Foto von Venus Schrott erschien. »Das ist das aktuellste Foto von ihr. Und jetzt pass auf.«

Auf dem nächsten Bild war wieder Venus zu sehen, aber verändert. Sie hatte dichteres Haar, die lächerlichen Schleifchen waren entfernt, ihre Zähne waren gerade und sie hatte einen verlängerten, geraden Hals. Die Glasbausteinbrille war ebenfalls verschwunden.

»Nur ein bisschen Photoshop«, erklärte er. »Und hier das Foto von Diana, heute Morgen geschossen. Und schon sind die beiden Zwillinge.«

»Erstaunlich.«

Sarah kam mit dem Kaffee.

»Danke, liebe Sarah«, strahlte ich.

»Gerne. Aber das wird jetzt nicht zur Gewohnheit, Grappa!«

Wir suchten die Fotos aus und ich stellte den Artikel fertig. Für morgen musste ich mir etwas einfallen lassen, denn der Besuch bei Venus Schrott stand an. Leider hatte ich wenig Erfahrung mit behinderten Menschen. Ich würde mal wieder improvisieren müssen.

Ich wartete, bis Biber sein Kürzel an meinen Text geheftet hatte, und packte meine Sachen. Bevor ich das Büro verließ, entdeckte ich in meinem Fach einen Hausumschlag: Bärchen hatte meine Spesenabrechnung unterschrieben.

Gartenidyll mit Motivsuche

Mein Garten war in diesen Wochen zu schön, um ihn zu vernachlässigen. Doch genau das hatte ich getan. Kleist saß unter dem Kirschbaum bei einer Apfelsaftschorle. Die Sonne machte sich bettfertig, hatte aber noch genug Kraft, Büsche und Pflanzen zu vergolden.

»Endlich zu Hause«, seufzte ich und ließ mich auf die Gartenbank fallen. »Das war ein Horrortag.«

»Ich hab alles gelesen, was ich im Netz erwischt habe.« Wohlig streckte er die langen Beine aus. »Immer mehr Personal begibt sich in den Kreis der Verdächtigen. Das Ganze hat die Qualität einer Seifenoper. Ich hole dir Wein. Weiß oder rot?«

»Egal. Hauptsache, Alkohol.«

»Geht klar.«

Er entschied sich für einen Kompromiss, kam mit einer Flasche Rosé aus Spanien und einem Weinglas zurück.

Der kühle Wein beschlug das Glas. Ich hielt es gegen die Abendsonne. Ein wunderbares Licht!

»Wen hältst du für den Täter?«, fragte ich.

»Willst du nicht lieber über was anderes reden? Du hast Feierabend.«

»Jetzt wohnt eine Spitzenkraft der Polizei bei mir und verweigert mir die Hilfe«, maulte ich.

Der Rosé hatte eine aparte Holznote und machte mich hungrig. Prompt knurrte mein Magen.

»Ich geh ja schon«, lächelte Kleist.

Zehn Minuten später balancierte er ein Tablett mit Schnittchen, Gürkchen, Oliven und eingelegten Champignons in den Garten. Neben den Tellern lagen einige Karteikarten.

»Wir machen ein Spiel«, kündigte er an. »Das Mördermotivspiel. Das mache ich auch mit meinen Studenten. Hast du Lust?«

Ich hatte.

Er knipste das Gartenlicht an, griff eine Karte nach der anderen. »Die Namen der Beteiligten, bitte!«

Ich nannte sie ihm und er schrieb sie auf.

Jakobus Hiller, Engelbert Schrott, Diana Schrott, Doreen, Venus Schrott.

Zwei Karten blieben leer.

»Für die Verdächtigen, die wir noch nicht kennen. Und jetzt nehmen wir uns jede Person vor und denken über sein Motiv nach. Was fällt dir zu Jakobus Hiller ein?«

Ich nahm einen Schluck Wein. »Hass auf seine Frau, die ihn kaltgestellt hat. Gekränkte Eitelkeit. Geldgier. Er ist einschlägig vorbestraft und wird nicht mehr auf die Füße kommen ohne ein Geldpolster.«

»Engelbert Schrott.«

»Auch Geldgier, vielleicht Rache für frühere Demütigungen? Ich müsste mal mit ihm sprechen, um mehr zu wissen.«

»Diana Schrott.«

»Schwierig«, sagte ich. »Sie kannte ihre Mutter kaum. Ob sie darunter gelitten hat, ohne Mutter und Schwester aufzuwachsen, kann ich nicht beurteilen.«

»Doreen.«

»Wenn sie gewusst hätte, dass sie im Testament bedacht ist, wäre das ein Motiv. Aber ich halte sie nicht für eine Mörderin.«

»Immerhin ist Schrott in einem Hundewaschbecken ertränkt worden. Und Doreen hatte Zugang dazu.«

»Stimmt. Viele andere aber auch – sogar die Kunden«, entgegnete ich. »Eine verunglückte Hundefrisur und ein durchgeknalltes Frauen reichen.«

»Du hast ja eine mörderische Fantasie«, lachte Kleist. »Und jetzt der letzte Name: Venus Schrott!«

»Sie ist zwar Haupterbin, aber weiß sie auch, was das bedeutet? Simple Geldgier scheidet für mich erst mal aus. Außerdem wird sie wohl kaum die einzige Frau töten, die sich um sie kümmert. Wäre sie geistig und körperlich überhaupt in der Lage, einen Menschen zu ertränken?«

»So kommen wir nicht weiter«, stellte Kleist fest. »Es fehlen wichtige Informationen, um das Spiel durchführen zu können.«

»Stimmt. Morgen versuche ich, an Venus Schrott heranzukommen. Vielleicht bin ich dann schlauer.«

Kleine Micky Maus

»Wie genau willst du es anstellen?«, fragte Wayne am nächsten Morgen.

»Keine Ahnung.«

Pöppelbaum hatte den Wagen vor dem Haus geparkt, in dem die Wohngruppe für Behinderte eine Etage gemietet hatte. Die restaurierte Jugendstilvilla am grünen Stadtpark war 1910 erbaut worden, wie ein Stuckschild verriet.

»Grappa, was ist los?«

Ich atmete tief durch. Jetzt musste ich die Karten auf den Tisch legen.

»Ich weiß nicht, wie ich vorgehen soll. Mir ist ja noch nicht einmal klar, was genau ihr fehlt. Ist sie nur körperlich behindert oder auch geistig eingeschränkt? Kriegt sie vielleicht Anfälle oder versteht uns gar nicht?«

»Du hast Schiss, Grappa«, stellte der Fotograf verwundert fest. »Wenn ich das in meinem Klub erzähle …«

»Nix erzählst du!«, brauste ich auf. »Mach lieber einen konstruktiven Vorschlag.«

»Gut, Grappa«, nickte er. »Früher, als es noch den Ersatzdienst gab, hab ich in einer Behindertenwerkstatt gearbeitet. Mit geistig und körperlich Behinderten. Da hatte ich auch zuerst Bammel. Aber es lief prima, die Jungs und Mädels waren normaler als manche Betreuer. Lass mich einfach mal machen.«

»Und wenn es schiefgeht?«, fragte ich.

»Mehr als rausschmeißen können sie uns nicht. Guck doch mal zum Eingang. Da gehen Leute rein und kommen auch wieder raus. Keine Kontrollen oder Ähnliches. Und jetzt los!«

Wir stiegen aus dem Wagen und schlenderten zur Tür. Das Klingelschild verriet mir, dass es hier auch Mieter gab, die mit Behinderten nichts zu tun hatten. Nur das Erdgeschoss war von der Caritas gemietet worden. Die Tür ließ sich aufdrücken und wir standen im Hausflur. Zwei Stufen waren zu einer rollstuhlgerechten Rampe umgebaut worden, sie führte zur Wohnungstür.

Wayne drückte den Knopf, ein freundlicher Dreiklang ertönte, wenig später öffnete sich die Tür.

»Hallo«, sagte eine Frau und musterte uns.

»Guten Tag. Wir wollen eine Freundin besuchen. Die Venus. Ich war früher mal ihr Zivildienstleistender. Ist aber schon eine Weile her. Ist sie da?«

»Venus?«, fragte sie. »Die hat bis jetzt kaum Besuch bekommen. Aber gut. Sie ist im Kräutergarten. Ich bring Sie hin.«

Wir folgten der Frau durch einen langen Flur. Rechts und links standen die Türen zu den Zimmern offen. Alles wirkte entspannt, auch Menschen, die in Rollstühlen an uns vorbeifuhren.

»Da ist sie.« Wir hatten den Garten erreicht und die Pflegerin deutete auf eine Gestalt hinter einem Zitronenbaum.

»Anna, du musst kommen!«, schrie ein junger Mann durch ein Fenster. »Anna! Der Dennis haut mich!«

»Kommen Sie beide allein klar?«

Wir bejahten. Anna drehte ab und lief zurück ins Haus. Langsam gingen wir weiter auf Venus zu, und zwar so, dass sie uns sehen konnte.

Jetzt waren wir nur noch zwanzig Meter von ihr entfernt. Ob sie uns beobachtete, konnte ich nicht erkennen, die Sonne spiegelte sich in den starken Gläsern ihrer Brille.

»Hallo, Venus«, sagte Wayne leise. »Schön, dass wir dich besuchen dürfen. Ich bin der Wayne und das ist die Grappa. Geht es dir gut?«

Sie reagierte nicht.

»Wir kennen uns schon, erinnerst du dich?«

»Warum duzt du sie denn?«, fragte ich.

»Ich weiß auch nicht.« Er trat zu ihr, legte seine Hand an ihre Wange und streichelte sie.

Ich trat zu ihr hin. Venus hob den Kopf, lächelte mich mit Zahnlücken an und sagte: »Mama.«

Och, nee, dachte ich. Wayne beherrschte sich, konnte sich aber ein fettes Grinsen nicht verkneifen.

»Ich bin Maria Grappa, Venus«, sagte ich. »Ihre Mama kommt nicht mehr.«

»Du wärst aber ein prima Ersatz«, kicherte Wayne.

Venus sah mir voll ins Gesicht. »Mama ist im Himmel. Ja.«

»Sie scheint es zu wissen«, stellte ich fest. »Wer hat das denn erzählt?«

»Jupp«, sagte Venus. »Und ich bin die Micky Maus.«

»Micky Maus?«, wiederholte ich.

Venus nahm die Brille ab. Sie hatte tiefbraune, sanfte Augen.

»Bin 'ne kleine Micky Maus, zieh mir meine Schuhe aus, zieh sie wieder an und du bist dran«, rezitierte sie mit leiser Stimme. »Bin 'ne kleine Micky Maus, zieh mir meine Socken aus, zieh sie wieder an und du bist dran. Bin 'ne kleine Micky Maus, zieh mir meine Hose aus und nicht wieder an und du bist dran.«

Wayne und ich starrten uns an. Doch bevor wir uns darüber austauschen konnten, was in unseren Köpfen vorging, erschallte hinter uns eine entsetzte Stimme. »Was wollen Sie von meiner Schwester?«

Misshandlung und Münchhausen

Zum Glück behielt Wayne den Überblick. Die gespenstische Begegnung mit Venus Schrott, das merkwürdige Kinderlied mit der sexuellen Anspielung und der jähe Auftritt der gesunden Zwillingsschwester hatten mich umgehauen. Ich fühlte mich durchgeschüttelt und mir war übel.

Wayne stritt nicht ab, dass wir Journalisten waren, denn das hätte keinen Sinn gemacht. Diana Schrott hatte uns beide vor der Kanzlei des Notars gesehen, zusammen mit den anderen Medienvertretern.

»Können wir in Ruhe reden?«, schlug Wayne vor.

Und jetzt saßen wir uns im Café gegenüber. Diana Schrott hatte die gleichen braunen, sanften Augen wie ihre Schwester, glänzendes goldblondes Haar und eine makellose Haut. Sie war elegant gekleidet, die Uhr am Handgelenk war teuer und die Brillanten im Ring echt.

»Warum sind Sie und Ihre Schwester getrennt worden?«, fühlte ich ein wenig vor. »Das ist ja eine sehr seltsame Familiengeschichte bei Ihnen.«

»Es ist vor allem eine lange Geschichte«, antwortete sie. »Ich bin nicht sicher, dass ich Sie Ihnen erzählen sollte. Sie arbeiten für eine Zeitung.«

»Jetzt bleibt sowieso nichts mehr geheim«, sagte ich. »Wenn Sie oder Ihr Vater den Mord an Ihrer Mutter nicht begangen haben, kann Ihnen doch nichts passieren. Interessiert es Sie nicht, wer Ihre Mutter ermordet hat?«

»Weniger«, stellte sie klar. »Mich interessiert vor allem, was mit meiner Schwester los ist.«

»Wie meinen Sie das?«

»Das kann ich Ihnen erklären. Es gibt keine Unterlagen über ihre Krankheit. Was hat sie denn eigentlich? Venus ist seit Jahren nicht mehr bei einem Arzt gewesen. In den Unterlagen meiner Mutter haben wir zwar Krankenhausrechnungen gefunden, doch die sind alle rund fünfzehn Jahre alt und stammen von acht verschiedenen Kliniken aus der Umgebung.«

»Was wollen Sie damit andeuten?«, fragte ich.

Diana Schrott zögerte, schien um Worte zu ringen. »Ich glaube, Mutter hat Venus krank gemacht.«

»Das ist ein harter Vorwurf.«

»Mutter hatte eine psychische Störung. Sie litt am Münchhausen-Stellvertreter-Syndrom.«

Ich überlegte. »Das ist doch diese Störung, bei der Eltern ihre Kinder absichtlich krank machen, oder?«

»Richtig. Eine seltene Form von Kindesmisshandlung. Es sind fast nur Mütter, die ihren Kindern das antun. Sie benutzen sie, um selbst Aufmerksamkeit und Zuwendung zu erlangen.«

»Wie kommen Sie darauf, dass Ihre Mutter diese Störung hatte?«

»Vor fünf Jahren hat mir mein Vater erzählt, dass das Leben von Mutter und Venus nicht so glatt verlief wie unseres. Seitdem sammle ich Informationen über die beiden«, antwortete Diana. »Da über Mutters segensreiche Tätigkeit im sozialen Bereich häufig in den Medien berichtet wurde, war das nicht schwierig. Der Münchhausen-Verdacht keimte allerdings erst in mir auf, als ich von einem Fall in einer kleinen Stadt in der Nähe unseres Wohnorts las. Wir leben ja in den USA. Da hat eine Mutter ihrem Sohn über Monate Injektionen mit verdünntem Kot, Urin, Speichel und abgestandenem Wasser verabreicht. Dann sah ich ein Foto von Venus im Rollstuhl. Schleifchen im Haar, rot lackierte Fingernägel. Mutter hatte die Hand auf ihre Schulter gelegt. Plötzlich spürte ich selbst einen Druck auf meiner Schulter – so, als würde Mutters Hand mich berühren. Seitdem hat mich dieser Verdacht nicht mehr losgelassen. Ich habe alles gelesen, was ich zu dem Thema finden konnte. Es gibt Mütter, die ihren Kindern Medikamente geben, die sie weder brauchen noch vertragen. Oder sie infizieren Wunden immer wieder mit Schmutz und rufen so schwere Infektionen hervor. Durch übermäßige Jodgaben wird die Schilddrüse massiv geschädigt, was sich auf die Muskeln auswirkt. Der Rollstuhl ist die Folge. Die Mütter sind sehr erfinderisch beim Quälen ihrer Kinder.«

Diana Schrott hatte ihre elegante Contenance verloren. Ihre Hände zitterten, unter dem Haaransatz glänzte Schweiß, die Augen waren feucht und auf dem Schwanenhals zeigten sich rote Flecken.

»Sind Sie sicher, dass das jetzt nicht nur eine fixe Idee ist?«

»Ganz sicher«, erwiderte sie mit fester Stimme. »Eineiige Zwillinge haben ein besonders enges Band zueinander. Das wird auch nicht zerrissen, wenn sie getrennt sind.«

»Was sagt Ihr Vater zu dem Verdacht?«

»Er hält es für möglich. Jahrelang hat er versucht, Kontakt zu Venus aufzunehmen – leider vergeblich. Mutter hat ihm klargemacht, dass es Venus schadet, wenn plötzlich ein Vater und eine Schwester auftauchen. Sie hat sogar gedroht, sie in ein Heim zu stecken.«

»Warum lebte Venus bei Ihrer Mutter und Sie beim Vater?«, wollte Wayne wissen.

»Die Ehe der beiden hatte sich überlebt, wenn ich das richtig verstanden habe. Sie sind ohne Zukunftspläne auseinandergegangen. Ich glaube, Vater hat einfach Tatsachen geschaffen: Er ging nach Amerika und hat mich mitgenommen. Ich weiß bis heute nicht, ob Mutter einverstanden war oder im Vorfeld überhaupt davon wusste. Wir waren gerade drei Jahre alt. Er sagt, es sei nur gerecht gewesen, dass jeder ein Kind bekam. Und Mutter hat sich wohl nicht dagegen gewehrt.«

Wayne und ich sahen uns an. Die Story war stark und wir hatten sie exklusiv. »Ich denke, wir haben eine ordentliche Hintergrundgeschichte«, bemerkte Wayne laut.

Diana holte Luft, als wollte sie etwas sagen, aber dann kam doch nichts.

»Können wir Ihnen helfen?«, fragte ich.

Sie überlegte. »Könnten Sie nicht etwas schreiben, was die Behörden dazu bringt, Venus genau untersuchen zu lassen? Ich kann das nicht selbst veranlassen, denn noch hat der Soziale Dienst die Vormundschaft. Es muss ermittelt werden, warum bisher niemand Verdacht auf Münchhausen hatte. Ich brauche Öffentlichkeit! Helfen Sie mir, meine Schwester zu retten.«

Fantasie beim Quälen

Die Geschichte entwickelte sich anders als gedacht. Jetzt ging es nicht mehr nur um den Mord, sondern um schwere Körperverletzung und vielleicht sogar um sexuellen Missbrauch einer hilflosen Person.

»Verheben wir uns nicht?«, fragte Pöppelbaum, als wir unterwegs ins Verlagshaus waren. »Was ist, wenn Diana, die über Kontinente hinweg psychologische Diagnosen stellt, falschliegt?«

»Glaub ich nicht. Natürlich will sie uns für sich einspannen, aber wir haben ja auch was davon: eine knallige Exklusivgeschichte!«

»Lass uns was essen gehen«, schlug er vor. »Das alles ist mir auf den Magen geschlagen.«

Auf Frau Schmitzens Mittagskarte gab es die Auswahl zwischen Bockwurst mit Kartoffelsalat und Erbsensuppe.

»Ach, wat schön«, begrüßte uns die Bäckerin. »Dass der Herr Wayne auch wieder vorbeischaut! Wie isses euch?«

»Ach, Frau Schmitz«, seufzte ich. »Der Fall wird immer schlimmer. Wir sind in eine echte Hölle geraten.«

»Bockwurst ist aus«, teilte sie mit. »Zweimal Suppe? Und dann erzählt ihr mir, was los ist.«

Das kann nicht schaden, dachte ich. Die Bäckerin hatte einen gesunden Menschenverstand und schon oft ins Schwarze getroffen. Das Bistro war leer, die Tische noch nicht komplett abgeräumt. Wir waren spät dran.

Die Suppe dampfte, sie setzte sich zu uns. Ich gab ihr einen Kurzbericht unserer Erlebnisse vom Morgen.

»Starker Tobak«, kommentierte sie. »Die Mutter quält ihr Kind. Gelesen hab ich das schon mal. Das machen Frauen, die zu viel Pflegetrieb haben. Sie wollen nicht, dass ihr Kind ohne sie kann. Das gibt ihnen eine Befriedigung. Hattet ihr denn das Gefühl, dass die Venus normal ist?«

»Ganz und gar nicht«, sagte ich. »Obwohl ...« Ich stockte.

»Was?«, fragte Frau Schmitz.

»Als sie den Namen Jupp hörte und diesen Kinderreim losplapperte, da dachte ich einen Augenblick, dass sie uns einen Hinweis geben wollte.«

»Welchen Kinderreim?«

Wayne zog sein Smartphone aus der Tasche: »Ich hab das heimlich aufgenommen. Moment. Kommt gleich.«

Auf dem Display erschien ein Bild von Venus und gleich danach hörten wir ihre Stimme.

»Bin 'ne kleine Micky Maus, zieh mir meine Schuhe aus, zieh sie wieder an und du bist dran. Bin 'ne kleine Micky Maus, zieh mir meine Socken aus, zieh sie wieder an und du bist dran. Bin 'ne kleine Micky Maus, zieh mir meine Hose aus und nicht wieder an und du bist dran.«

Frau Schmitz riss die Augen auf. »Das arme Kind«, flüsterte sie.

»Du glaubst also auch, dass jemand sie missbraucht hat?«, fragte ich.

»Du nicht?«

»Doch. Fragt sich nur, wer.«

In der Redaktion überraschte mich Simon Harras mit einer positiven Nachricht. Verleger Hans Damm hatte sich Bärchen Biber vorgeknöpft, nachdem Mäggis Anwalt aktiv geworden war.

»Mäggi hat wieder ihr eigenes Ressort«, berichtete Harras. »Die Bezeichnung *Vermischtes* ist von Damm gekippt worden. Die Seite heißt jetzt allerdings nicht mehr *Kultur*, sondern *Kulturelles Leben*.«

»Und was ist der Unterschied?«, wollte ich wissen.

»Dass solche grellen Vögel wie dieser Ami im *Tageblatt* nicht mehr vorkommen. Nur noch kirchliche Singspielkreise, heimische Malerinnen mit ihren Blümchenbildern und der überalterte Bergmannschor der IGBCE.«

»Das wird Mäggi nicht gefallen«, prophezeite ich. »Aber die Zeiten ändern sich nun mal. *Tempus fugit* – wie der Spanier sagt.«

»Spanier?« Er war verdattert.

»Ich find es genial, dass ich dir meine Superwitze nicht erklären muss.«

»Is klar, Grappa.«

»Ich brauche achtzig Zeilen für eine Exklusivgeschichte«, teilte ich Bärchen kurze Zeit später mit.

»Und was haben wir exklusiv?«, fragte er nach.

»Lass dich überraschen.«

»Lieber nicht.«

»Hast du kein Vertrauen zu mir?« Ich machte auf betroffen. »Ich kann auch den Verleger fragen. Er scheint viel Verständnis für die Kollegen zu haben, wie ich hörte.«

»Mach doch, was du willst«, streckte er die Waffen. »Achtzig Zeilen auf der Eins.«

Sensation im Mordfall Schrott –
Tochter behauptet: Meine Mutter machte Venus krank

– so der Titel.

Diana Schrott (21), die gesunde Tochter der getöteten Marina Schrott, erhebt schwere Vorwürfe gegen ihre Mutter. »Sie litt am Münchhausen-Stellvertreter-Syndrom und hat aus meiner gesunden Schwester ein körperliches und geistiges Wrack gemacht. Und zwar mit Absicht.«
Beweise für diese Behauptung der jungen Frau gibt es zurzeit nicht. Doch sie fordert ein umfassendes ärztliches Gutachten über den Gesundheitszustand ihrer Schwester.
Rückblick: Die Zwillinge Diana und Venus Schrott wurden im Alter von drei Jahren voneinander getrennt. Diana wurde vom Vater, Venus von der Mutter aufgezogen. Bemühungen des Vaters Engelbert Schrott, den Kontakt nicht abreißen zu lassen, wurden von Marina Schrott boykottiert.
»Ich habe erst vor fünf Jahren erfahren, dass meine Zwillingsschwester schwer behindert ist«, sagte Diana Schrott gegenüber unserer Zeitung. »Da ich völlig gesund bin, keimte in mir der Verdacht auf, dass meine Mutter unter einer psychischen Störung litt.«
Die Störung, die Diana Schrott meint, treibt Mütter dazu, ihre Kinder so zu schädigen, dass sie ins Krankenhaus müssen, um sie danach gesundpflegen zu können (siehe Infos im Kasten).

Im Kasten, der hellblau unterlegt war, fasste ich das Krankheitsbild zusammen.

Durch die Aufnahme des Kindes ins Krankenhaus und die nachfolgenden Untersuchungen oder Operationen erlangen die Frauen

Aufmerksamkeit, sie erleben ein Gefühl des Aufgehobenseins und der Gebrauchtwerdens. Laut Statistik werden in Deutschland etwa vierzig Prozent der Kindesmisshandlungen von Frauen begangen. Die Quote liegt bei rund neunzig Prozent, wenn der Auslöser das Münchhausen-Stellvertreter-Syndrom ist. Die Mütter sind für Therapien nicht zugänglich.

Ich brauchte eine Pause. Sollte ich von der Begegnung mit Venus Schrott erzählen? Dann müsste ich auch den schrecklichen Micky-Maus-Kinderreim erwähnen. Den Mut hatte ich nicht, denn ich befürchtete, dass jeder sofort Jakobus Hiller verdächtigen würde. Selbst wenn er unschuldig wäre – etwas würde an ihm hängen bleiben.

Wayne hatte die Fotoserie von Diana Schrott zusammengestellt. Er hatte sich selbst übertroffen. Natürlich war die schöne junge Frau von Natur aus fotogen, doch Wayne hatte in ihr Inneres geschaut, Schmerz und Wut entdeckt und das in den Bildern eingefangen.

»Unglaublich«, entfuhr es mir. »Du bist ein echter Künstler.«

»Danke, Grappa.«

»Unsere Leser werden ihr jedes Wort glauben.«

»Das hoffe ich«, lächelte er. »Willst du unseren Besuch in dem Wohnprojekt auch beschreiben?«

»Nein. Dann müsste ich das Kinderlied erwähnen. Ich muss vorher noch mit Hiller sprechen, vielleicht auch mit Doreen – und mit Kleist. Er kann mir bestimmt einen Rat geben.«

Zwei Stunden später stand der Artikel online. Bärchen hatte nicht gemuckt. Die Resonanz auf die Vorwürfe von Diana Schrott kam schnell und heftig. Radio und Fernsehen machten sich auf die Suche nach ihr, doch sie war untergetaucht. Die Kollegen klingelten bei mir Sturm – natürlich vergebens. Ihre Handynummer würde ich nicht preisgeben.

Ich schaltete das Fernsehen an. Der Regionalsender zitierte das *Tageblatt* und hatte einen Arzt als Studiogast, der sich mit dem Münchhausen-Stellvertreter-Syndrom auskannte.

Die Moderatorin fragte, was so eine Mutter ihren Kindern genau antut.

> Antwort: Ich will jetzt keine Tipps geben, sondern nur allgemein darauf antworten. Die Frauen haben sich oft medizinische und pharmakologische Kenntnisse angeeignet. Sie wissen, dass zum Beispiel die Verabreichung von Schilddrüsenhormonen für eine künstliche Überfunktion der Schilddrüse sorgt.
> Frage: Wie äußert sich das?
> Antwort: Durch Muskelkrämpfe und Zittern, Knochenveränderungen und Haarausfall. Oder die Opfer bekommen Antidiabetika zugeführt, was eine Unterzuckerung hervorruft. Es kommt zu Sprach- und Sehstörungen, Aggressivität und Krampfanfällen. Angebliche epileptische Anfälle werden durch Luftabdrücken oder das Überstülpen einer Plastiktüte erzeugt, Urinproben der Kinder werden mit Kot infiziert oder mit dem Blut der Mutter vermengt. Diese Frauen entwickeln viel Fantasie.

Ich hatte genug. Die Aussicht auf einen gemütlichen Feierabend ohne Psychostress war verlockend.

Kirschrote Venusfalle

Auch das noch: Kleist überraschte mit einem gefährlich aussehenden rotfarbigen Drink. »Ich hab ihn *Venusfalle* getauft«, erklärte er.

»Etwa ohne Alkohol?«, fragte ich.

»Was denkst du von mir?«, grinste er. »Ich hab mich von einem Fernsehbericht zu deinem Fall anregen lassen. Da wurde genau erläutert, mit welch schrecklichen Dingen man Kinder krank machen kann.«

»Dann erzähl mal, was außer Kolibakterien und Urin noch alles drin ist. Blut?«

»Probier einfach.«

Ich roch an der Flüssigkeit und nippte. Nicht schlecht.

»Kirschlikör, Sekt, Zitrone, Eis. Der Rand besteht aus Zitronenschalenabrieb mit rosa Pfefferbeeren, die an Zitronensaft kleben. Für mich habe ich die alkoholfreie Version mit Kirschsaft und Mineralwasser erfunden.«

Passend zum Drink setzten wir uns unter den Kirschbaum.

Ich nahm noch einen kräftigen Schluck. »Verdammt lecker, deine Venusfalle. Ist das nicht eine fleischfressende Pflanze?«

»Ja. *Dionaea muscipula*. Currywurst frisst sie allerdings nicht«, erklärte er. »Sie hat sich auf Insekten spezialisiert. Aber nicht aus Bosheit. Sie braucht Stickstoff, um zu existieren, und das holt sie sich, indem sie in ihrer Falle Fliegen zerquetscht und auflöst. Sehr faszinierend. In der freien Natur ist sie leider fast ausgerottet.«

»Dann sollten wir aus Gründen der Arterhaltung der Venusfalle diesen Drink in unser Programm aufnehmen.« Ich räkelte mich wohlig. »Vielleicht mit mehr Sekt und etwas weniger von dem süßen Kirschlikör.«

Wir schwiegen eine Weile. Sollte ich ihn mit meinen Recherchen nerven? Er hatte schließlich Urlaub und wollte sich erholen.

Doch Kleist nahm mir die Entscheidung ab. »Nachdem ich heute deinen Artikel im Netz gelesen habe, habe ich einen Kollegen im Landeskriminalamt gefragt, ob es Hinweise auf Straftaten gibt, in denen Marina Schrott die Beschuldigte war. Und er wurde fündig.«

Jetzt wurde es spannend.

»Eine Klinik hat vor elf Jahren Anzeige gegen Schrott erstattet wegen schwerer Körperverletzung ihrer Tochter Venus. Das Kind war damals zehn Jahre alt und litt unter ständigem Erbrechen und Krampfanfällen. Aber die Sache verlief im Sande. Danach hat Frau Schrott die Klinik gewechselt. Die Krankenschwester, die die Anzeige erstattet hat, wurde entlassen.«

»Hast du den Namen der Krankenschwester?«

»Nadine Schuster.«

»Ich danke dir«, sagte ich. »Diese Info untermauert die Vorwürfe von Diana Schrott. Ich werde die Krankenschwester suchen. Aber da gibt es noch was. Einen Kinderreim. Venus Schrott hat ihn Wayne und mir heute Morgen vorgesungen, als wir den Namen Jupp erwähnten. Das ist der Spitzname von Jakobus Hiller. Hier, hör dir das mal an. Wayne hat es aufgenommen.«

Kleist hörte mit unbewegtem Gesicht zu. Dann sagte er: »Das muss ich melden. Und Venus muss dringend untersucht werden.«

Trocken schneiden?

Leider bescherte Kleists *Venusfalle* mir einen dicken Kopf. Ich hatte zu viel davon getrunken. Nach dem Frühstück warf ich eine Pille ein und goss einen halben Liter Wasser hinterher.

Der Fall Schrott hatte sich in drei Teile aufgespalten: den Mord, das Münchhausen-Syndrom und den vermuteten sexuellen Missbrauch durch wen auch immer. Die letzte Recherche hätte ich mir gern erspart.

Ich verließ das Haus. Es war zwar Wochenende, ich hatte frei und kein Chefchen im Nacken, das von mir eine neue Story erwartete. Trotzdem war mein Ziel der Hundesalon – in der Hoffnung, Doreen zu treffen. Die Groomerin kannte Marina seit Jahren, sie musste auch etwas darüber wissen, was sich in Marinas Familie abgespielt hatte.

Ich parkte mein Cabrio in einer Nebenstraße unter einer Platane. Obwohl es ein herrlicher Frühlingstag war, schloss ich das Dach. Allzu oft hatte ich Vogelkacke von den Sitzen kratzen müssen.

In dem Salon herrschte wenig Betrieb.

»Frau Grappa«, strahlte mich Doreen an. »Schön, dass Sie mal vorbeigucken.«

Sie hatte das gerahmte Foto von Marina Schrott von der Wand genommen und durch das Bild eines Pudels mit schräger Fönfrisur ersetzt.

»Und? Wie fühlen Sie sich als Salonbesitzerin?«, fragte ich.

»Muss ich mich erst dran gewöhnen«, antwortete sie. »Und die Leute auch. Nächste Woche bin ich beim Notar, um alles klarzumachen.«

»Haben Sie den Jupp mal wiedergesehen?«, fragte ich.

»Gesehen nicht, aber telefoniert haben wir. Der kommt ja nicht hierher wegen seiner Allergie. Wollen Sie einen Kaffee?«

»Gern. Wie geht es ihm denn?«

»Na, wie wohl? Kein Job, keine Kohle und in die Wohnung am Phoenix-See kann er sowieso nicht. Er wohnt schon seit Langem bei einem Kumpel. Setzen Sie sich doch.« Sie deutete auf die Warteecke für die Hundebesitzer. »Ich hol mal eben den Kaffee.«

Ich nahm Platz. Auf dem Tisch jede Menge Anschauungsmaterial. Der Bildband *Die zwanzig aktuellen Hundefrisuren* musste von dem *Verein der Tierquäler* herausgegeben worden sein: Die armen Fiffis hatten keinerlei Recht auf Würde. Ich las die Bildunterzeile zu dem Foto eines Pudels, dem jemand das Modell *Kugelblitz* ins Fell geschnitten hatte:

Jeder Hund hat seine eigene Persönlichkeit und Ausstrahlung. Die individuellen Attribute eines Kunden müssen hervorgehoben werden. Die Kunst des Groomings ist mehr als reine Pflege. Der Hund muss seinem Friseur vertrauen, mit ihm zusammenarbeiten und eine persönliche Beziehung zu ihm aufbauen.

Als ich die Namenszeile unter dem Artikel sah, musste ich laut lachen. Berthold Schnack, mein Exchef. Anscheinend hatte er endlich die Nische im Pressedschungel gefunden, die von Anbeginn der Zeit für ihn bestimmt war.

Ob Hunde sich im Spiegel erkennen konnten? Bestimmt nicht, sonst gäbe es mehr Todesfälle unter den Hundefriseuren.

Manche Vierbeiner sahen aus wie Plüschpferde, ein Pudel hatte ein gefärbtes Leopardenmuster auf dem Rücken, ein Shih-poo-Weibchen wirkte wie eine skurrile Mischung aus trauriger Hyäne, geschminktem Leoparden und Giraffenzebra.

Doreen kehrte mit zwei Bechern Kaffee zurück.

»Nicht viel los heute«, meinte sie. »Monatsende. Da ist bei den Leuten das Geld knapp. Nächste Woche steppt hier der Bär.«

»War Venus oft hier im Laden?«, fragte ich.

»Klar. Marina hat sie immer mitgebracht. Sie war meistens im Shampoonierraum. Da störte sie die Leute nicht und hatte Spaß am Zugucken. Aber dass Marina sie mit Absicht krank gemacht hat – das glaub ich in hundert Jahren nicht.«

Prima, sie ist auf dem Laufenden, dachte ich. »Sagen Sie mal … Wie muss man sich das vorstellen … Nimmt Venus eigentlich so am täglichen Leben teil wie Sie und ich? Oder ist ihre Weise, Dinge zu erleben, irgendwie eingeschränkt?«

Doreen überlegte. »Manchmal gibt es Tage, da geht es ihr besser. Ganz komisch ist das. Einmal ist sie sogar aus dem Rollstuhl hoch und hat sich an der Stange, an der die Hunde angebunden werden, entlanggehangelt. Die Marina ist vor Angst fast durchgedreht und hat ihr sofort die Tabletten gegeben. Danach war wieder alles in Ordnung.«

Ich horchte auf. »Was für Tabletten?«

»Keine Ahnung. Damit sie ruhig bleibt – oder so.«

»Und der Jupp? Mag er die Venus?«

»Kann ich nicht sagen. Jedenfalls ist er nicht böse zu ihr. Er hat sie manchmal hier abgeholt und nach Hause gebracht, wenn die Marina einen Geschäftstermin hatte.«

»Für Venus war das in Ordnung?«

Doreen bejahte. »Frau Grappa, darf ich Ihnen mal was sagen?«

»Klar.«

»Sie müssten Ihren Haarschnitt mal erneuern – was Flottes, was Sie jünger macht. Und färben wär auch mal wieder dran.«

Ich dachte an den Leopardenpudel und das pinke Plüschfell. »Lieber nicht.«

»Ich war früher Friseurin für Menschen«, behauptete die Groomerin. »Wenn Sie wollen, dann kann ich Ihnen das machen. Für lau.«

In den Spiegel schauend, musste ich ihr zustimmen. Meine roten Haare hingen einfach nur herunter. Sie waren zu lang, was ich mit einem Pferdeschwanz zu verbergen versuchte.

»Gut«, stimmte ich zu. »Aber keine Experimente, okay?«

»Ich mach schon keinen Königspudel aus Ihnen«, lachte sie. »Folgen Sie mir mal zum Shampoonieren.«

Eine Minute später stand ich an der Hundewaschanlage, die eine gewisse Ähnlichkeit mit einer Küchenspüle hatte – nur, dass die Becken tiefer waren und sich mehrere nebeneinander befanden. Darüber waren Stangen angebracht, an denen die Leinen aufmüpfiger Kunden befestigt werden konnten.

»Milbenshampoo brauch ich bei Ihnen ja wohl nicht«, meinte Doreen und griff mir ins Haar. »Ich nehme Aloe Vera.« Ihre Augen blitzten.

»In einem dieser Becken ist die Chefin ermordet worden«, plapperte sie unbekümmert weiter. »Von oben reingedrückt und nicht wieder hochgelassen, das hat mir ein Polizist erzählt. So in etwa …«

Doreen untermalte ihren Bericht mit den entsprechenden Bewegungen. Mir wurde blümerant.

»Können wir nicht trocken schneiden?«, wagte ich, ihre Euphorie zu unterbrechen. »Das geht schneller.«

»Ach was!« Sie ließ Wasser ins Becken. Ich schaute mich um. Doreen und ich waren allein in dieser Waschküche. Genau wie Marina Schrott und ihr Mörder. »Der Schnitt sitzt besser bei nass. Was sind Sie denn so blass um die Nase, Frau Grappa?«

»Das liegt am Licht«, behauptete ich. »Ich mach die Tür mal einen Spalt auf.«

»Lassen Sie die mal besser zu, sonst zieht der Wasserdampf in den Salon.«

»Und wenn neue Kunden kommen?«

»Die Jacqueline ist doch vorne«, antwortete Doreen. Wasser plätscherte ins Becken. »Und jetzt: Brille ab und Kopp übern Rand. Hier ein Waschlappen, damit nix in die Augen tropft.«

Ich fügte mich, krallte mich aber am Beckenrand fest. Einen ähnlichen Blick musste Marina Schrott kurz vor ihrem qualvollen Tod gehabt haben. Vielleicht war das Becken aber auch schon gefüllt gewesen, als man sie ertränkte. Der Gerichtsmediziner hatte Abwehrverletzungen in Form von Prellungen festgestellt – so stand es im Bericht. In meinem Kopf tobten die Bilder, während Doreen mir warmes Wasser über den Kopf brauste.

Es müssen zwei Täter gewesen sind, dachte ich. Einer drückt den Kopf nach unten, der andere hebt die Beine an und kippt den Körper nach vorn ins Becken.

Der zarte Duft des Shampoos hatte eine entspannende Wirkung. Doreens Kopfmassage ebenfalls. Meine Beklemmungen wichen.

»So, und jetzt den Kopf zurück«, kommandierte sie, legte mir ein Handtuch um den Kopf und führte mich zu einem Stuhl. »Kürzen, stufen, föhnen?«

»Nicht stufen«, forderte ich. »Alles auf eine Länge. Keinen Firlefanz bitte.«

»Schon klar«, grinste sie. »Naturstyle.«

Sie begann zu schnippeln. Einen Spiegel, in dem ich ihre Machenschaft beäugen konnte, gab es nicht. Ob das ein Vorteil war, würde sich später herausstellen.

Enno und der Punkt in Flensburg

Meine Sorge war umsonst.

»Zufrieden, Frau Grappa?«, strahlte Doreen.

»Ja, ich sehe aus, als sei ich beim Friseur gewesen.«

»Sehn Se. Ich kann nicht nur Pudel.«

»Kann ich was in die Kaffeekasse tun?«, fragte ich und zückte mein Portemonnaie.

»Da hinten. Das rosa Porzellanschwein.«

Sie folgte mir zum Tresen. Inzwischen hatte sich der Salon mit einigen behandlungswilligen Hunden und ihren Frauchen gefüllt. Ich bugsierte einen Zehner in die Sau.

Die Kundinnen tauschten lautstark wichtige Infos über ihre Lieblinge aus. »Ich hab einen Punkt in Flensburg gekriegt wegen dem Enno«, erzählte ein Frauchen. »Und wissen Sie, warum? Ich hab ihn in den Garten gelassen und er ist ausgebüxt. Eine Polizeistreife hat ihn aufgegriffen und zurückgebracht und mir den Punkt verpasst. Weil der Hund ein paar Meter die Straße runter ist. Spinnen die denn?«

Das Mitleid der anderen Kunden hielt sich in Grenzen. Auch Doreen reagierte nicht auf das Drama.

»Der Laden brummt jetzt aber – trotz Monatsende«, stellte ich fest.

»Aktionswochen«, klärte sie mich auf. »Seit zehn Minuten.«

»Darf ich Sie noch was fragen?«

Ich durfte.

»Singt Venus gerne?«

»Ja. Immer, wenn was im Radio läuft. Am liebsten Songs von der Helene Fischer. Da hat sie richtig Spaß dran. Und sie hat die Texte prima drauf, echt. *Atemlos durch die Nacht, bis ein neuer Tag erwacht. Atemlos einfach raus, deine Augen zieh'n mich aus! Atemlos durch die Nacht, spür, was Liebe mit uns macht* … Und so weiter.«

»Und was ist mit diesem Reim?« Ich startete die Audiodatei auf meinem Smartphone. Sie legte ihr Ohr an das Handy. *»Bin 'ne kleine Micky Maus, zieh mir meine Hose aus und nicht wieder an und du bist dran …«*

»Das kenn ich nicht«, meinte Doreen erschrocken. »Was soll das bedeuten, dass Venus so was singt?«

»Das wüsste ich auch gern.«

»Ist bestimmt nur Spaß.« Ihre Miene strafte sie Lügen.

»Und Sie haben wirklich keine Ahnung?«

»Es ist besser, wenn Sie jetzt gehen, Frau Grappa.«

»Gut. Danke für den Haarschnitt. Rufen Sie mich bitte an, wenn Ihnen doch noch etwas zu diesem Reim einfällt.«

Leider konnte ich nicht in ihren Kopf schauen, aber der Reim hatte seine Wirkung auf Doreen gehabt. Obwohl sie über Jupp ja eher positiv gesprochen hatte.

Auf dem Weg nach Hause stoppte ich bei der Bäckerei. Frau Schmitz und die Bäckereifachverkäuferin Donka schütteten frische Brötchen in die Körbe.

»Frau Grappa, du hier? Wie isses?«

»Muss. Und selbst?«

»Auch. Hast du neue Haare?«

»Musste mal wieder sein, Frau Schmitz.«

»Sieht gut aus. Wo warst du?«

»Salon Doreen.«

»Kenn ich nicht. Kaffee?«

»Gerne.«

»Wo isser denn?« Natürlich meinte sie nicht den Salon Doreen, sondern Kleist.

»Der macht den Abwasch und feudelt durch.«

»Guter Mann.«

»Find ich auch.«

Ich trank den Pott leer, kaufte ein Ciabatta und fuhr nach Hause.

Leider hatte Kleist weder den Abwasch gemacht noch durchgefeudelt. Irgendwas ist doch immer, dachte ich. Oder mit Frau Schmitz gesprochen: Man kann sich die Männer nicht backen.

Dass meine Haare einen neuen Schnitt hatten, bemerkte er auch nicht. Na toll. Aber er hatte eine Neuigkeit, die mich erfreute. Staatsanwalt Klebow hatte versprochen, Venus durch den Amtsarzt untersuchen zu lassen – wegen Verdachts auf schwere Körperverletzung durch Marina Schrott und sexuellen Missbrauchs durch Unbekannte.

»Fällt dir eigentlich nichts an mir auf?«, fragte ich Stunden später beim Abendessen.

Kleist musterte mich. »Ich weiß, dass ich bestimmt falsch antwortete ...«, stotterte er. »Aber du siehst aus wie immer.«

»Dann schüttle ich jetzt mal mein Haar für dich«, kündigte ich an und bewegte meinen Kopf wie ein nasser Hund auf Speed.

»Du warst beim Friseur«, er lachte erleichtert ob dieses Treffers.

»Ja. Im Salon Doreen.«

»Wie bitte?« Er starrte mich an, wusste nicht, ob er lachen oder weinen sollte. »Du hast dir im Hundesalon die Haare schneiden lassen?«

»Ja, es war grad nicht viel Betrieb. Sieht okay aus, oder?«

»Wuff!«, machte er.

Verlockende Angebote

Der Fall ließ mich auch am Sonntag nicht los. Ich stand früh auf, brachte es nicht fertig, Kleist zu wecken. Prompt legte er sich quer übers Bett, streckte die langen Beine von sich und brabbelte Unverständliches.

Ein starker Kaffee und die Morgenlektüre meiner Mails brachten mich langsam in Schwung. Ich löschte neunzig Spams, verschmähte Viagra-Angebote und ignorierte die Angebote von Sanitätshäusern, die mir das Leben im Alter erleichtern wollten.

Dafür gab es heiße Neuigkeiten vom angeblich beliebtesten Politiker Deutschlands: Werner Buschbach von der CDU. Der nervige, immer sonnenbankgebräunte Dauergast im TV hatte seine Popularität genutzt und einen Herrenduft entwickelt. *Talking Blender – der Duft, der dich in die Talkshows bringt* – so der Werbeslogan auf dem halbseitigen PR-Artikel in der Bild-Zeitung. Der Flakon hatte eine phallische Form, die einem Mikrofon mit Windschutz nachempfunden war.

Wie das Zeug wohl riechen mochte? Ich tippte auf alten Männerschweiß oder ranzige Sonnenschutzcreme. Weg damit und zu Google. Dort suchte ich nach Nadine Schuster, der Krankenschwester, die vor rund zehn Jahren Anzeige gegen Marina Schrott erstattet hatte und deshalb von der Uniklinik entlassen worden war.

Leider war der Name Schuster ziemlich häufig – auch in der Kombination mit dem Vornamen. In Verbindung mit der Uniklinik fand ich ebenfalls keinen Eintrag. Die Klinik hatte eine große Abteilung für Kinderheilkunde. Ich wühlte mich durch die einzelnen Fachbereiche, die auf Venus und ihre Beschwerden hätten zutreffen können, und landete in der Kinder-Endokrinologie. Die Leiden der jungen Patienten wurden so beschrieben: *In unserer Abteilung arbeiten Spezialisten für hormonelle Erkrankungen des Kindes- und Jugendalters.*

Könnte passen, dachte ich. Diana Schrott hatte in den Unterlagen etwas über Schilddrüsenprobleme gelesen, wegen derer ihre Schwester in der Klinik behandelt worden war. Durch meine Recherche im Netz wusste ich, dass bei den meisten Münchhausen-Opfern oft zuerst Störungen der Schilddrüsenfunktion diagnostiziert werden. Die Ärzte unterscheiden zwischen Über- und Unterfunktion. Eine Überfunktion kann zu Herzrhythmusstörungen und Herzschwäche führen, weil die zu viel produzierten Hormone den Körper überschwemmen und das Herz auf Hochtouren bringen. Auch eine Schilddrüsenunterfunktion gefährdet das Herz, weil sich der Stoffwechsel verlangsamt. Die Cholesterinwerte steigen und damit auch das Risiko für Arteriosklerose und Herzinfarkt.

Jetzt musste ich nur noch Glück haben und jemanden finden, der sich an Nadine Schuster erinnerte und vielleicht wusste, wo sie nach ihrer Entlassung abgeblieben war.

Ich telefonierte alle Nummern ab, die ich auf der Homepage fand. Es gab zwar einige Mitarbeiter, die sich an eine Krankenschwester namens Nadine Schuster erinnern konnten, doch niemand wusste mehr über sie.

Kleist war nun auch aufgestanden und schaute mir über die Schulter.

»Warum machst du dir diese Arbeit?«, fragte er. »Der Kollege beim Landeskriminalamt hat Nadine Schuster gefunden und schon mit ihr gesprochen. Sie erinnert sich sehr lebhaft an den Fall Schrott.«

»Ach, Mann«, rief ich, »warum sagst du mir das nicht? Ich dachte, du willst mir helfen!«

»Sorry, aber sie kann nicht viel zur Aufklärung des Mordes beitragen. Und die Staatsanwaltschaft hat damals die

Ermittlungen eingestellt, nachdem Venus von einem unabhängigen Gutachter untersucht worden war. Sie hatte eine schwere Störung der Schilddrüsenfunktion, die in der Klinik behandelt wurde. Frau Schuster hatte sich getäuscht.«

»Irgendetwas muss ihr Misstrauen doch geweckt haben. So mir nix, dir nix beschuldigt eine Krankenschwester doch nicht die Mutter eines kranken Kindes.«

»Das war eine fixe Idee von Frau Schuster – das sagt jedenfalls ihr früherer Arbeitgeber«, berichtete Kleist und nahm einen Schluck aus meinem Kaffeepott. »Zu einem Arbeitsgerichtsprozess kam es allerdings nicht, die Parteien haben einen Vergleich geschlossen.«

»Ich möchte selbst mit ihr sprechen«, entschied ich. »Kannst du mir die Kontaktdaten beschaffen?«

Er versprach es.

Eine Beerdigung und zwei Ehemänner

Die Woche begann mit einer öffentlichen Versöhnungsfeier zwischen Bärchen Biber und der wieder gesundeten Mäggi Wurbel-Simonis unter der Aufsicht des Verlegers. Hans Damm tauchte in der Konferenz auf und erklärte das neue Ressort.

»Breitenkompatible Kultur, urbanes Leben, Verbraucherprobleme, Jugendkultur«, schwadronierte er. Beim Begriff *Jugendkultur* verzog Mäggi angeekelt das Gesicht.

Wayne und ich grinsten uns an.

»Ich denke, das ist auch in Ihrem Sinne, Frau Kollegin. Herr Biber wird Ihnen sicherlich helfen, die neue Ausrichtung des Begriffs Kultur mit Leben zu füllen. Und unsere Zeitung mit Texten.« Damm lachte. »Außerdem möchte ich, dass sich die beiden Streithähne wieder versöhnen. Gehen Sie aufeinander zu und legen Sie nicht jedes Wort, das der andere sagt, auf die Goldwaage.«

»Küsst euch doch«, schlug ich vor. »Und das Foto heben wir dann ins Blatt.«

»Der Kuss der Spinnenfrau«, sinnierte Harras. »Eine Tragödie in mehreren Akten und mit vielen …«

»Sie werden schon einen Weg finden«, unterbrach Damm. »Ich habe noch ein Meeting und verabschiede mich. Einen ideenreichen Tag wünsche ich Ihnen.«

Nachdem er abgerauscht war, verteilte Bärchen die Termine und fragte nach Ideen.

»Heute Mittag wird Marina Schrott beerdigt. Da werden sich alle ihre Freunde und Feinde ein Stelldichein geben. Ich schlage eine Fotostrecke vor mit einem sachlichen Bericht. Und falls es am Grab der Verblichenen Theater geben sollte, wird's eben eine fetzige Reportage. Immerhin rechne ich damit, dass die zwei Ehemänner aufeinandertreffen.«

»Meinst du, der Mörder kommt auch?«, fragte Sarah.

»Ich werde auf jeden Fall drauf achten, Sarah«, versprach ich. »Und Wayne wird ihn ablichten.«

»Das ist eine gute Story für die Eins«, nickte Chefchen. »Und wie füllen wir heute unsere neue Seite *Kulturelles Leben,* Frau Wurbel-Simonis?«

»Mit einer Demo gegen Plastiktüten«, sagte sie. »Sie verschmutzen die Meere, töten Tiere und sind nahezu unverrottbar. Trotzdem werden sie beim Discounter Aldi weiter abgegeben. Andere Supermärkte sind da auf einem besseren Weg. Ich habe schon eine Anfrage an die Pressestelle der Kette geschickt. Hauptredner auf der Demo heute ist übrigens der Innenminister von Somalia.«

Jetzt machten wir alle runde Augen. Somalia?

»Kenia hätte ich ja noch verstanden«, raunte mir Wayne zu. »Aber Somalia?«

»Und was will uns ein Schwarzer aus Somalia über Plastiktüten erzählen?«, fragte Chefchen freundlich.

»Die Menge des Plastikmülls in den Weltmeeren wird Jahr

für Jahr größer, denn die industrielle Kunststoffproduktion wächst immer weiter. Somalia hat deshalb alle Plastiktüten verboten. Ein glänzendes Vorbild für unsere egoistische Wegwerfgesellschaft.«

»Warum gerade Somalia?«

»Meine Güte, weil Somalia direkt betroffen ist«, echauffierte sie sich. »Die Menge des Plastikmülls in den Weltmeeren wird Jahr für Jahr größer, weil die industrielle Kunststoffproduktion immer weiter wächst. Zurzeit sind es etwa dreihundert Millionen Tonnen pro Jahr.«

»Somalia ist für Piraten bekannt, die Schiffe überfallen, ausrauben und Menschen töten«, wandte Bärchen ein. »Sollen wir etwa ein solches Land als Beispiel für vorbildliches ökologisches Engagement loben?«

»Somalia ist ein schweinearmes Land. Die haben doch gar nichts, was sie in Plastik verpacken könnten. Da ist es leicht, auf die Dinger zu verzichten. Vorbild? Na ja. Solange die Piraten ihre Opfer nicht mit Plastiktüten ersticken, ist doch alles öko«, meinte Simon Harras. »Ich finde das Thema jedenfalls besser als den Bericht über diesen kranken Künstler, der sich Barbiepuppen in den Arsch schiebt.«

Wurbelchen zischte: »Verräter!«, bekam aber ihre Zeilen und ein Foto. Das Interview mit dem somalischen Innenminister lehnte Bärchen jedoch ab.

»Na, Mäggi«, sprach ich sie im Großraumbüro an. »Wieder auf den Beinen?«

»Wie du siehst«, antwortete sie. »Du hast mich neulich ganz schön hängen lassen, Grappa. Mal sehen, ob ich darüber hinwegkomme.«

»Das schaffst du. Kann ich dir als vertrauensbildende Maßnahme einen Kaffee bringen?«

»Meinetwegen.«

»Ich will mich aber nicht aufdrängen«, beruhigte ich sie.

»Her mit dem Kaffee«, befahl sie grinsend.

Ich eilte in die Kantine. Dort saß Wayne und starrte vor sich hin. Entspannt sah er nicht aus.

»Was ist denn mit dir los?«, fragte ich.

»Ich hab ein Problem. Perihan kommt zu Besuch nach Deutschland.«

»Das ist doch super«, rief ich aus. »Und wieso ist das ein Problem für dich?«

»Sie will bei mir wohnen.«

»Und?«

»Grappa, das kann ich nicht machen. Sie ist Türkin.«

»Aufgeklärte Türkin.«

»Kann sie nicht ein paar Tage bei dir wohnen?«, bettelte er.

»Nein, auf keinen Fall«, wehrte ich ab. »Bei mir wohnt Kleist. Wie geht es der Süßen denn?«

»Sie will hier studieren und sucht eine Wohnung.«

»Was genau sind denn nun deine Befürchtungen? Dass du dich wieder in sie verliebst? Vielleicht erwidert sie ja deine Gefühle.«

Er winkte ab. »Ich bin zwanzig Jahre älter als sie. Sie sieht mich nur als väterlichen Freund.«

Perihan. Die Tochter türkischer Eltern und die Schwester eines Selbstmordattentäters, der mehrere Menschen in die Luft gebombt hatte. Wir hatten sie vor einigen Monaten kennengelernt. Bei Wayne hatte die junge schöne Frau Frühlingsgefühle geweckt.

Mir fiel Mäggi ein. Der Kaffee!

»Wir müssen gleich zur Schrott-Grablegung«, erinnerte ich den Fotografen. »In fünfzehn Minuten beim Auto?«

Am Kaffeeautomaten machte ich den Becher voll und sprintete ins Büro. Mäggi war nicht mehr da.

»Die ist grad weg«, erklärte Susi. »Sie ist zu dem Neger hin, der keine Plastiktüten mag.«

Tölen in Trauer

Es schüttete wie aus Kübeln. Das richtige Wetter für eine Beerdigung. Vor dem Bezirksfriedhof lungerten bereits die Kollegen, die sich noch zurückhaltend gaben. Ein Kleinbus rollte auf den Parkplatz. Die Türen öffneten sich: Doreen und ein paar Mädels von der Hundefriseurtruppe erschienen. Sie waren ungewöhnlich dezent gekleidet.

»Hallo, Doreen«, begrüßte ich sie. »Schön, dass Sie auch Abschied nehmen wollen.«

»Sie brauchen gar nicht rumzusülzen, Frau Grappa«, maulte sie.

»Okay. Haben Sie mal über den Reim nachgedacht? Und was er bedeuten könnte?«

»Sicher, das ging mir nicht mehr aus dem Kopp.«

»Und?«

»Nicht vor der Beerdigung«, wehrte sie ab. Sie schaute an mir vorbei: »Dahinten kommt Jupp. Der sieht ja ganz krank aus.«

Sie ließ mich stehen und ging zu ihm. Beide begrüßten sich förmlich.

Vor der Trauerhalle tauchten immer mehr Gäste mit Hunden auf: Marina Schrotts Kunden und ihre Frauchen. Zwergschnauzer, Pudel in allen möglichen Größen, Malteser und Yorkshires.

»Ich wusste gar nicht, dass es Trauerzeugs auch für Tölen gibt«, meinte Wayne respektlos und knipste schwarze Tüllrosen, Trauerflore und Schleifchen in allen Variationen, die an den Tieren angebracht worden waren.

»Ich finde es irgendwie rührend«, sagte ich – überrascht von mir selbst. Normalerweise benannte ich schlechten Geschmack als das, was er war: schlechter Geschmack.

»Die Bullen sind auch da.« Wayne deutete auf einige unauffällige Herren, die sich unter die Gäste mischten.

Endlich erschien der Wagen des Beerdigungsinstitutes mit dem Sarg. Dahinter ein Nobelklassewagen. Ihm entstiegen Engelbert und Diana Schrott. Die junge Frau holte aus dem Kofferraum einen Rollstuhl und schob ihn dicht an das Auto heran. Engelbert Schrott hob seine Tochter Venus vom Rücksitz und setzte sie in den Rollstuhl – begleitet von einem Blitzlichtgewitter.

Schrott wirkte sehr vornehm in seinem schwarzen Anzug, der von bester Qualität war. Er trug eine getönte Brille, durch die seine Augen nicht zu erkennen waren. Sein Adamsapfel bewegte sich unruhig, was auf eine gewisse Aufregung schließen ließ.

Diana dagegen sah aus wie eine unnahbare Göttin. Das schwarze Kostüm ließ sie noch zerbrechlicher erscheinen, als sie ohnehin wirkte, der kleine schwarze Hut mit dem Tüllschleier konnte es mit dem Outfit der hier versammelten Hunde locker aufnehmen. Venus dagegen drückte sich verängstigt in ihren Rollstuhl. Sie fixierte die fremden Menschen durch die Glasbausteine ihrer Brille. Diana schob den Rollstuhl zum Eingang der Trauerhalle, Fotografen und Kameraleute folgten den beiden.

Die Angestellten des Beerdigungsinstitutes hievten den geschmückten Sarg auf einen fahrbaren Untersatz und bugsierten ihn in die Trauerhalle – die Familie Schrott folgte langsam.

Jakobus Hiller hatte sich bei Doreen eingehakt. Er schien kraftlos und krank. Trauerte er wirklich?

In der Halle hatten inzwischen alle Gäste Platz gefunden. Der Sarg stand vor Kopf, geschmückt mit Kränzen und Blumensträußen. Daneben ein Stehpult. Ich war gespannt, wer die Grabrede halten würde.

Ein Organist setzte sich an eine kleine Orgel und intonierte das *Ricercar* von Bach. Nach ein paar Takten schaute ich mich um. Die Trauergemeinde machte das, was Trauergemeinden zu tun pflegten: Die meisten hatten die Augen geschlossen und gaukelten vor, sich in stillem Gedenken an die Verstorbene zu erinnern. Bei Doreen und Jakobus Hiller glaubte ich es sogar. Hiller weinte lautlos in ein Taschentuch, die Groomerin hatte ebenfalls feuchte Augen. Etwas abseits saß Venus in ihrem Rollstuhl. Von ihrem Gesicht konnte ich nicht ablesen, inwieweit sie verstand, was vor sich ging.

Diana Schrott jedoch stand kerzengerade neben Vater und Sarg, ihre Körperhaltung schrie: Krieg!

Die Orgel tobte. In die Noten knallte ein furchtbares Geräusch: Ein Dobermann mochte die Bach'schen Töne offenbar sehr und machte heulend mit. Ich hatte Mühe, einen Lachanfall zu unterdrücken. Hund und Frauchen verließen hektisch die Halle, der Organist beendete seine Darbietung.

Wer würde reden? Ich musste nicht länger mutmaßen: Engelbert Schrott schritt zum Pult.

Er warf einen Blick auf den mit Blumen geschmückten Sarg. Auf einer Staffelei stand ein großes Foto von Marina Schrott, die lächelnd ins Publikum schaute.

»Wir wollen heute Abschied nehmen von Marina Schrott, meiner Frau. Für viele von Ihnen, die Sie heute gekommen sind, um ihr die letzte Ehre zu erweisen, mag dieser Tag eine Bedeutung haben. Der eine vermisst eine gute Chefin, der andere eine sozial engagierte Frau, die ihre Kraft und ihr Geld in viele sinnvolle Projekte gesteckt hat, der Nächste vielleicht eine Freundin, die immer für ihn da gewesen ist.«

Schrott machte eine Pause. Die Trauergäste starrten ihn an. Diana Schrott hatte die Augen geschlossen, Venus dämmerte in ihrem Rollstuhl vor sich hin, Jakobus Hiller saß aufrecht und ließ den Redner nicht aus den Augen.

»Für mich ist dies heute kein Abschied«, fuhr Schrott fort. »Für mich hat dieser Abschied schon vor vielen Jahren stattgefunden, als ich feststellte, dass Marina nicht die Frau war, die sie zu sein allen vorspielte. Sie war keine gute Ehefrau und keine liebevolle Mutter. Sie hinterging mich und vernachlässigte ihre kleinen Mädchen.«

Raunen und leise Proteste im Saal: »Üble Nachrede!«, »Unverschämt!«, »Kann den mal jemand stoppen?«

Doch Schrott ließ sich nicht aufhalten. »Eines Tages musste ich die Notbremse ziehen. Mir war klar, dass sie im Fall einer Scheidung das Sorgerecht für die Zwillinge bekommen würde, aufgrund ihres untadeligen Rufs. Ich entschied mich, die Mädchen zu mir zu nehmen und außer Landes zu gehen. Doch leider klappte das nur bei meiner Tochter Diana. Venus blieb zurück und wurde von ihrer Mutter zum Krüppel gemacht. Sehen Sie genau hin: Diana ist eine gesunde, schöne junge Frau. Venus dagegen ist schwer krank und behindert.«

»Hören Sie auf!«, schrie Doreen und sprang auf. »Die Marina war eine Gute. Die hätte der Venus nie was tun können!«

»Wir werden beweisen, dass Venus' Krankheiten absichtlich hervorgerufen wurden. Und jetzt wünsche ich allen Anwesenden einen angenehmen Tag.«

Engelbert Schrott entfernte sich vom Stehpult. Jakobus Hiller stellte sich ihm in den Weg. Hundegebell. Der Organist donnerte die ersten Takte von Bachs *Toccata* in das Durcheinander.

»Happy Kadaver«, rief Wayne und knipste, was das Zeug hielt.

Es kam dann doch nicht zu der erwarteten Schlägerei zwischen Schrott und Hiller. Doreen riss Jupp zurück und redete beruhigend auf ihn ein. Die Sargträger schnappten sich die Kiste und schleppten sie nach draußen, nach und nach folgten alle. Direkt hinter dem Sarg schritten Schrott und Diana, die Venus vor sich herschob.

Ich gesellte mich an Dianas Seite. »Musste das sein?«, fragte ich leise.

»Ja, das musste sein.«

»Wenn sich Ihr Vater so viele Sorgen gemacht hat, wieso hat er Venus nicht auch zu sich geholt?«

»Weil meine Mutter ihn erpresst hat«, behauptete Diana. »Er galt als Kindesentführer, denn ein Gericht entzog ihm auf Betreiben des Jugendamtes das Sorgerecht für mich. Ich hätte zu ihr zurückgemusst. Die Warnungen meines Vaters wurden ja nicht beachtet.«

»Nun, jetzt wird ja alles aufgeklärt«, sagte ich. »Venus wird demnächst gründlich untersucht, das hat die Staatsanwaltschaft angeordnet. Was ist, wenn Ihr Verdacht nicht bestätigt wird?«

Sie konnte nicht antworten, weil wir vor dem bereits ausgehobenen Grab standen. Die Träger setzten ihre Last ab, legten Transportbänder um den Sarg und ließen ihn in die Grube hinab.

Der Rest war Beerdigungsroutine. Familie Schrott nahm die Beileidsworte der Trauergäste entgegen, Blumen und Erde landeten auf dem Sarg.

»Gibt es noch einen Leichenschmaus?«, fragte Wayne.

»Nicht dass ich wüsste«, antwortete ich.

Tatsächlich löste sich die Gruppe auf, jeder ging seiner Wege. Auch die Polizisten verschwanden. Zurück blieben die drei Schrotts, Wayne und ich. Hinter uns schaufelten die Friedhofsmitarbeiter das Loch zu.

»Das war ja kurz und schmerzlos«, stellte ich fest. »Wie geht es jetzt weiter?«

»Sobald ich die Vormundschaft für meine Tochter bekomme«, antwortete Schrott, »fliegen wir in die USA zurück. Da bekommt Venus die bestmögliche Pflege. Ich hoffe, dass man die Schäden, die meine Frau ihr zugefügt hat, wenigstens teilweise wieder rückgängig machen kann.«

»Genug Geld ist ja da«, nickte ich.

»Es geht mir nicht ums Geld, Frau Grappa«, behauptete Schrott. »Ich mache mir Vorwürfe, dass ich es so weit habe kommen lassen. Das will und werde ich wiedergutmachen.«

Er legte seine Hand auf Venus' Haare und streichelte über ihren Kopf. Sie strahlte ihn durch ihre starken Brillengläser an. Das ist echt, dachte ich.

Nichts war normal

Waynes Fotos zeigten ein skurriles Panoptikum merkwürdiger Gestalten, die zu einer Beerdigung nicht passen wollten. Die Hunde in Traueroptik sahen dermaßen schräg aus, dass ich wieder in Lachen ausbrach. Das lockte die Kolleginnen und Kollegen von ihren Schreibtischen weg. Nach ein paar Minuten waren wir eine lustige Runde.

»Was ist denn hier los?« Bärchen stand plötzlich im Raum.

»Wir haben gute Laune«, rief ich.

»Ach ja?«, dehnte er. »Und warum?«

»Liegt nicht an dir, Chef«, versicherte ich.

»Und an wem dann?«

Ich erklärte es ihm. Er versuchte, beim Anblick der Fotos ernst zu bleiben, was ihm schwerfiel.

»Nun lach doch mal«, schlug ich vor. »Lachen ist gesund – auch für dich.«

»Ich lache gleich, wenn ich deinen Artikel gegengelesen habe, Grappa«, versprach er.

»Was ist der verkrampft«, stellte Sarah fest, als Bärchen gegangen war. »Manchmal tut er mir echt leid. Irgendwie gehört er nicht mehr zu uns. Wird Zeit, dass wir wieder einen echten Chef kriegen.«

»Mädels, ich muss schreiben. Sonst wird Chefchen sauer. Also – zurück auf eure Plätze!«

Eklat auf der Schrott-Beerdigung – Vater beschuldigt Mordopfer der schweren Körperverletzung

– so der Titel.

Auf Beerdigungen wird normalerweise nur gut über die Menschen gesprochen, die bald in die Grube sinken. Normalerweise. Aber bei der Grablegung von Marina Schrott war nichts normal. Weder die Gäste noch der Ablauf der Zeremonie. Immerhin: Das Opfer eines brutalen Mordes liegt jetzt unter der Erde und findet hoffentlich seine ewige Ruhe.
In seiner Rede erneuerte der Witwer der Toten die Vorwürfe, die seine Tochter Diana bereits gegenüber unserer Zeitung geäußert hat: dass Marina Schrott am Münchhausen-Stellvertreter-Syndrom litt und ihre Tochter Venus absichtlich zu einem Krüppel gemacht hat. Diese Vorwürfe führten zu Tumulten in der Trauerhalle. Erst die lautstarke Bach'sche Toccata konnte die Streithähne wieder zur Raison bringen. Der Dank gilt also dem Organisten, der durch seine mutige Aktion Ruhe in die Veranstaltung brachte.

Kleist lieferte am Abend. Er legte einen Zettel mit der Telefonnummer von Nadine Schuster auf den Küchentisch.

»Danke«, sagte ich.

»Ich verdiene den Dank nicht«, sagte er. »Sie hat hier angerufen.«

»Wie das?«

»Sie ist ja schon von den Kollegen befragt worden«, antwortete er. »Außerdem liest sie Zeitung und dein hübscher Name ziert deine Artikel doch meistens. In der Redaktion hat man ihr deine Nummer gegeben.«

»Was hat sie gesagt?«

»Dass sie gerne mit dir reden will.«

»Wunderbar! Endlich will mal jemand mit mir reden.«

Er reichte mir ein Glas Pinot blanc. »Schön, dass du da bist.«

»Moment, ich ruf noch schnell die Schuster an.«

Ich erreichte sie sofort und wir verabredeten uns für den nächsten Morgen: Frühstück im Bistro.

Der schwache Duft von Muskat

Anneliese Schmitz hatte uns einen Tisch im hinteren Bereich des Bistros gedeckt. Arbeitsfrühstück – so meine Ansage. Nadine Schuster war pünktlich. Sie war eine Frau mittleren Alters mit freundlichem Gesicht und einem unbändig dauergewellten Lockenkopf, wie er in den Siebzigerjahren mal modern gewesen war. Angela-Davis-Look. Wenn Doreen die in die Finger kriegt, ist Schluss mit lustig, dachte ich, da kriegt der Lockenmopp erst mal ein Pudel-Krönchen verpasst.

»Ich bin so froh, dass jetzt alles ans Licht kommt«, begrüßte sie mich atemlos. »Diese Sache hat mich damals schwer mitgenommen.«

Frau Schmitz brachte Kaffee und zwei Mandelhörnchen. Sie beäugte Nadine Schuster neugierig, warf mir einen Blick zu, den ich nur zu gut kannte: ein leichtes Schmollen darüber, dass ich ihr die Identität meines Frühstücksgastes noch nicht enthüllt hatte.

»Erzählen Sie«, bat ich. »Ich mache mir Notizen. Ist das in Ordnung?«

»Natürlich. Ich bin ja froh, dass mir einer zuhört.«

»Die Polizei hat Ihnen damals doch auch zugehört. Was ist vor zehn Jahren passiert?«

»Eines Abends wurde das Mädchen als Notfall eingeliefert. Es stand nicht gut um sie. Die Kleine erbrach sich ständig, hatte Krampfanfälle und war nicht mehr ansprechbar. Die Mutter war völlig außer sich. Sie flehte die Ärzte an, ihre Tochter zu retten, schrie und weinte. Der Stationsarzt ordnete an, dass ich ihr ein Beruhigungsmittel geben sollte. Sie wollte das aber nicht. Das Kind wurde untersucht, man tippte auf eine Vergiftung. Röntgen, Ultraschall, schließlich Magenauspumpen und Tropf. Am Morgen ging es Venus dann besser. Weitere Untersuchungen ergaben, dass organisch alles in Ordnung war.«

»Welche Diagnose haben die Ärzte gestellt?«

»Keine. Es ging ihr ja besser.«

»Und wieso kam Ihnen der Verdacht, dass etwas nicht stimmte?«

»Am Morgen war die Mutter kurz mal draußen und ich fragte die Kleine, ob es ihr schon öfter so schlecht gegangen sei. Sie sagte Ja und erzählte, dass sie schon in vielen Krankenhäusern gewesen sei. Das kam mir merkwürdig vor und ich prüfte die Angaben der Mutter, die sie bei der Einlieferung gemacht hatte. In dem Patientenblatt stand nichts von Vorerkrankungen. Leider kam ich dann nicht mehr dazu, mich noch einmal mit Venus zu unterhalten. Frau Schrott wollte ihre Tochter wieder mit nach Hause nehmen. Ich setzte die Kleine in einen Rollstuhl, um sie nach draußen zu schieben. Dabei kam ich dem Mädchen sehr nahe und dann war plötzlich dieser Geruch da.«

»Geruch?«

»Muskat.«

Ich kannte Muskat nur als Gewürz. Der Abrieb der Nüsse gab jeder Soße, Kartoffelpüree, Glühwein und Plätzchenteig den letzten Pfiff. Nadine Schuster jedoch kannte noch weitere Verwendungsmöglichkeiten: als Droge!

»Bevor ich in der Uniklinik anfing, arbeitete ich in einer Drogenambulanz. Daher kannte ich das«, berichtete sie. »Die Patienten, denen die Kohle für Ecstasy fehlte, rieben die Nüsse zu Pulver und warfen es ein. Ein Esslöffel Muskat reicht, um Halluzinationen zu erzeugen, die tagelang anhalten können. Das liegt an einem Öl namens Myristicin. Hohe

Dosierungen schädigen die Leber, die Muskeln und können sogar tödlich sein. Ich wies die Ärzte auf den Geruch hin, doch sie fühlten sich belehrt und reagierten nicht. So was ist ja immer auch ein Hierarchieproblem. Eine Krankenschwester, die mitdenkt und den studierten Medizinern zu verstehen gibt, dass sie vielleicht etwas übersehen haben.« Sie lachte bitter.

»Und dann haben Sie Anzeige erstattet?«

»Nicht sofort. Ich habe nach und nach die umliegenden Kliniken abtelefoniert und nach dem Namen Schrott geforscht. Insgesamt elfmal wurde das Mädchen als Notfall eingeliefert – immer mit ähnlichen Symptomen, also Muskelkrämpfe, Atembeschwerden und sogar Halluzinationen. Das hab ich dann der Staatsanwaltschaft mitgeteilt. Kurz darauf wurde ich entlassen.«

»Sind Sie gegen die Kündigung vorgegangen?«

»Nein. Ich bekam eine Abfindung, nachdem mein Anwalt mit einer Klage gedroht hatte«, antwortete Nadine Schuster. »Ich wollte da sowieso weg. Dieses ganze Elend mit den schwerkranken Kindern – das konnte ich nur schwer ertragen.«

»Was war das Ergebnis der Ermittlungen?«

»Die Klinik hatte plötzlich eine Diagnose für das Krankheitsbild des Mädchens, nämlich Muskelatrophie.«

»Passt das denn dann noch zu Ihrem Verdacht, dass Marina das Münchhausen-Stellvertreter-Syndrom hatte?«

Sie nickte. »Durchaus. Durch Überdosierung bestimmter Medikamente, zum Beispiel Jod, kann man die Schilddrüse beeinflussen, die Muskeln werden dauerhaft geschädigt.«

»Venus Schrott sitzt heute im Rollstuhl«, entgegnete ich. »Wenn ihre Mutter sie wirklich jahrelang gequält hat, ist das ein schlimmes Verbrechen. Ein Geständnis werden wir von ihr leider nicht mehr bekommen.«

Perihans Rückkehr

Die Redaktionskonferenz hatte ich verpasst, was nicht wirklich schlimm war. Alle litten unter der Situation, dass noch immer kein Redaktionsleiter gefunden worden war und Bärchen immer unsicherer wurde, was nicht zuletzt an unseren täglichen Attacken lag. Per Mail teilte er mir sechzig Zeilen zu.

»Glaubst du wirklich, dass Rache das Motiv für den Mord war?«, fragte Wayne nach meinem Kurzbericht vom Gespräch mit Frau Schuster. »Könnte es nicht einfach nur Habgier sein? Gekränkte Eitelkeit? Oder Vertuschung einer Straftat?«

»Wenn es auf Missbrauch hinausläuft, hat Venus bisher nur die Hölle auf Erden kennengelernt. Die Untersuchung wird Licht ins Dunkel bringen.«

Ich reichte ihm mein Handy. »Hier sind ein paar Fotos von Nadine Schuster.«

Er schaute sie sich an. »Interessante Frau. Sehr fotogen.«

»Das liegt an den Haaren«, erklärte ich. »Da kommt kein Pudel gegen an.«

Wayne grinste. »Ich mach was draus«, versprach er.

»Was ist mit Perihan?«

»Sie kommt heute Abend und wohnt vorläufig bei mir.«

»Gut so.«

»Das wird sich noch zeigen«, murmelte er mit rotem Kopf.

»Lass alles auf dich zukommen und improvisiere. Und du kannst mich jederzeit anrufen und um Rat fragen.«

»Danke, Grappa-Baby! Es ist schön, dass es dich gibt.«

Ich überhörte den ironischen Ton und meinte: »Das finde ich auch.«

Die Zeilen waren schnell geschrieben, denn die Krankenschwester hatte geredet wie ein Wasserfall. Ich reicherte den Text noch mit einigen Infos zu den Krankheitsbildern an, die Nadine Schuster beschrieben hatte.

Besonders Muskat dürfte die Leser interessieren, das Gewürz in Nuss- oder Blütenform gab es in jedem gut sortierten Haushalt.

Das ätherische Öl Myristicin in der Nuss löst den Rausch aus. Das Zeit- und Raumgefühl verändert sich. Die Nebenwirkungen reichen von Übelkeit und Brechreiz bis hin zu Psychosen. Das in der Muskatnuss ebenfalls enthaltende Safrol gilt als krebserregend und leberschädigend. Durch einen Überschuss des Neurotransmitters Serotonin lässt außerdem die Aufmerksamkeit nach, es kommt zu Verhaltensveränderungen, Ruhelosigkeit und Muskelzuckungen. Erste Vergiftungserscheinungen treten ab einer Menge von vier Gramm auf, was einer Nuss entspricht. Ab zwanzig Gramm Muskat sind schwere Delirien und Herzstillstand möglich.

Bärchen nahm den Text ab. »Bist du dir sicher, dass dein Artikel keine Hamsterkäufe auf Muskat auslöst?«, fragte er. »Oder dass Jugendliche an Mutters Gewürzregal gehen und eine Nuss knabbern?«

»Dann haben wir eine neue Story«, entgegnete ich. »Aber ich glaube, dass die gefährdeten Kids das sowieso wissen. Die schnüffeln schon lange Muttis Nagellackentferner oder lutschen Opas Fentanyl-Pflaster.«

Am Abend teilte mir Kleist mit, dass am nächsten Tag die Untersuchung von Venus Schrott stattfinden würde. Wo sich die junge Frau inzwischen aufhielt, verschwieg er.

»Wann wird die Staatsanwaltschaft das Ergebnis öffentlich machen?«, fragte ich.

»Ich denke, in ein paar Wochen.«

»Warum dauert das immer so lange?«, maulte ich.

»Weil Ermittler keine Journalisten sind. Unsere Recherchen sollten gerichtsfest sein.«

»Ach so, dann denkst du also, dass wir Journalisten auf gut Glück die Ergebnisse unserer Recherchen rausposaunen, oder was?«, ging ich in die Luft.

»Liebste Maria«, lächelte er. »Du solltest dich abkühlen. Möchtest du ein Glas Wein oder ein Glas Wein?«

»Beides!«

Ein böser Verdacht

Die Boulevard-Konkurrenz hatte Wind von Venus' Aufenthalt im Krankenhaus bekommen und das üble Wort *Missbrauch* geschrieben. Die Staatsanwaltschaft dementierte und betonte, dass es in erster Linie um Beschuldigungen wegen schwerer Körperverletzung gegen die verstorbene Marina Schrott gehe.

Die Bild-Zeitung titelte: *Wurde Rollstuhlmädchen Venus sexuell missbraucht?*

Das Blatt zitierte eine nicht namentlich genannte Mitarbeiterin der Klinik, die versicherte, dass auch eine gynäkologische Untersuchung der jungen Frau angeordnet worden sei – mit der Maßgabe, auf Spuren sexueller Aktivität zu achten.

Der Autor des Artikels fragte scheinheilig, ob sich die Tote deshalb von ihrem Lebensgefährten Jakobus H. getrennt haben könnte.

»Ist da was dran?«, fragte Biber in der Konferenz.

»Ich weiß es nicht«, antwortete ich wahrheitsgemäß.

»Jetzt wird die Sache noch unappetitlicher, als sie ohnehin schon ist«, sagte Chefchen. »Wir sind eine Familienzeitung und sollten uns vor Spekulationen hüten.«

»Wenn die Untersuchungsergebnisse feststehen, haben wir Fakten«, entgegnete ich.

»Ärztliche Schweigepflicht«, krähte Mäggi. »Die werden sich bedeckt halten.«

»Noch. Aber wenn gegen Jakobus Hiller wegen sexuellen Missbrauchs an hilflosen Personen ermittelt wird, haben wir Klarheit.«

»Grappa hat recht. Wir steigen erst aufs Pferd, wenn wir was Offizielles haben«, entschied Bärchen.

»Was hast du ihm dafür versprochen, Grappa?«, feixte Harras. Ich versetzte ihm unterm Tisch einen Tritt.

»Aua!« Kichern.

»Ihr Text über die Plastiktütendemo hat mir gut gefallen, Frau Dr. Wurbel-Simonis«, lächelte Biber.

Mäggi schreckte auf. »Tatsächlich?«

»Jeder, der diese Tüten benutzt, weiß jetzt, dass er unsolidarisch, gewissenlos und in höchstem Maße asozial handelt«, erklärte er sanft. »Und genau das wollen wir mit unserer Arbeit erreichen, nicht wahr? Aufschrecken, aufklären und aufrütteln.«

»Ddd…anke«, stotterte Mäggi.

»So, genug gelobt.« Er schaute in den Terminkalender der Redaktion und verteilte die Arbeit.

»Er hat die Taktik geändert«, meinte Mäggi nach der Konferenz. »Er will uns einlullen, damit wir ihm keinen Ärger mehr machen.«

»Gut, dass wir das überhaupt nicht merken«, meinte ich. »Ich denke, er will die Leiter weiter hochklettern und ist deshalb so zahm.«

»Er hat sich offiziell um die Chefstelle beworben«, wusste Sarah. »Hab ich aus Damms Vorzimmer gehört.«

»Aha, so läuft der Hase. Gibt es noch andere Bewerber, Sarah?«, fragte ich.

»Ja, einige. Drei Männer und eine Frau. Namen weiß ich leider nicht.«

»Bist du diese Frau, Grappa?«, frotzelte Harras.

»Noch nicht«, antwortete ich. »Aber die Idee ist nicht schlecht. Dann kommt hier mal Zug rein.«

Jetzt wollten wir mit Hiller sprechen. Ans Telefon ging er aber nicht. »Doreen weiß bestimmt, wo er untergekrochen ist«, erklärte ich. »Lass uns zum Salon fahren.«

»Wenn ich Hiller wäre und Dreck am Stecken hätte, würde ich abhauen und mich verkriechen«, sagte Wayne im Auto.

Vor dem Hundesalon parkte ein Polizeiwagen. Nach rund zehn Minuten kamen zwei Beamte aus dem Haus – ohne Hiller.

»Komm!«, sagte ich.

Doreen stand hinter dem Tresen. »Nicht ihr auch noch«, rief sie genervt.

»Hallo, Doreen. Hat die Polizei was gefunden?«, fragte ich.

»Den Jupp jedenfalls nicht«, trompetete sie mit hochrotem Kopf. »Außerdem ist der unschuldig. Der packt doch die Venus nicht an!«

Die Saloncrew flüsterte untereinander und die Kunden schauten betreten.

»Können wir unter sechs Augen reden?«, fragte ich.

»Kommen Se mit ins Büro.«

Sie führte uns in einen kleinen Raum, der oberhalb des Behandlungsraums der Hunde lag und über eine behindertengerechte Rampe erreichbar war. Durch große Fenster konnten der Raum und die Tür der Shampoonierstation beobachtet werden. Die Scheiben waren von der Gegenseite verspiegelt. Man konnte also hinausschauen, ohne von unten gesehen zu werden.

»Das war früher Marinas Chefbüro«, erklärte die Groomerin. »Und die Venus hat immer dahinten gesessen.« Sie deutete auf einen bequemen Sessel, dessen Fußteil ausziehbar war.

»Die Polizei hat also Jupp gesucht«, fing ich an. »Warum?«

»Das fragen Sie noch? Haben Sie die *Bild* nicht gelesen? Haben Sie denen das gesteckt?«

»Doreen, nun regen Sie sich mal ab. Ich gebe der Konkurrenz doch keine Tipps«, widersprach ich. »Die haben ihre eigenen Quellen. Und von dem Micky-Maus-Reim stand ja nichts bei den Kollegen. Wir sind hier, um Jupp zu helfen.«

Wayne atmete ob meiner Notlüge tief durch.

»Die finden den Jupp«, prophezeite ich. »Und dann wird es eng für ihn. Aber wenn er uns seine Version erzählt und sich stellt, hat er gute Chancen.«

»Was für eine Version denn?«, fragte Doreen. »Es steht doch noch gar nicht fest, ob der Venus was passiert ist. Und selbst wenn – dann muss es ja nicht der Jupp gewesen sein. Die Marina hatte viele Bekannte.«

»Eben. Deshalb sollte der Jupp die Nerven behalten.«

Sie nickte langsam. Es klappt, dachte ich und hielt den Atem an. »Gut. Ich ruf ihn an und melde mich bei euch, wenn ich ihn erreicht habe.«

»Die Zeit rennt! Wenn er erst zur Fahndung ausgeschrieben ist, kann ich ihm nicht mehr helfen«, drängelte ich.

Doreen kramte ein Handy aus der rosa Kittelschürze und drückte eine Nummer. »Jupp, ich muss dich sehen. Es ist dringend. Wir kommen jetzt rüber. Bleib in der Wohnung.«

Jupp ohne Porsche

Die Wohnung befand sich in einem älteren Mietshaus, das schon bessere Jahre gesehen hatte. Erste Etage. An der Tür stand der Name *Doreen Raupenstrauch*. Die Groomerin selbst hatte Jupp Obdach gewährt.

»Ich hab aber nix mit ihm«, versicherte sie. »Nur Freundschaft. Der hat mir leidgetan, weil er von der Marina so schofelig behandelt worden ist. Der hat null Kohle und musste sogar seinen Porsche verticken.«

»Das ist natürlich hart«, nickte ich.

»Jupp, ich bin es!«, rief sie.

Keine Antwort. Hatte er Verdacht geschöpft und war getürmt?

Doreen öffnete die Küchentür. Das Fenster stand offen, die Gardine wehte nach draußen. Auf dem Tisch Ränder einer Kaffeetasse, daneben ein angebissenes Marmeladenbrot und die Bild-Zeitung.

Wayne ging zum Fenster und blickte nach unten. Filmszenen kamen mir in den Kopf. Doch der Schrei: *Da unten liegt er!*, blieb aus. Die erste Etage ist sowieso nicht suizidgeeignet, dachte ich.

»Ich krieg das Bad nicht auf!«, rief Doreen.

Wir stürzten zu ihr. Die Tür war nicht abgeschlossen, ließ sich aber nicht aufdrücken, weil etwas Schweres dahinter lag. Gemeinsam drückten wir dagegen. Ein Spalt öffnete sich und ich erblickte ein Streifenmuster.

»Das ist dem Jupp sein Morgenmantel«, schrie Doreen. Sie warf sich gegen die Tür. Jetzt konnten wir mehr sehen: Da lag Jakobus Hiller und rührte sich nicht. Wayne tippte die 112 ins Handy.

Die Notfallambulanz kam zügig.

Auf den ersten Blick hatte Hiller keine Verletzungen und tot war er auch nicht. Er stöhnte, als er auf die fahrbare Trage gehievt wurde. Er sah sehr schlecht aus. Die Sonnenbankbräune schien abgeblättert, er war unrasiert und roch nach Alkohol.

»Wo bringen Sie ihn hin?«, fragte ich.

»In die Innere im Josefs.«

Damit war das katholische Krankenhaus um die Ecke gemeint.

»Wissen Sie, wo dieser Herr versichert ist?«

»Hier ist die Karte vom Jupp.« Doreen reichte sie weiter.

»Dann wollen wir mal.« Die Sanitäter packten die Trage und verließen die Wohnung.

»Und jetzt will ich wissen, was Jupp erzählt hat und wie sein Verhältnis zu Venus wirklich ist.«

In der nächsten Stunde erzählte Doreen ohne Punkt und Komma. Zum Schluss lagen zehn vollgeheulte Taschentücher auf dem Küchentisch, ihr Make-up war zerlaufen und der Lippenstift verrutscht. Aber wirklich Neues hatte sie nicht gesagt.

»Und? Helfen Sie dem Jupp jetzt?«, schniefte sie.

»Wir werden es versuchen«, versprach ich.

Ein falsches Pferd?

Irgendwas musste ich schreiben, um die Geschichte auf kleiner Flamme im Kochmodus zu halten. Ich hatte Probleme damit, Hiller für unschuldig zu erklären. Also beschränkte ich mich darauf, Doreens Beichte wiederzugeben.

Zeugin weist Missbrauchsverdacht zurück:

»H. hat Venus wie eine Tochter geliebt«

Exklusivbericht von Maria Grappa

Doreen R. (42) ist entsetzt über den Missbrauchsverdacht gegen Jakobus H., den letzten Lebensgefährten ihrer Chefin Marina Schrott. Ein Zeitungsbericht hatte H. in Zusammenhang mit einem Missbrauchsvorwurf gebracht, weil die Behörden eine gynäkologische Untersuchung der schwer behinderten Venus Schrott (21) angeordnet hatten. Doch Doreen R., Freundin und frühere Angestellte der Toten, hält dagegen: »Jupp (Jakobus H., Anm. der Redaktion) hat Venus wie eine eigene Tochter geliebt. Er war immer da, wenn ihre Mutter mal wegmusste. Er hat dem Mädchen vorgelesen, Essen gekocht und ihr Musik vorgespielt. Als sie klein war, schob er sie im Rollstuhl durch den Zoo oder am See entlang, um ihr eine Freude zu machen.«

Ich schilderte Hillers Zusammenbruch und drückte ordentlich auf die Tränendrüse.

»Hoffentlich setzt du nicht aufs falsche Pferd«, meinte Wayne nach der Lektüre meines Artikels.

»Das Risiko muss ich eingehen«, entgegnete ich. »Mein Gefühl sagt mir aber, dass ich richtigliege. Absacker?«

»Gerne. Ich dachte, du fragst das nie mehr, jetzt, wo der Superbulle bei dir wohnt.«

»*Galgenstrick?*«

»Einverstanden.«

Wayne und ein unmoralisches Angebot

»Ist sie da?«

»Wer?«

»Perihan.«

»Ja.«

»Und?«

Er wischte sich die Augen. »Sie ist noch schöner, als ich sie in Erinnerung hatte. Erwachsener. Nicht mehr diese kampfgeschminkte Modetussi.«

Die Bedienung des *Galgenstricks* stellte die Weinschorlen auf den Tisch.

»Wie geht es ihr und ihrer Familie?«

»Nicht so gut. Ihre Eltern wollen die Türkei wieder verlassen. Dieser wahnsinnige Erdogan macht das Land ja zu einer Diktatur. Immer noch werden Menschen verhaftet, es gibt Folterungen und Schauprozesse. Presse- und Meinungsfreiheit existieren nicht mehr.«

»Dürfen die Eltern denn ausreisen?«

»Sie haben noch keinen Antrag gestellt«, erklärte Wayne. »Aber wenn Perihan hier studiert, können sie das Land verlassen, um sie zu besuchen. Sie haben ihr Vermögen in Deutschland gelassen und könnten einfach hierbleiben, solange Erdogan an der Macht ist.«

»Die Türkei ist so ein wunderschönes Land«, erinnerte ich mich. »Es ist eine Schande, was da passiert.«

»Ja, und wenn Perihan einen Deutschen heiratet, würde alles noch viel einfacher für sie«, sinnierte er. »Sie hat mich gestern gefragt.«

»Du sollst sie heiraten?« Ich war verblüfft.

»So ist es.« Er lachte bitter. »Eine klassische Scheinehe. Sie hat keine Ahnung, dass ich sie liebe.«

Wayne stieg von Weinschorle auf Bier und Schnaps um. Nach einer halben Stunde konnte er nicht mehr klar artikulieren. Auf dem Weg zum Klo tastete er sich an der Wand entlang. »Ich muss nach Hause«, lallte er.

»Ja, klar. Du willst Perihan mal zeigen, wie charmant ein besoffener Deutscher ist. Du übernachtest bei mir. Gib mir mal dein Handy.«

Er gehorchte. Ich wählte Waynes Festnetznummer. Nach langem Klingeln meldete sich eine verschlafene Frauenstimme. »Hier bei Pöppelbaum.«

»Perihan, hier Grappa. Wir haben einen nächtlichen Einsatz. Großbrand. Wayne muss arbeiten. Mach dir keine Sorgen, wenn er heute Nacht ausbleibt.«

Zu Hause half Kleist mir, das Notbett aufzustellen. Wayne ließ sich fallen, drehte sich zur Seite und schnarchte los.

»Was hat er denn?«, wollte Kleist wissen.

»Liebeskummer.«

Der Reim geht anders

Am nächsten Tag frühstückte Wayne zwei Aspirin und ein großes Glas Wasser. Ich setzte ihn vor dem *Galgenstrick* ab, wo sein Auto geparkt war.

»Bis später, du Suffkopp«, rief ich ihm nach. »Wir sehen uns in der Redaktion – in alter Frische. Ich fahr jetzt zu Hiller ins Krankenhaus.«

»Mein Bruder wurde gestern hier eingeliefert«, erzählte ich der Frau in Foyer. »Durch den Notarzt.«

»Der Name?«

»Jakobus Hiller.«

»Station drei, Zimmer 134.«

Der Aufzug brachte mich einen Stock höher. Hiller war allein im Zimmer, hing an einem Tropf und schlief. Schnell machte ich mit dem Handy ein Foto von ihm. Wie krieg ich den jetzt wach?, dachte ich. Ich rüttelte ihn an der Schulter, doch er muckste sich nicht. Da ich nicht wusste, wie krank er wirklich war, fasste ich ihn nicht noch mal an. Dafür ließ ich mein Handy klingeln.

Endlich bewegte Jupp Hiller die Augen und öffnete sie. Nach ein paar Sekunden erkannte er mich und schloss die Augen schnell wieder.

»Ich freu mich auch, Sie zu sehen.«

Es polterte an der Tür. Die Krankenschwester brachte frisches Mineralwasser.

»Können Sie mir sagen, was mein Bruder hat? Gibt es eine Diagnose?«, sprach ich sie an.

»Fragen Sie den Arzt. Rechts den Flur runter.«

Ich trollte mich. Der Weißkittel saß im Schwesternzimmer bei einer Tasse Kaffee und war auskunftsfreudig. »Ihr

Bruder hat eine akute Entzündung der Nieren mit Schüttelfrost, Fieber und Kreislaufschwäche. Blut und Eiweiß geraten in den Urin, der eingetrübt und schaumig wird. Wir drängen die Entzündung mit Medikamenten zurück.«

Ich atmete auf. Hiller hatte also nicht versucht, sich das Leben zu nehmen.

Als ich in das Krankenzimmer zurückkehrte, saß Hiller aufrecht im Bett und schien ansprechbar. Die Krankenschwester wechselte die Urinflasche und verließ das Zimmer.

Jetzt oder nie, dachte ich und ging direkt in die Offensive. »Haben Sie Venus sexuell missbraucht, Herr Hiller?«

»Nein! Ich vergreif mich doch nicht an einer behinderten Frau.« Seine Stimme war klar und deutlich.

Ich berichtete von Waynes und meinem Besuch bei Venus und spielte ihm den Kinderreim vor.

Hiller war fassungslos und brauchte eine Weile, bis er reagieren konnte. Auf seiner Stirn stand Schweiß, die Augen tränten. »Der Reim geht anders. Marina und ich haben das mit ihr gesungen – als sie klein war und sich noch nicht selbst an- und ausziehen konnte. *Eine kleine Micky Maus zog sich mal die Hose aus, zog sie wieder an und du bist dran …* So geht der Satz.«

»Und warum singt sie das jetzt anders?«

»Was fragen Sie mich das?« Verzweiflung sprach aus seiner Miene. »Ich hab Venus nie angefasst! Und ich hab auch nicht mitbekommen, dass Marina sie angeblich langsam vergiftet hat, wie es in den Zeitungen steht. Venus brauchte ihre Medikamente und hat sie bekommen. Ich habe nicht drauf geachtet, was das für ein Zeug war.«

Er zitterte und bekam einen Hustenanfall. Hektisch hämmerte ich auf den Knopf der Sprechanlage.

»Hier Schwester Simone. Was kann ich für Sie tun, Herr Hiller?«

»Es geht ihm schlechter. Kommen Sie bitte!«

Ich beugte mich über ihn. Er zitterte immer mehr. Mist, dachte ich, ich hab übertrieben. Wenn er jetzt … Ich wagte es nicht, den Gedanken weiterzudenken.

Die Schwester erschien und scheuchte mich raus.

Die Ruhe vor dem Sturm

»Grappa, du bist verdammt brutal«, meinte Wayne, nachdem ich ihm in der Kantine den Krankenhausbesuch geschildert hatte. »Er hätte sterben können, so wie du ihn gepiesackt hast.«

»Ach was«, wehrte ich ab. »So schnell stirbt es sich nicht. Außerdem wird er mir dankbar sein, ich glaube ihm nämlich.«

»Perihan und ich wollen Kleist und dich zum Essen einladen«, änderte er das Thema. »In meiner Wohnung. Habt ihr Zeit und Lust?«

»Türkische Küche ist ja lecker«, sagte ich. »Oder kochst du?«

»Wünsch dir das nicht.«

»Ist das Thema *Scheinehe* tabu?«

»Selbst wenn. Wenn du drei Glas Wein intus hast, hältst du dich sowieso nicht an Absprachen.«

»Gut. Dann improvisieren wir.«

Mäggi näherte sich mit einem Teller Suppe. »Darf ich?« Sie setzte sich. »Ich krieg noch einen Kaffee von dir, Grappa.«

»Ja, ich weiß. Was schreibst du heute? Hat Chefchen dir ein schönes Thema zugeteilt?«

»Ja, ich soll was über Florarien schreiben.«

»Ist das ein Ausschlag im Genitalbereich?«, wollte Wayne wissen.

»Nee, aber den kriege ich bald«, seufzte Mäggi. »Es geht um was ganz Neckisches: Pflanzen in Einmachgläsern oder bauchigen Flaschen. Das Geschenk für die, die schon alles haben.«

»Wie hübsch. Das freut die Hausfrau mit dem grünen Daumen.«

»Hab ich dafür studiert?«, krächzte sie. »Als Nächstes schickt mich der Kerl zu einem Töpferkurs für Frauen in der Lebensmitte. Oder zum Singspielkreis der Arbeiterwohlfahrt.«

Wayne und ich grinsten.

»Ich hole dir jetzt den Kaffee, Mäggi«, kündigte ich an und erhob mich.

Doch ich kam nicht bis zum Kaffeeautomaten. Susi stürzte auf mich zu, in der Hand ein Stück Papier.

»Für dich, Grappa«, sagte sie außer Atem und reichte mir das Blatt. »Das wird dir nicht gefallen.«

Die Staatsanwaltschaft teilte mit, dass sie Ermittlungen gegen Unbekannt aufgenommen hatte. Das Delikt: schwerer sexueller Missbrauch einer hilflosen und schutzbedürftigen Person. Das Opfer: Venus Schrott. Die Untersuchungen der jungen Frau hatten entsprechende Hinweise ergeben. Jupp Hiller wurde in der Pressemitteilung nicht erwähnt. Noch nicht.

Ich vergaß Mäggis Kaffee erneut und machte mich an die Arbeit. Konnte ich unter diesen Umständen Jakobus Hiller als kranken und abgehalfterten Zweit-Ehemann einer psychisch kranken Frau darstellen, der sich nichts hatte zuschulden kommen lassen? Doch, konnte ich. Gegen Hiller wurde offiziell nicht ermittelt und so lange galt er als unschuldig.

»Und jetzt?« Wayne war mir gefolgt.

»Hiller hat nichts gemacht.«

»Wieso versteifst du dich so darauf?«, fragte er und schüttelte verständnislos den Kopf.

»Mein Gefühl.«

»Du wirst altersmilde, Grappa. Schäm dich!«

»Geht klar.«

Eine Stunde später hatte ich meinen Artikel geschrieben. Für diesen Text muss ich mich nicht schämen, du doofer Wayne, dachte ich.

»Ich habe Venus nie etwas angetan« –
Stiefvater ist entsetzt über den Verdacht gegen ihn

Von Maria Grappa

Schockierende Entwicklung im Fall Schrott: Die Staatsanwaltschaft hat Ermittlungen wegen sexuellen Missbrauchs zum Nachteil der jungen Venus Schrott aufgenommen. Zur selben Zeit befindet sich Jakobus H., der Stiefvater der behinderten Frau, in einer Klinik (wir berichteten). Er geriet durch Presseberichte in den Verdacht, sich an Venus vergangen zu haben. Unserer Zeitung gelang es, mit dem Beschuldigten zu sprechen.

Ich schilderte, wie das Gespräch mit Hiller abgelaufen war. Die Leser sollten sich ein eigenes Bild machen können.

Chefchen las gegen und hatte nichts zu meckern. Ob das gut oder schlecht war, konnte ich nicht einschätzen. Doch es fühlte sich an wie die Ruhe vor dem Sturm.

Männlich geprägte Lebensweise

Zu Hause lag ein Buch auf meinem Schreibtisch. *Weiblichkeit erleben.* »Ein Geschenk von dir?«, fragte ich Kleist.

»Nein. Es wurde hier abgegeben für dich. Innen liegt eine Nachricht.«

Könnten Sie dieses Buch in Ihrer Zeitung erwähnen?
Wäre Ihnen sehr dankbar. Ihre Alraune von Bessen.

»Wer, zum Teufel, ist Alraune von Bessen? Klingt wie die Königinmutter einer Zwergschnauzerlinie.«

»Alraune gibt Kurse für Frauen«, wusste Kleist. »Für Frauen, die wieder ganz Frau sein möchten.« Er grinste fett. »Sie bietet dir einen Schnupperkurs an.«

Ich drehte das Buch um. Das Foto der Autorin. Blondiert, toupiert, aufgeworfene Lippen, Perlenkette, tiefer Ausschnitt. Eine Mischung aus Daniela Katzenberger und Pamela Anderson.

»Ich hab mich sehr nett mit ihr unterhalten«, gestand er.

»Und nach dem Gespräch mit dir hatte sie das Gefühl, dass ich Nachhilfe in Weiblichkeit brauche?«, bohrte ich nach.

Er griente. »Sie hielt mich für deinen unterdrückten ehelichen Hausdrachen und wollte mir klarmachen, dass solch ein Leben eines Mannes unwürdig ist.«

Ich schaute auf den Klappentext:

Du willst deine Weiblichkeit finden oder weiterentwickeln? Du hast dich vom Mann zurückgezogen? Du leidest unter deiner männlich geprägten Lebensweise? Du möchtest mehr Liebe und Wertschätzung für dich als Frau? Du möchtest deine langweilig gewordene Partnerschaft wiederbeleben?

»Für solche Tussen hab ich mir früher den Hintern in feministischen Gruppen platt gesessen«, seufzte ich. »Ich liebe meine ›männlich geprägte Lebensweise‹! Ich schenke das Buch Bärchen Biber. Wo ist mein Wein?«

»Kommt sofort.« Kleist ging zum Kühlschrank, holte die Flasche und eine Platte mit Tapas hervor. »Der Talk mit Alraune hat mich so beflügelt, dass ich ein paar Häppchen gebastelt habe.«

»Lecker!«, strahlte ich. »Und heute Nacht beleben wir unsere ›langweilig gewordene Partnerschaft‹, okay?«

Leiche im Hundetaxi

Noch vor der Konferenz kam eine Nachricht, die endlich Schwung in die Mordermittlung brachte. Ein Zeuge hatte nachts einen kleinen Lieferwagen am Phoenix-See beobachtet, und zwar zwei Tage bevor Marina Schrotts Leiche aus dem Wasser gefischt worden war. Das Fahrzeug trug das Logo der Hundesalonkette – einen frisch getrimmten Königspudel und den Spruch: *Schrott macht flott.*

Ich rief Doreen an. Sie war völlig fertig, denn die Polizei hatte ihren Laden dichtgemacht, den Lieferwagen beschlagnahmt und in die Garage der Kriminaltechnik geschafft.

»Wer fährt den Wagen denn normalerweise?«, fragte ich.

»Wir alle. Der Schlüssel liegt in der Schublade.«

»Ist das der einzige Wagen? Was ist mit den anderen Salons?«

»Wir haben nur ein Auto. Nach Feierabend steht es immer hier auf dem Hof«, erklärte sie.

»Wozu braucht ihr den Wagen überhaupt?«

»Für den Einkauf, aber auch für den Transport von Hunden und Leuten. Wir haben Kunden, deren Hunde wir abholen und wieder zurückbringen. Kostet natürlich mehr.«

»Wer könnte den Wagen in jener Nacht gefahren haben?«

»Das hat mich die Polizei auch gefragt, aber ich hab echt keinen Schimmer. Wir sind alle vernommen worden, sogar die, die gar keinen Führerschein haben.«

»Um an den Autoschlüssel zu kommen, muss man ihn aus dem Salon holen. Richtig?«

»Stimmt«, antwortete Doreen. »Vorher einstecken geht aber auch. Kurz bevor der Laden abgeschlossen wird. Das sieht die Polizei auch so, denn es ist nicht eingebrochen worden.«

»Und die Leiche liegt mehrere Stunden lang im Shampoonierraum und keiner merkt was? Ziemlich merkwürdig«, zweifelte ich. »Vielleicht hat der Mörder im Laden gewartet, bis es dunkel war. Dann hat er den Körper in den Wagen geschleppt und ist weggefahren.«

»Dann müssten ich oder die Kollegen ihn doch gesehen haben«, wandte sie ein. »Ich hab den Bullen die Kundenliste für den Tag gegeben. Aber die haben wohl noch nix gefunden.«

»Wo war Venus eigentlich?«

»Zuerst im Salon. Da war sie ja immer. Als Feierabend war, hat der Behindertenfahrdienst sie abgeholt und nach Hause gebracht.«

»Nicht ihre Mutter?«

»Nö. Das war aber nix Besonderes. Marina hat das oft so veranlasst, wenn sie abends noch was vorhatte. Was kann ich denn machen, damit die meinen Salon wieder freigeben, Frau Grappa?«

»Am besten abwarten«, empfahl ich. »Legen Sie einfach ein verlängertes Wochenende ein und entspannen Sie sich.«

Sie jammerte noch über Umsatzeinbußen, Rufschädigung und das beschlagnahmte Hundetaxi. Ich hörte nur mit halbem Ohr zu, denn in meinem Hirn arbeiteten die Synapsen auf Hochtouren. Wayne winkte mir vom Flur aus zu – es war Zeit für die Bärchen-Show.

»Jemand hat das Hundetaxi nachts am See beobachtet«, informierte ich Wayne auf dem Weg zum Konferenzzimmer. »Zwei Tage, bevor Marinas Leiche auftauchte.«

»Das passt«, meinte Wayne. »Sie hat ja zwei Tage im Wasser gelegen.«

»Wir müssen uns den Zeugen greifen. Vielleicht hat er den Fahrer gesehen.«

Natürlich gaben Polizei und Staatsanwaltschaft den Namen des Zeugen nicht heraus, aber wir erfuhren wenigstens den genauen Ort, an dem der Lieferwagen gesichtet worden war: auf der Kulturinsel in unmittelbarer Nähe der Thomasbirne – dort, wo später Schrotts Leiche im Wasser gefunden wurde.

Wir düsten hin und waren leider nicht allein: Printkollegen, Radioleute und TV-Reporter. Ein Kamerateam stellte die Szene mit einem ähnlichen Kleintransporter nach. Heckklappe auf, Leichensack anheben und ab ins Wasser. Kein Problem, zumal die Stelle von der Straße aus nicht gut einzusehen war.

Wir warteten, bis das Bauerntheater zu Ende war. Ich stellte mich seitlich zur Thomasbirne und schaute von dort aus zu den Häusern. Es gab zahlreiche Fenster, von denen ein freier Blick zum See möglich war. Wohnte der Zeuge in einem dieser Häuser? Oder war er ein zufällig vorbeilaufender Passant? Und warum meldete er sich erst fast zwei Wochen später bei der Polizei?

»Kannst du nicht mal deinen Lover fragen?«, unterbrach Wayne meine Gedanken. »Ein kleiner Hinweis von ihm könnte uns weiterhelfen.«

»Ich kann ihn nicht immer anzapfen.«

»Na gut. Dann mache ich die üblichen dezenten Fotos, Grappa. Passt euch morgen Abend? Türkisches Essen in meinem Stadtpalast?«

Mandelhörnchenalarm

Zeuge im Mordfall Schrott – Hundetaxi als Leichenwagen?

Wurde Marina Schrotts Leiche im Lieferwagen des Hundesalons zum Phoenix-See gebracht und in der Nacht versenkt? Ein Zeuge will den Transporter mit dem auffälligen Logo auf der Kulturinsel gesehen haben – dort wurde die Leiche der 54-Jährigen zwei Tage später gefunden. Die Behörden nehmen den Hinweis ernst und beschlagnahmten das Fahrzeug. Die neue Besitzerin der Hundesalons und die Angestellten wurden vernommen, doch niemand will das Hundetaxi zu dem Zeitpunkt gefahren haben. Jeder konnte den Schlüssel nehmen – so versicherte Doreen R. gegenüber unserer Zeitung.

Der Mörder muss jedenfalls starke Nerven haben. Eine Leiche im Licht der Laternen – die Kulturinsel verfügt über Bewegungsmelder – ins Wasser zu werfen und zu hoffen, unerkannt zu bleiben, ist riskant. Ungeklärt ist, warum sich der Zeuge erst zwei Wochen nach dem brutalen Mord an die Polizei gewandt hat. Wir berichten weiter.

Waynes Bilder machten aus dem Phoenix-See mit seinem zweifelhaften Wasser eine oberitalienische Seenlandschaft. Er hatte die Kontraste verstärkt und mit Unschärfen gearbeitet.

»Guck mal, Grappa«, sagte Wayne. »Hier sind sogar Fotos vom Hundetaxi und von den wichtigsten Personen dieses Morddramas.«

Er hatte die Bildergalerie auf der Homepage der Salonkette aufgerufen. Da war der Wagen abgebildet – mit einer strahlenden Doreen am Steuer. Marina Schrott hatte einen riesigen Königspudel auf die Motorhaube gestellt, vor dem Wagen saß Venus im Rollstuhl. Im Hintergrund war der Salon mit Jupp Hiller in der Tür zu sehen.

»Ein echtes Sittenbild«, stellte ich fest. »Glückliche Menschen, glückliche Hunde. Wirkt es nicht zynisch, wenn wir das abdrucken?«

»Seit wann stört dich eine Prise Zynismus?«, fragte er. »Schwächelst du, Grappa?«

»Vielleicht bin ich etwas unterzuckert.«

»Okay. Ich hab verstanden. Wie viele Mandelhörnchen sollen es denn sein?«

»Zehn. Ich schmeiße eine Runde.«
»Bin gleich wieder da.«

Wenig später platzierte Wayne die süßen Dinger vor der Aktenablage und rief: »Mandelhörnchenalarm!«

Die Kollegen lösten sich von ihren Stühlen. Auch Mäggi. Endlich sollte sie ihren Kaffee bekommen. Ich nahm den Weg zur Kantine und begegnete Bärchen.

»Alles okay mit deinem Text«, sagte er. »Schönes Wochenende und bis Montag.«

»Ja, dir auch«, gab ich zurück und sah ihm verblüfft nach.

»Bärchen hat mir gerade ein schönes Wochenende gewünscht«, berichtete ich kurz darauf den Kollegen. »Muss ich mir Sorgen machen?«

»Das hat er anderen auch gewünscht«, plärrte Mäggi. »Bild dir bloß nichts ein, Grappa.«

»Das tu ich aber. Hier ist dein Kaffee.« Ich drückte ihr den Pott in die Hand.

»Na, endlich«, feixte sie und biss in ein Mandelhörnchen. »Lecker, aber verdammt viele Kalorien.«

»Ich hasse es, wenn dünne Frauen auf ihre Figur achten«, entgegnete ich.

Wayne gesellte sich zu uns. Sein Gesicht sah aus, als habe er sich mit dem Schokoladenende der Hörnchen die Lippen geschminkt.

»Na, dir hat es ja geschmeckt«, stellte ich fest und deutete auf seinen Mund.

»Ja, aber das, was ich dir jetzt sage, schmeckt dir bestimmt nicht, Grappa«, entgegnete er und wischte sich die Schokolade weg. »Gerade ist eine Meldung reingekommen. Jupp Hiller ist tot. Ermordet.«

Jupp, der arme Hund

Es war kein Problem gewesen, ihn ins Jenseits zu schicken. Ein Mann in weißem Kittel, den das Krankenhauspersonal für einen Arzt gehalten hatte, hatte ihn in seinem Krankenzimmer erschossen. Kein Knall, kein Schrei, kein Blut. Ein sauberer Schuss aus einer Waffe mit Schalldämpfer. Danach hatte der Unbekannte Hillers Spind durchwühlt.

»Warum?«, fragte ich fassungslos. Wayne saß neben mir und wir sahen uns auf seinem Tablet die Fotos von Jakobus Hiller an.

»Vielleicht ein Racheakt, weil er sich an Venus vergriffen hat«, murmelte Wayne. Ganz überzeugt klang das aber nicht.

»Siehst du, wie sich der Mann innerhalb von zwei Wochen verändert hat?«, fragte ich und legte drei Fotos nebeneinander.

Das erste zeigte Hiller selbstbewusst und vital auf dem Weg zur Testamentseröffnung, das zweite mit wirrem Haar und fahlem Teint beim Zusammenstoß in der Trauerhalle mit Engelbert Schrott und auf dem dritten Bild hing er im Krankenhaus mit eingefallenen Augen am Tropf. Das hatte ich mit dem Handy gemacht, als ich ihn dort aufsuchte.

»So geht es Menschen, die völlig den Boden unter den Füßen verlieren«, sagte ich. »Seine Fake-Frau will nichts mehr mit ihm zu tun haben, er hat keinen Job, keine Kohle und dann noch dieser Verdacht. Armer Hund.«

Ich ergänzte meinen Artikel mit den neuesten Fakten und fügte die drei Fotos hinzu. Es dämmerte schon.

Wayne fuhr zu seiner Perihan nach Hause: »Bis morgen, Grappa. Habt ihr besondere Wünsche fürs Essen?«

»Keinen Fisch. Und Kleist mag keinen Knoblauch mehr. Er kriegt Sodbrennen davon.«

»Das ist schwierig bei türkischer Kost, aber wir werden es schon schaffen.«

Ich räumte die krümeligen Reste der Mandelhörnchen-Orgie zusammen und packte meine Sachen. Endlich Wochenende.

Natürlich wusste Friedemann Kleist schon Bescheid.

»Die Kollegen haben Hillers letzte Bleibe durchsucht, doch nichts gefunden. Er scheint am Ende nicht mehr bei seinem Kumpel übernachtet zu haben. Unter den Sachen im Krankenhaus gab es auch nichts Auffälliges. Aber sein Handy ist verschwunden. Und vielleicht hat der Täter noch mehr mitgenommen. Hillers Sachen sind durchwühlt wurden.«

»Ich rufe das Handy mal an!«, fiel mir ein.

»Das haben die Kollegen schon gemacht, auch die Ortung läuft bereits.«

»Und?«

»Nichts. Wenn der Mörder nicht ganz dumm ist, hat er das Handy durchstöbert und dann SIM-Karte und Gerät zerstört«, sagte Kleist. »Ich denke, dass es sich um einen Experten handelt, vielleicht einen Auftragskiller.«

Er reichte mir ein Glas Rosé. »Und nun kein Wort mehr über diesen Fall. Mein Urlaub ist am Sonntag zu Ende.«

In der Nacht hatte ich schlimme Träume. Jupp Hiller geisterte durch die Redaktion und kredenzte mir und den Kollegen eine *Venusfalle,* den blutroten Drink aus Kirschlikör und Sekt. Über meinem Kopf goss er das Glas aus und die Flüssigkeit lief mir übers Gesicht. Ich schrie, schlug Hiller das Glas aus der Hand und es knallte gegen die Wand. Splitter verteilten sich im Raum. Doreen erschien mit einem aufgemotzten Königspudel und lachte sich schlapp. Das Tier riss sich los und stürzte sich mit gefletschten Zähnen auf mich …

»Maria! Wach auf!« Kleists Stimme katapultierte mich in die Jetzt-Welt.

»Oh, Mann«, keuchte ich. »Dieser Fall macht mich fertig.«

Proust und sein süßer Zahn

Am Morgen bestellte ich telefonisch ein göttliches Frühstück bei Frau Schmitz. Es würde für längere Zeit das letzte zusammen mit Kleist sein, denn er wollte am nächsten Tag früh nach Hause fahren.

Die Bäckerin hatte zusätzlich zum Buffet ein paar exquisite Leckereien im Angebot wie selbst gemachte weiche Küchlein, die es an Raffinesse fast mit den Mandelhörnchen aufnehmen konnten.

»Das sind ja Madeleines!«, rief Kleist begeistert aus.

»Der Herr Doktor kennt Madeleines!«, wunderte sie sich.

»Gegessen hab ich sie noch nie«, erklärte er. »Aber über sie gelesen.«

»Du liest Kochbücher?«, fragte ich.

»Nein. Marcel Proust. *Auf der Suche nach der verlorenen Zeit*. Da gibt es eine berühmte Schlüsselszene.«

»Dann hab ich eine Bildungslücke«, räumte ich ein. »Proust gehört nicht zu meinen bevorzugten Autoren. Zu langatmig. Aber – das haben wir gleich.«

Ich holte mein Tablet aus der Tasche und gab die passenden Suchwörter ein. »Hier, willst du das hören, Frau Schmitz?«

Frau Schmitz wollte.

Ich zitierte:

»… als meine Mutter an einem Wintertag, an dem ich durchfroren nach Hause kam, mir vorschlug, ich solle entgegen meiner Gewohnheit eine Tasse Tee zu mir neh-

men. Ich lehnte erst ab, besann mich aber, ich weiß nicht warum, eines anderen. Sie ließ daraufhin eines jener dicklichen, ovalen Sandtörtchen holen, die man ›Petites Madeleines‹ nennt und die aussehen, als habe man als Form dafür die gefächerte Schale einer Jakobs-Muschel benutzt. Gleich darauf führte ich, ohne mir etwas dabei zu denken, doch bedrückt über den trüben Tag und die Aussicht auf ein trauriges Morgen, einen Löffel Tee mit einem aufgeweichten kleinen Stück Madeleine darin an die Lippen. In der Sekunde nun, da dieser mit den Gebäckkrümeln gemischte Schluck Tee meinen Gaumen berührte, zuckte ich zusammen und war wie gebannt durch etwas Ungewöhnliches, das sich in mir vollzog. Ein unerhörtes Glücksgefühl, das ganz für sich allein bestand und dessen Grund mir unbekannt blieb, hatte mich durchströmt. Es hatte mir mit einem Schlag, die die Liebe, die Wechselfälle des Lebens gleichgültig werden lassen, seine Katastrophen ungefährlich, seine Kürze imaginär, und es erfüllte mich mit einer köstlichen Essenz; oder vielmehr: diese Essenz war nicht in mir, ich war sie selbst.«

»Das hat dem Herrn Proust aber richtig geschmeckt«, erkannte die Bäckerin. »Der Mann hatte wohl ’nen süßen Zahn.«

»Aber seine Sätze sind zu lang.« Ich nahm eine Madeleine und tunkte sie in die Flüssigkeit in meinem Becher. »Schmeckt auch mit Kaffee«, stellte ich fest. »Jetzt muss nur noch das Glücksgefühl kommen. Dauert das lange?«

Kleist schüttelte den Kopf. »Ihr Frauen seid so schrecklich pragmatisch. Gibt es euch auch in Romantisch?«

»Heute nicht. Aber ich hab eine Idee. Frau Schmitz, kannst du uns ein paar von den Dingern einpacken? Wir sind heute Abend zum türkischen Essen eingeladen, da passen ein paar dekadente französische Gebäckteilchen gut als Mitbringsel.«

Natürlich hakte die Bäckerin nach. »Wo geht's denn hin?«

Ich gab Auskunft.

»Wie schön! Der Herr Wayne und die Perihan. Ist das was Ernstes?«

»Das klären wir heute«, versprach ich, »und ich werde dir alles erzählen.«

Mitten in die zweite Madeleine, die sich langsam im Kaffee dunkelbraun färbte und zusehends die Form verlor, platzte das Klingeln meines Handys.

Es war Doreen Raupenstrauch.

»Es geht um den Jupp«, sagte sie. »Dass er tot ist, weiß ich ja. Er hat aber hier was liegen lassen. Wo kann ich das hinbringen? Polizei geht nicht, dann erfahren die, dass er bei mir gewohnt hat, und das will ich nicht.«

»Was hat er denn dagelassen?«

»Kleidung, Schuhe, Brille und einen Laptop.«

Laptop? Mein Interesse stieg. »Ich komme und hole alles ab«, versprach ich. »Dann bleiben Sie außen vor. Ich hab Zeugnisverweigerungsrecht. Das heißt, dass ich nicht sagen muss, von wem ich was habe.«

»Das ist gut«, meinte sie erleichtert. »Ich pack mal alles zusammen. Weiß man schon, wer den Jupp …?«

»Nein. So schnell arbeitet die Polizei nicht«, erklärte ich mit Blick auf Kleist. »In einer halben Stunde bin ich da. Tschüss, Doreen.«

»Was heckst du schon wieder aus?«, wollte Kleist wissen.

»Nichts weiter«, log ich.

»Maria! Was willst du bei der Hundefriseurin abholen?«

»Ein paar Klamotten für die Altkleidersammlung.«

»Maria?«

»Also gut«, seufzte ich. »Jakobus Hiller ist bei Doreen ein paar Tage untergekrochen, bevor er ins Krankenhaus gekommen ist. Sie will aber nicht, dass das publik wird. Also helfe ich ihr.«

»Du bist zu gut für diese Welt.«

»Finde ich auch.«

»Ich helfe dir gern beim Tragen«, kündigte er an.

Passwort ist nicht Pudel

»Hier ist alles drin«, sagte die Groomerin, beäugte Kleist und reichte mir die Plastiktüte.

»Danke. Die Caritas wird sich freuen. Wir müssen auch sofort wieder weg.«

»Moment«, hielt sie mich auf. »Hier ist noch der Laptop. Ich wollte den nicht zwischen die Kleider packen.«

Kleist grinste. Er hatte kapiert, um was es mir wirklich ging.

»Lass uns ins Präsidium fahren«, schlug er vor, als wir wieder im Auto saßen. »Die Kollegen werden uns sehr dankbar sein. Ich melde uns an.« Er zückte sein Handy.

»Können wir uns den Laptop nicht erst alleine angucken?«, fragte ich, auch wenn ich die Antwort schon kannte.

»Nein, liebste Maria. Meine Kollegen waren sehr kooperativ, was die Informationen zu dem Fall anbetrifft. Jetzt können wir uns revanchieren. Wir haben staatlich angestellte Hacker, die jedes Passwort knacken. Und so einen rufe ich jetzt an.«

»Und Doreen?«

»Hast du nicht festgestellt, dass du von deinem Zeugnisverweigerungsrecht Gebrauch machen kannst?«, erinnerte er mich und tippte eine Nummer ein.

Eine halbe Stunde später saßen wir zusammen mit dem Chef der Mordkommission, Hauptkommissar Peter Berger, in einem Besprechungsraum im Polizeipräsidium. Der Mann sah aus wie der Dorfbulle aus einer TV-Serie: breit gebaut, mit missmutigem Gesichtsausdruck, Aknenarben und Speckrolle im Nacken. Er stellte uns den polizeilichen Computerspezialisten vor.

Der zog Jupp Hillers Laptop zu sich. »Zuerst versuchen wir es auf die sanfte Tour«, sagte er und zwinkerte durch dicke Brillengläser. »Wer kannte den Herrn denn persönlich?«

Doreen, dachte ich, aber die muss außen vor bleiben. »Ich kannte ihn flüchtig«, antwortete ich.

»Hatte der Herr Kinder, Haustiere, besondere Hobbys?«

»Geben Sie mal *Venus* als Passwort ein.«

Nichts.

»Marina.«

Auch nicht.

»Pudel.«

Nix.

»Doreen.«

Dasselbe.

»Porsche.«

Nein.

»Porsche neun-eins-eins«, sagte Kleist.

»Bingo!«, rief der Hacker. »Ich bin drin.«

»Kerle und ihre Autos«, stöhnte ich.

»Die nächste halbe Stunde brauche ich Ruhe«, behauptete der Computerspezialist. »Wollt ihr nicht 'n Kaffee in der Kantine trinken?«

»Ist die denn heute in Betrieb?«, fragte ich.

»Die Kantine nicht, aber der Automat«, erklärte Hauptkommissar Berger. »Kommen Sie!«

Am Eingang schlug uns der übliche Kantinengeruch entgegen: eine Mischung aus verkochtem Essen und scharfen Reinigungsmitteln. Ältliche Bockwurstreste klebten auf Tellern mit eingetrockneten Senfspuren.

Ich versorgte uns mit Kaffee. Die Milch war alle, aber schwarz ging es auch. Der MK-Chef fragte Kleist über seinen neuen Job aus. Mit einem halben Ohr folgte ich dem Frage- und Antwortspiel. Ab morgen früh würde ich wieder allein in meinem Haus leben. Leben müssen. Aber das war nicht wirklich ein Grund, Trübsal zu blasen. Allein leben war schön. Einsam sein weniger. Aber das war ich nicht.

»Und wer hat Ihnen den Laptop gegeben, Frau Grappa?«

Ich schreckte auf. »Berufsgeheimnis, Herr Berger.«

»Ach ja. Die übliche Nummer bei euch Schreiberlingen«, entgegnete er süffisant. »Langsam sollte man mal über eine Gesetzesänderung nachdenken und häufiger von der Erzwingungshaft Gebrauch machen.«

»Interessant, dass sich ein Beamter in Ihrer Position am Grundgesetz und an der Pressefreiheit vergreifen will.«

Ein Gewitter zog herauf.

»Und Sie haben auch keine Ahnung, was den Laptop betrifft, Herr Kollege?«, machte Berger weiter.

»So ist es«, lächelte Kleist. »Frau Grappa beruft sich auf ihr Zeugnisverweigerungsrecht, und das darf sie. Ohne sie hätten wir das Gerät nicht erhalten.«

»Dann wollen wir mal gemeinsam hoffen, dass uns das Teil weiterbringt«, streckte Berger die Waffen.

»Das hoffe ich mit Ihnen«, lächelte ich. »Bisher waren Ihre Ermittlungen nicht gerade von Erfolg gekrönt, Herr Berger.«

»Vielleicht ist es schwieriger, gerichtsfeste Beweise zu finden, als reißerische Storys zu verbreiten«, sagte Berger.

»Schluss jetzt«, befahl Kleist. »Die halbe Stunde ist um.«

Polizeihacker und Pitbull

Der polizeiliche Hacker strahlte. Ein gutes Zeichen. Wir setzten uns. Er warf das Monitorbild über einen Beamer auf eine weiße Wand. Berger dunkelte den Raum ab.

»Es ist eigentlich nicht in Ordnung, dass eine Reporterin

so eng in unsere Arbeit eingebunden wird«, stellte der Stinkstiefel fest. »Es könnte unsere Ermittlungen behindern oder gefährden.«

»Wer hat Ihnen den Laptop eigentlich gebracht?«, warf ich ein. »War ich das vielleicht?«

»Ich verbürge mich für Frau Grappa«, sagte Kleist mit Schärfe in der Stimme, die keine Replik zuließ. »Und jetzt bitte zum Thema.«

Das erste Bild erschien, eine bunt gestaltete Seite mit idyllischer Blumenwiese, spielenden nackten Kindern und der Überschrift *Natureworld.* Die links eingeblendete Navigationsleiste war in verschiedene Themenbereiche unterteilt.

»Also doch«, sagte ich.

»Herr Hiller hat diese Kinderpornoseite gespeichert, sie findet sich im sogenannten *Darknet* im Netz. Sie scheint relativ neu zu sein und ähnelt einer Seite, die uns seit einem Jahr bekannt ist und inzwischen gelöscht wurde. Damals konnte das BKA eine Schadsoftware installieren, die sich die Kunden mit den Bildern zusammen heruntergeladen haben. So kamen wir an die IP-Adressen der Kunden und konnten sie enttarnen.«

»Hat Hiller sich Material heruntergeladen?«, fragte ich.

»Ja. Aber das ist nicht alles. Er war zusätzlich in einem privaten Netzwerk unterwegs. Bei Leuten, die Fotos und Videos kaufen und weitergeben, sie also tauschen.«

»Hiller hat sich dieses Schweinezeug runtergeladen? Er war einer von diesen Kinderschändern?« Ich konnte es kaum glauben.

»Sein Ziel war etwas anderes«, kommentierte der freundliche Hacker. »Er hat einen Weg gefunden, Mitglieder des Netzwerks zu identifizieren. Das ist gar nicht so einfach. Diesen Leuten kommt man nur schwer auf die Spur, weil in solchen Kreisen Methoden bekannt sind, mit denen man seine Identität verschleiern kann, bis hin zu den IP-Adressen.«

Kleist mischte sich ein: »An einer Stelle ist es aber immer aus mit der Anonymität: beim Geld. Wo für Bilder oder Filme Geld fließt, muss jedenfalls der Empfänger der Zahlung eine verfolgbare Spur legen, sonst kann ihn das Geld ja nicht erreichen, da nützen auch Anonymisierungssysteme wie Western Union nichts.«

»Sehr richtig«, fügte der Spezialist hinzu. »Jedenfalls hat Hiller eine Reihe von Kunden der Seite erpresst. Die entsprechende Korrespondenz hat er abgespeichert.«

Das wollte ich genauer wissen. »Hat Hiller denn Schweigegeld bekommen von den Typen?«

»Zuerst ja. Ein paar Tausend Euro. Immer in bar. Er hat alles dokumentiert. In den letzten Wochen flauten die Zahlungen allerdings ab.«

»Deshalb der Killer«, überlegte ich. »Ein sauberer Schuss in den Kopf, und alle Sorgen sind vorbei.«

»Können Sie etwas zu den Inhalten der Videos oder Fotos sagen?«, fragte Berg. »Soft oder Hardcore?«

»Hardcore. Säuglinge, Sex mit Hunden, Sex mit behinderten Kindern. Total krankes Zeugs.«

Ich merkte, wie mir das Blut aus dem Kopf wich und schrecklichen Bildern Platz machte.

»Ich muss hier raus«, röchelte ich und stürzte aus dem Raum. Der Flur war leer, ich riss ein Fenster auf und schnappte nach frischer Luft. Ich wollte nicht wissen, ob Venus in den Filmen eine Rolle spielte, auch nicht, ob Hunde erst in einem Schrott-Salon herausgeputzt wurden, um dann ihren Auftritt zu absolvieren. Und auch nicht, ob Marina Schrott das alles gewusst oder mit initiiert hatte.

»Maria?« Kleist war mir gefolgt. »Geht es wieder?«

Er nahm mich in den Arm.

»Ich kann und werde nicht schreiben, dass Venus vielleicht in solchen Filmen eine Rolle spielt«, verkündete ich. »Hiller hat Pornonutzer erpresst und die haben ihn final verabschiedet. Davon ist nichts bewiesen, aber das ist meine Geschichte.«

»Gut so«, lobte er. »Den Rest machen meine Kollegen. Berger leitet zum ersten Mal eine MK, er hat Blut geleckt und man nennt ihn nicht ohne Grund Pitbull.«

Knoblauchfreie Madeleines

Ich musste das alles erst mal verdauen. Natürlich hätte ich die Onlineausgabe des *Bierstädter Tageblattes* mit den neuesten Erkenntnissen füttern können, aber ich brauchte eine Pause. Die Infos über den Laptop und über das, was darauf gespeichert war, hatte ich exklusiv, es sei denn, die Konkurrenz hätte einen Informanten im Polizeipräsidium. Pitbull war mein Feind, klar. Aber er mochte auch andere Journalisten nicht, deshalb glaubte ich nicht, dass er einem meiner Kollegen etwas stecken würde.

Wayne und Perihan empfingen uns merkwürdig steif. Die junge Frau umarmte mich und ich bemerkte, dass sie geweint hatte. Mein Bedarf an Dramen war gedeckt, also fragte ich nicht nach.

»Wir haben euch etwas mitgebracht«, sagte ich fröhlich und legte das Päckchen mit dem Gebäck auf den Tisch. »Herzliche Grüße von Frau Schmitz. Die Dinger heißen Madeleines und sind fast so lecker wie Mandelhörnchen.«

Perihan lächelte. Sie wirkte reifer, als ich sie in Erinnerung hatte. Das sorglos Mädchenhafte war verschwunden.

»Wie ist es, wieder hier zu sein?«, begann ich ein Gespräch.

»Sehr schön. In der Türkei hat sich viel verändert nach dem Putschversuch. Niemand redet mehr offen, alle haben Angst, verhaftet oder entlassen zu werden. Meine Eltern haben sich völlig zurückgezogen, um nicht aufzufallen. Ich muss mal eben nach den Lammkoteletts schauen.« Sie lief in die Küche.

Wayne sah ihr nach wie ein verdurstender Hund.

»Dich hat es aber voll erwischt«, raunte ich ihm zu. »Alles in Ordnung bei euch?«

»Nicht wirklich. Ich habe versucht, ihr zu erklären, warum ich keine Scheinehe mit ihr will.«

»Ist das endgültig?«

Er nickte.

»In fünf Minuten ist alles fertig.« Perihan war zurückgekehrt und lächelte. Offensichtlich ging es ihr etwas besser als noch eben bei der Begrüßung. »Ihr könnt euch schon mal setzen.«

Auf dem Tisch im Esszimmer drängelten sich die türkischen Vorspeisen. Die Luft war knoblauchschwanger. Kleist kräuselte die Nase.

»Knoblauch!« Wayne schlug sich gegen die Stirn. »Ich hab völlig vergessen, dass Sie ihn nicht vertragen.«

»Tut mir leid«, sagte Perihan zerknirscht. »Ich bereite noch schnell etwas Cacik ohne Knoblauch zu. Die marinierten Auberginen und der Paprika sind auch knoblauchfrei.«

Weg war sie wieder. Ich nutzte die Chance, Wayne über die neuesten Erkenntnisse in Sachen Hiller-Mord zu informieren. Er schüttelte sich vor Ekel bei der Vorstellung, dass Venus in den Videos des Pädophilen-Tauschrings auftauchen könnte. »Diese verdammten Schweine«, murmelte er.

»Diese Schweine befinden sich in guter Gesellschaft. Jahrelang sind behinderte Kinder in kirchlichen und staatlichen Heimen missbraucht worden und es hat niemanden gekümmert.«

»Das macht die Sache nicht besser.«

»So hab ich das auch nicht gemeint.«

»Wann steht die Story im Blatt?«

»Montag. Wir haben das alles exklusiv.«

Perihan kam mit einer Schüssel Cacik zurück. Wir griffen zu.

»Hast du schon eine Uni gefunden, an der du studieren willst?«, änderte ich das Thema. »Und welches Fach soll es sein?«

»Jura. Ich hab mich bei drei Hochschulen beworben. Ich hoffe, dass ich in Münster angenommen werde.«

Kein Wort von der Scheinehe, dachte ich. Das ist schon mal gut.

»Wie lange bleibst du noch in Bierstadt?«

»Bis ich weiß, welche Uni mich nimmt. Ich ziehe morgen in eine Pension.«

Wayne schaute überrascht. Schweigen. Das Kratzen der Gabeln auf den Tellern und der Lärm vorbeifahrender Autos sorgten immerhin für etwas Geräuschkulisse. Ich trank ein Glas türkischen Rotwein, der mich leider nicht entspannte.

Wayne erhob sich und legte Musik auf. Jazz-Klassiker mit großem Sinfonieorchester. Die Geigen schluchzten, die Querflöte schnappte nach Luft und das Piano schepperte.

Wir hielten die halbe CD durch, dann rettete Kleist die Situation.

Auf seine Uhr schauend sagte er: »Ich muss jetzt los. Urlaubsende. Vielen Dank für das Essen.«

Venus häutet sich

Ich schlief lange und traumlos. Gegen elf wachte ich auf. Allein. Kleist war fast zwei Wochen bei mir gewesen und ich hatte mich daran gewöhnt, jemanden im Haus zu haben.

Ich sollte mir wieder einen Kater anschaffen, dachte ich. Einen Freigänger mit Jagdinstinkt, der ab und zu mal schmusen will. Ich könnte ihn *Kleist* nennen.

Der starke Kaffee belebte mich und zog den Alkoholschleier von meinem Hirn. Bei dem Mord an Hiller gab es nun immerhin eine Spur, die Aufklärung der Tat an Marina Schrott machte jedoch leider keine nennenswerten Fortschritte.

Mein Handy meldete sich. Ich tippte auf Kleist, doch es war Diana Schrott.

»Frau Grappa? Ich würde Sie gern treffen und Ihnen etwas zeigen. Können wir uns heute noch sehen?«

Ich stimmte zu. Sie nannte mir die Adresse von Marina Schrotts Luxuswohnung am Phoenix-See. »Bringen Sie Ihren Fotografen mit.«

Wayne schien froh, seine Wohnung verlassen zu können. Er holte mich ab, wirkte völlig übernächtigt.

»Jetzt erzählst du mir erst mal, was zwischen dir und Perihan abgeht«, forderte ich.

»Nichts. Und genau das ist das Problem. Ich werde sie nicht heiraten, bloß damit ihre Eltern die Türkei verlassen können.«

»Und das hast du ihr so gesagt?«

Er nickte. »Genau so. Ich habe ihr geraten, eine Kontaktanzeige im *Tageblatt* aufzugeben. Daraufhin war sie stinksauer. Grad packt sie ihre Sachen und zieht in eine Pension.«

»Schade. Du hättest ihr sagen sollen, dass du sie liebst.«

»Quatsch, Grappa«, wehrte er ab. »Das hätte alles noch viel schlimmer gemacht.«

»Und jetzt geht es dir besser?«

»Noch nicht, aber bald.«

Phoenix Sea Living lag in vollem Sonnenschein. Wir nahmen den Aufzug und schwebten nach oben. Die Innenarchitekten hatten hier etwas sehr Exquisites geschaffen. In der Mitte des riesigen Gebäudes ließ eine Glaskuppel viel Licht eindringen, die Wohnungen waren über Galerien erreichbar. Schrotts Wohnung befand sich auf Deck 5, dem obersten Stockwerk des früheren Magazingebäudes.

»So möchte ich auch wohnen«, schwärmte Wayne und ließ die Kamera klicken.

Diana Schrott öffnete uns. Sie war ungeschminkt, was ihr gut stand. »Schön, dass Sie da sind. Wollen Sie etwas trinken?«

»Gerne. Kaffee.«

»Moment.«

Sie schlenderte durch ein modern eingerichtetes Zimmer zur Küche. Alles war hier offen zugänglich, ohne störende Türen. Marina Schrotts Geschmack war edel und hatte nichts mit dem pinkfarbenen Plüsch in den Hundesalons gemein.

Diana bediente die Hightech-Espressomaschine und kam mit zwei Tässchen zurück.

»Und jetzt?«, fragte ich. »Was wollen Sie uns zeigen?«

»Venus«, rief sie. »Unser Besuch ist da!«

Wir blickten in die Richtung, in die sie schaute – zur Schiebetür, die zum Dachgarten führte. Eine Gestalt näherte sich, gestützt auf einen Stock. Venus Schrott schob die Tür beiseite und betrat den Raum. Sie stand aufrecht, lächelte uns an und kam langsam auf uns zu.

»Ich fasse es nicht«, brach es aus mir heraus. Ganzkörpergänsehaut.

»Guten Tag«, sagte Venus. Ihre Stimme hatte eine normale Frequenz, das kindlich Quäkende war verschwunden. Auch ihr Äußeres war verändert. Keine Kinderklamotten in grellen Farben, sondern Jersey-Hose und dunkelrote Bluse. Die lächerlichen rosa Schleifchen im Haar und die Glasbaustein-Brille waren genauso verschwunden wie die grell verkrampfte Mimik.

»Hier haben Sie den Beweis, dass meine Schwester niemals behindert war«, behauptete Diana Schrott. »Zwei Wochen ohne schädliche Medikamente, die unsere Mutter ihr eingeflößt hat, Blutwäsche, Vitamine und Aufbauspritzen. Noch sind nicht alle Schäden behoben. Aber die Haare werden wieder wachsen, gezielte Krankengymnastik wird die Muskeln stärken. Und die Zähne lassen wir richten.«

Diana führte ihre Schwester zu einer Sitzgruppe.

»Eine unglaubliche Verwandlung«, stellte Wayne fest und fotografierte die beiden Frauen. »Man sieht sogar, dass Sie Zwillingsschwestern sind.«

»Das sind die körperlichen Defizite«, sagte ich. »Was ist mit der geistigen Behinderung?«

»Ich habe keine geistige Behinderung«, sagte Venus mit klarer Stimme.

»Die Pillen haben sie in einem ständigen Benebelungszustand gehalten«, ergänzte Diana. »Venus war fast immer auf Drogen. Dazwischen hat sie die geistig Behinderte gespielt. Sonst wäre es ihr noch schlechter ergangen. Je behinderter sie sich gab, desto weniger hat Mutter sie gequält.«

»Warum haben Sie sich niemandem anvertraut, wenn Sie wussten, was da passiert?«, fragte ich Venus.

»Ich hab es Jupp gesagt und er hat Mutter darauf angesprochen. Sie hat ihn rausgeworfen und ihm gedroht, ihn zu vernichten. Und ich bekam noch mehr Medikamente zu fressen.« Ihre Kraft ließ langsam nach.

»Werden Sie das schreiben, Frau Grappa?«, fragte Diana.

»Sehr gern, wenn Sie es erlauben. Wir brauchen noch mehr Fotos. Venus, könnten Sie aufstehen und umherlaufen? Wir müssen zeigen, dass Sie ohne Rollstuhl klarkommen.«

Venus erfüllte meine Bitte. Wayne knipste und filmte, was das Zeug hielt.

»Ich muss mich jetzt hinlegen«, kündigte Venus schließlich an.

Diana brachte sie fort und kam zurück. »Sie wird schnell müde«, erklärte sie.

»Weiß Venus, dass Jupp ermordet worden ist?«

»Noch nicht. Aber ich werde es ihr bald sagen. Hat man den Täter schon ermittelt?«

»Noch nicht, aber die Aufklärung steht kurz bevor«, verriet ich. »Hiller hat einen Kinderpornoring erpresst und die wollten wohl kein Schweigegeld mehr zahlen. Jedenfalls lassen Daten auf seinem Laptop darauf schließen.«

»Wie bitte? Kinderpornos?« Diana Schrott war geschockt. In ihrem Kopf erschienen vermutlich ähnliche Bilder wie in meinem. »Glauben Sie, dass er …?«

»Es sieht nicht danach aus. Aber Ihre Mutter könnte etwas damit zu tun gehabt haben. Die Polizei wertet die Videos aus. Es ist nicht sicher, dass Venus in den Filmen mitspielt. Und wenn doch, wird sich die Polizei melden. Venus könnte eine wichtige Zeugin sein.«

Den Rest des Sonntags prüften Wayne und ich alle Fotos und Dokumente zum Suchbegriff *Marina Schrott,* die im Netz gespeichert waren. Der Pizza-Service versorgte uns mit Essen, ich füllte eine große Thermoskanne mit Kaffee und wir zogen mit den Laptops in den Garten um.

»Ich nehme mir die Fotos vor«, sagte Wayne, »und du die Textdokumente. Okay?«

Nach einer Stunde Surfen flimmerten die Buchstaben vor meinen Augen. Wayne ging es ebenso. Eine Pause war nötig.

Wir klappten die Laptops zu und setzten uns in die Gartenlaube. »Deine Fuchsien gehen ein, wenn du sie nicht gießt«, mahnte der Fotograf.

Ich schleppte eine Gießkanne zum Topf und setzte ihn unter Wasser. Tatsächlich ließen die Blüten traurig die Köpfchen hängen, genau wie Wayne.

»Liebeskummer ist nichts für Feiglinge«, meinte ich.

»Spar dir deine Sprüche, Grappa«, blaffte er.

»Wenn Perihan dich mag, wird sie sich wieder melden«, prophezeite ich.

»Gib mir lieber ein Glas Wein.«

»Ist ja gut. Rot oder weiß?«

»Rosé.«

Ich holte eine Flasche Syrah und zwei Gläser. Er stürzte das erste Glas runter und atmete durch.

»Die Schrott hatte ja nicht nur ein Faible für Köter, sondern auch für römische Gottheiten. *Venus* ist die Liebesgöttin, *Diana* die Göttin der Jagd. Und *Apollo* ist der römische Sonnengott.«

Ich verstand nicht. »Wie kommst du auf Apollo?«

»Ich hab ein Foto gefunden. Mehr als zehn Jahre alt. Marina Schrott plus Tochter Venus. Es stand ursprünglich auf der Gästeseite eines Vereins. Der Club heißt *Apollo – Liga für Familiensport*. Familiensport – so nennen Anhänger der Freikörperkultur ihre Aktivitäten«, antwortete er. »Ich hab die Seite aber nicht finden können, den Verein gibt es wohl nicht mehr.«

»Und wie konntest du dann das Foto finden, wenn es die Seite nicht mehr gibt?«

»Jemand hat das Bild kopiert und in ein Forum gesetzt, in dem sich Leute über Urlaubsangebote für Familien mit behinderten Kindern austauschen. Als Symbolbild. Als Quelle wurde die *Liga für Familiensport* genannt.«

»Das muss ich mir ansehen.«

Wir suchten nach diesem Club und wurden fündig. In dem Behindertenforum schrieb ein Mitglied, dass sich der *Apollo*-Verein dem *Familiensportverein Lichtfreunde e. V.* angeschlossen hatte. Wir lasen:

Herzlich willkommen auf unserer Internetpräsenz!
Wir setzen uns für eine freie und naturgemäße Lebensgestaltung ein und fördern Sport, Natur, Jugend und Familie. Wenn es das Wetter erlaubt, bewegen wir uns unbekleidet auf unserem Vereinsgelände. Dies gilt auch für unsere Be-

sucher und Gäste. Kommen Sie zu uns, wenn Sie eine Freundin oder ein Freund der Freikörperkultur sind, Sport auch in freier Natur machen wollen und/oder Sie eine Familie mit Kindern sind, die sich in schöner Umgebung ungezwungen und frei bewegen wollen.

Der Sitz des Vereins befand sich etwa hundert Kilometer von Bierstadt entfernt. Es gab jede Menge Fotos auf der Seite. Das Gelände lag idyllisch an einem See. Glückliche Menschen ruhten im Gras, Kinder tollten auf grünen Wiesen oder gaben sich dem Ballspiel hin. Nackte Körper wurden nur angedeutet. Vor den verfänglichen Stellen stand ein Baum, ein Zaun oder blühte ein Strauch.

»Wir sollten den Bullen einen Tipp geben«, schlug Wayne vor.

»Pitbull helfen?« Nein, das passte mir nicht.

»Pitbull?«

Ich erklärte ihm den Spitznamen.

»Grappa, wir verzetteln uns. Die Polizei hat andere Möglichkeiten, den Klub hochgehen zu lassen, falls er der Deckmantel für einen Pädophilenring sein sollte.«

»Du hast recht. Ich schicke *Pitbull* das Foto und ein paar Erklärungen dazu.«

»Gut. Und jetzt müssen wir nur noch rauskriegen, was das alles mit dem Mord an Marina Schrott zu tun hat«, seufzte er.

Fliegenpilze in Gefahr

Die plötzliche Gesundung der Venus Schrott stieß am Morgen in der Redaktionskonferenz auf großes Interesse.

»Das kommt auf die erste Seite«, entschied Biber. »Habt ihr genug Fotos?«

Wayne bejahte.

»Und ein Video. Venus Schrott, wie sie durch den Raum schreitet.«

»Geile Wunderheilung«, sagte Simon Harras.

»Ich finde das nicht witzig«, trötete Mäggi. »Da hat eine Mutter jahrzehntelang ihr Kind gequält und …«

»Frau Grappa wird schon den richtigen Ton finden«, unterbrach Chefchen. »Also hundert Zeilen und Bilder. Wenn du mehr brauchst, sag Bescheid. Weitere Vorschläge, um unser Produkt zu bereichern?«

»Der salbadert schon wie Schnack«, grummelte Pöppelbaum leise.

»Frau Dr. Wurbel-Simonis, was haben wir denn aus dem Bereich *Kulturelles Leben* zu erwarten?«, fragte Biber.

»Der Bund für Naturschutz hat festgestellt, dass es immer weniger Fliegenpilze in unseren Wäldern gibt. Dazu findet heute eine Pressekonferenz statt.«

»Die Dinger kann man eh nicht essen«, machte sich Harras bemerkbar.

»Aber rauchen«, ergänzte ich.

»Warum sind die Fliegenpilze denn nun gefährdet?«, fragte Chefchen ernst.

»Weil langsam rauskommt, dass sie überhaupt nicht fliegen können«, hörte ich mich sagen.

»Dass du keinen dummen Spruch auslässt, Grappa, hätte ich mir denken können«, giftete Mäggi. »Es kann ja nicht jeder im Elend wühlen so wie du. Kannst du eigentlich noch an etwas Schönes denken?«

Aua. Das hörte sich nach einer Kriegserklärung an.

»Bitte keinen Zickenkrieg«, mahnte Bärchen. »Die Fliegenpilze sind vielleicht für eine Randgruppe wichtig, aber nicht massenkompatibel. Im Gegensatz zu den Storys der Kollegin Grappa, die seit vielen Tagen mit ihren Texten auf der Eins brilliert.«

Noch mal aua. Chefchen schleimte. Das war viel übler als Mäggis Attacke.

»Mir wird schlecht«, keuchte Mäggi und lief aus dem Raum.

»Mir auch«, erklärte ich mich solidarisch und folgte ihr.

Das Gekicher der Kollegen war noch zu hören, als ich längst im Flur war.

»Was ist los mit dir?«, fragte ich Mäggi beim Mittagessen in der Kantine.

»Na, was wohl?« Sie stocherte in ihrem Hühnerfrikassee. »Du hast mir mein Thema zerschossen.«

»Quatsch! Das waren wir alle. Warum bist du denn plötzlich so dünnhäutig?«

»Mir geht die Arbeit hier auf die Nerven«, klagte sie. »Die Themen werden immer primitiver und beliebiger.«

»Dieses Gefühl hab ich auch von Zeit zu Zeit, aber das legt sich«, versprach ich. »Mir macht es auch nicht immer Spaß, im Elend zu wühlen. Gerade jetzt fällt es mir sehr schwer.«

Ich berichtete von dem Verdacht, dass Venus Schrott Beute eines Pädophilennetzwerks geworden war, angeboten von der eigenen Mutter.

»Ich verstehe nicht, dass das Jugendamt nicht aktiv geworden ist«, sagte Mäggi nachdenklich. »Jedes Kind hat zum Beispiel Schulpflicht. Und behinderte Kinder werden in Regelschulen unterrichtet. Inklusion heißt das. Und wenn das nicht möglich ist oder die Eltern das nicht wollen, gibt es Schulen für Behinderte. Oder ist Venus vom Unterricht ganz befreit worden?«

Ich musste zugeben, dass ich es nicht wusste.

»Neben dem Unterricht werden die Kinder auch psychosozial betreut«, machte sie weiter. »Meistens von Sozialarbeitern. Und denen soll nicht aufgefallen sein, was da passiert?«

»Woher weißt du so gut Bescheid?«

»Eine meiner Freundinnen ist Sozialdezernentin und hat eine behinderte Nichte«, antwortete sie.

»Könnte deine Freundin den Fall Venus Schrott überprüfen?«

»Und was willst du wissen?« Mäggi holte einen Kuli aus ihrer Tasche und schob sich eine Papierserviette zurecht.

»Ob es Aufzeichnungen über Venus Schrott gibt. Die brauche ich, und zwar als Kopie aus einer Akte, damit ich auf der sicheren Seite bin.«

»Das unterliegt zwar dem Datenschutz«, sagte sie zögerlich. »Aber ich werde es versuchen.«

Gemeine Giftmorde

Wunderheilung? Schwerbehinderte Frau kann wieder laufen

– titelte ich und begann mit dem Vorspann:

Seit einem Klinikaufenthalt und zwei Wochen ohne schädliche Medikamente kommt Venus Schrott (21) ohne Rollstuhl aus. Die junge Frau, Tochter des Mordopfers Marina Schrott, bestätigt gegenüber unserer Zeitung einen schrecklichen Verdacht: Ihre Mutter habe sie jahrelang unter Drogen gesetzt und sie so absichtlich krank gemacht. Marina Schrott könnte unter dem Münchhausen-Stellvertreter-Syndrom gelitten haben – wir berichteten.
Unsere Reporterin hat Venus Schrott und ihre Zwillingsschwester Diana besucht. Eine Reportage von Maria Grappa.
»Ich habe keine geistige Behinderung«, sagt die 21-Jährige. Das Sprechen bereitet ihr sichtlich noch Mühe, aber ihre Worte sind deutlich und klar. Von Verwirrtheit keine Spur. Ihre körperliche Verfassung hat sich ebenfalls verbessert. Sie kann allein laufen – ohne Krücken oder Rollstuhl.

Ich schilderte Dianas Aussagen und schloss mit dem Satz:

> Venus freut sich auf ihre Zukunft. Sie braucht all ihre Kraft, um wieder ein einigermaßen normales Leben zu führen – so sagt die Schwester, die sich weiterhin um sie kümmern wird.

Wayne legte die Fotos auf den Tisch. Die beiden Schwestern Arm in Arm, Venus aufrecht gehend in der Wohnung und der leere Rollstuhl.

In einem Kasten auf der Seite beschrieb ich die bisherigen Bemühungen der Polizei, die Morde an Jakobus Hiller und Marina Schrott zu klären. Da es nicht viel zu vermelden gab, kam ich mit dreißig Zeilen aus. Das Video stellten wir online. Fertig. Oder nicht?

»Venus Schrott war zuerst in einer Förderschule, hat aber dann Hausunterricht bekommen«, teilte mir Mäggi nach einem Gespräch mit ihrer Freundin mit. »Die Schulaufsichtsbehörde hat dem Antrag der Mutter zugestimmt, weil Venus ständig krank war. Dabei ist es dann geblieben.«

»Und wer hat sie zu Hause unterrichtet?«

»Keine Ahnung. Die Erlaubnis für Hausunterricht erteilt die Schulbehörde nur, wenn staatlich geprüfte Fachlehrer eingesetzt werden«, erklärte Mäggi.

»Gibt es in den Akten einen Hinweis auf die psychische Deformation der Mutter?«

»Ganz im Gegenteil: Frau Schrott galt als fürsorglich und sie war eine aktive Kämpferin für die Rechte behinderter Kinder. Das Jugendamt hatte also keinen Anlass, die Familienverhältnisse genauer zu überprüfen.«

»Danke, Mäggi«, sagte ich. »Ab jetzt bin ich auch dafür, die Fliegenpilze zu retten. Sag Bescheid, wenn ich was für deine kleinen Rotköpfchen tun kann.«

Sie lächelte maliziös. »Wir laden Bärchen mal zur Pilzsuppe ein. Als *ultima ratio.*«

»Ich liebe Giftmorde«, schwärmte ich. »Sie sind so schön gemein.«

Auf dem Weg nach Haus machte ich Station bei der Bäckerei. Frau Schmitz drückte gerade alte Brötchen in eine Maschine, um Paniermehl daraus zu machen.

»Frau Grappa! Wie isses?«

»Muss.«

»Pass auf, dass du keine Staublunge kriegen tust«, warnte sie.

»Gebongt. Ich setz mich kurz rein.«

Das Bistro war leer. Ich griff nach einer Zeitschrift. In der Türkei verschärfte sich die Lage immer mehr. Der Wahnsinnige vom Bosporus beschlagnahmte die Privatvermögen seiner angeblichen Gegner, stürzte Familien ins Unglück und in Armut. Von Folterungen war die Rede und von willkürlichen Strafaktionen gegen Kritiker des türkischen Präsidenten. Die Europäische Union nahm dies ohne große Proteste hin.

»Bist du wieder allein zu Hause, Frau Grappa?«, erkundigte sich die Bäckerin.

»Allein ist es auch schön«, behauptete ich.

»Deshalb sitzt du ja jetzt auch hier. Kaffee?«

»Lass mal.«

»Darf ich dich was fragen?«

»Klar, Frau Schmitz.«

»Ich hab deine Geschichte im Computer gelesen. Dass das Mädchen jetzt fast gesund ist und sogar laufen kann. Glaubst du das denn alles?«

»Glauben? Ich hab gesehen, wie sie durch die Wohnung geht. Sie versteht, was gesprochen wird«, sagte ich. »Das sind handfeste Beweise, die wir durch Fotos dokumentiert haben.«

»Und wenn sie nur so zurückgeblieben getan hat, um ihre Mutter davon abzuhalten, ihr weiter wehzutun?«

Ich stutzte. Was hatte Diana Schrott erzählt? *Sie hat die geistig Behinderte gespielt. Sonst wäre es ihr noch schlechter ergangen. Je behinderter sie sich gab, desto weniger hat Mutter sie gequält.*

»Ja, sie könnte simuliert haben, um sich zu schützen«, nickte ich. »Warum fragst du das alles?«

»Hast du mal drüber nachgedacht, ob sie ihre Mutter ertränkt haben könnte?«

»Dazu war sie viel zu schwach.«

»Woher willst du das wissen? Du hast sie doch gar nicht gekannt in dieser Zeit.«

»Ich kann mir nicht vorstellen, dass Venus aus dem Rollstuhl gehüpft ist, ihre Mutter im Hundewaschbecken ertränkt hat, mit dem Hundetaxi zum Phoenix-See gefahren ist und sie dort versenkt hat.«

Anneliese Schmitz gab nicht auf. »Dann hatte sie eben Hilfe. Die Hundefriseuse? Sie hat doch die Salons geerbt und ist jetzt fein raus.«

»Doreen ist überprüft worden.«

»Und wo war sie zur Tatzeit?«

»Die Tatzeit ist ja gar nicht genau bekannt, Frau Schmitz. Bei Nacht war Doreen im Zweifel in Morpheus' Armen.«

»Dann hat der vielleicht mitgeholfen.«

Ich lachte. »Morpheus ist bestimmt unschuldig. Ich muss jetzt los. Hast du noch ein Brot für mich?«

In der Nacht ließ mich Frau Schmitz' Gedankenspiel nicht los. Könnte Venus Schrott ihre Mutter getötet haben? Nein, die Kraft hatte Venus nicht, nachdem sie fast zwanzig Jahre lang krank gemacht worden war.

Völlig gerädert wachte ich morgens auf. Meine Tränensäcke bekämpfte ich mit Kühlkissen, den schlechten Geschmack im Mund mit starken Fisherman's. Den Spiegel im Bad werde ich demnächst mit einer schwarzen Folie abkleben, nahm ich mir vor.

Keine grausamen Details

In der Redaktion erwarteten mich viele Leserbriefe und Mails zu meinen Artikeln. Die meisten waren mitfühlend und freundlich, es gab aber auch Hassmails von Menschen, die das Glück anderer nicht ertragen konnten. Immerhin war das Schicksal von Venus Schrott und ihrer Familie sehr gesprächswertig. Mehrere Fernsehsender waren in die Story eingestiegen. Das Münchhausen-Stellvertreter-Syndrom wurde mit Psychologen, Ärzten und Betroffenen in Talkshows diskutiert. Bisher war es aber noch keinem TV gelungen, ein Mitglied der Schrott-Familie vor die Kamera zu holen.

»Mail von der Staatsanwaltschaft«, rief Susi durch den Raum. »Guckst du selbst, Grappa, oder soll ich einen Ausdruck machen?«

»Ausdruck!«, gab ich zurück.

Die Untersuchung des Hundetaxis war abgeschlossen. Leider ohne hilfreiches Ergebnis. Es gab jede Menge Spuren von Mitarbeitern der Hundesalons, von Kunden und Tieren, denn sie alle hatten den Lieferwagen benutzt oder waren darin transportiert worden. Es würde Monate dauern, sie alle jemandem zuzuordnen. Das waren leider nur zwanzig Zeilen für die morgige Ausgabe.

»Was ist los, Grappa?«, fragte Wayne. »Geht's dir nicht gut?«

»Richtig erkannt. Zu viel Wein, eine schlechte Nacht und eine Story, die sich nicht weiterentwickelt.«

»Ach, was«, tröstete er mich. »Trink drei Pötte Kaffee und starte durch. Ich weiß auch schon, wie.«

»Ich auch.«

»Du zuerst!«

»Wir müssen den oder die Hauslehrer von Venus finden. Auch wenn das schon Jahre her ist. Das sind doch Pädagogen. Denen kann doch aufgefallen sein, ob Venus vergiftet oder ruhiggestellt wurde.«

»Auf den Gedanken bin ich auch gekommen«, freute sich Wayne. »Und wer könnte dir da besser helfen als Venus Schrott? Fahr vorbei und frag sie.«

Am Nachmittag hatten die beiden Schwestern Zeit. Auch Engelbert Schrott war anwesend. Er überraschte mich mit der Mitteilung, dass er und seine beiden Töchter in wenigen Tagen abreisen würden.

»Ich habe alles erledigt, was zu erledigen war. Wir werden zusammen mit Venus ein neues Leben beginnen und dafür sorgen, dass das Verbrechen ihrer Mutter in Vergessenheit gerät. Sie ist auf einem guten Weg.«

Diana setzte sich zu uns. »Venus schläft«, sagte sie. »Haben Sie Fragen?«

»Ja, aber die muss Venus beantworten. Es geht um den Hausunterricht.«

»Ich wecke sie«, entgegnete Diana. »Es ist sowieso Zeit für ihre Übungen.«

»Übungen?«

»Krankengymnastik, um die Muskeln zu stabilisieren.« Sie deutete auf Sportgeräte im hinteren Teil des Raumes. »Laufband, Rückentrainer und Mobilisation durch einen Physiotherapeuten.«

Ein Geräusch im Raum – Venus hatte ihr Zimmer verlassen. Sie hatte das Gleiche an wie ihre Schwester: ein geblümtes T-Shirt und eine dunkelrote Leinenhose.

Diana sprang auf und henkelte sich bei ihr ein. »Sehen wir nicht gut aus?«, fragte sie.

»Zwei hübsche junge Frauen«, nickte ich. »Bald kann Sie niemand mehr auseinanderhalten.«

»Venus, Frau Grappa hat noch ein paar Fragen an dich«, erklärte Engelbert Schrott. »Es geht um deine Hauslehrer.

Ich mache den Damen mal einen Milchshake. Banane oder Orange?«

Wir gaben die Bestellung auf. Dic jungen Frauen kuschelten sich auf dem Sofa aneinander. Sie schienen wirklich glücklich zu sein. Schienen? Nein, sie waren es. Oder war alles nur eine perfekte Show?

»Venus, können Sie sich noch an Ihre Lehrer erinnern?«, fing ich an.

»Ja. Sie kamen zu uns nach Hause. Einer nach dem anderen, bis ich sechzehn war.«

»Und was haben die Ihnen beigebracht?«

»Lesen und schreiben, wenn ich nicht mal wieder krank war. Später auch Englisch und Mathematik.«

»Wie kam Ihre Mutter mit den Lehrern klar?«, fragte ich. »Gab es Probleme?«

»Wenn ich einen nett fand, kam ein anderer.«

»Ihre Mutter hat die netten Lehrer ausgetauscht?«

Venus nickte. »Manche wollten aber auch nicht weitermachen, weil ich so krank war.«

»Können Sie sich noch an Namen erinnern? Welchen Lehrer hatten Sie denn am liebsten?«

»Warum stellen Sie diese Fragen, Frau Grappa?«, mischte sich Engelbert Schrott ein. »Sind diese Lehrer wichtig?«

»Mich interessiert, ob denen damals etwas aufgefallen ist. Aber etwas anderes: Jetzt gibt es immerhin eine neue Spur. Falls die Leiche tatsächlich mit dem Hundetaxi zum See gefahren wurde, könnte der Fahrer auch der Mörder sein.«

»Nehmen Sie es mir nicht übel, aber mir ist es völlig egal, wer Marina ins Jenseits geschickt hat. Sie hat meine Tochter jahrelang gequält und ich hoffe, dass sie einen grausamen Tod hatte.«

»Diese Hoffnung ist doch schon erfüllt worden«, entgegnete ich. »Mit dem Kopf unter Wasser gedrückt und langsam ertränkt zu werden, dürfte nicht besonders angenehm sein.«

»Mama!«, rief Venus.

Wir starrten sie an. Ihr Gesicht zeigte pures Entsetzen, sie hatte Tränen in den Augen, ihre Lippen zitterten.

»Venus, wussten Sie gar nicht, wie Ihre Mutter zu Tode gekommen ist?«, fragte ich.

»Das haben Sie ja gut hingekriegt, Frau Grappa!« Schrott war außer sich, zog Venus vom Sofa und sprach beruhigend auf sie ein.

»Gehen Sie besser«, sagte Diana. »Ich bringe Sie zur Tür.«

Ich klaubte meine Sachen zusammen und folgte ihr.

»Natürlich weiß Venus, dass ihre Mutter tot ist«, erklärte Diana im Flur. »Aber wir haben ihr die Details verschwiegen. Ich hoffe, Sie verstehen das.«

Scheinehe gegen Geld

Ziemlich deprimiert fuhr ich in die Redaktion zurück. Alles tobte in meinem Hirn. Dass Venus etwas mit dem Tod ihrer Mutter zu tun haben sollte, erschien mir absurd. Ihre heftige Reaktion bestätigte diese Ansicht. Die Frage nach den Hauslehrern hatte mich nicht weitergebracht.

Ich berichtete Wayne von meinem verunglückten Nachmittag. »Es kann nicht immer Sonntag sein«, tröstete er mich.

»Hoffentlich beruhigt sich Venus wieder.«

»Schreibst du noch was über diesen Münchhausen-Dingsbums-Fall, Grappa?«, rief Sarah zu mir rüber. »Bärchen hat zwanzig Zeilen für dich freigehalten.«

»Die kommen gleich.«

Ich hackte die Untersuchungsergebnisse zum Hundetaxi in die Tastatur und speicherte die Nachricht ab. Seite drei unten links.

Wurbelchen dagegen hatte es mit einem Zweispalter auf die Eins geschafft. Ihr Thema war die Eröffnung des neuen

Gerätehauses der freiwilligen Feuerwehr. *Feuerwehrleute brennen auf ihren nächsten Einsatz* – so die Überschrift.

Kann ich dich am Abend kurz besuchen? Eine SMS von Perihan. Sie war vor drei Stunden abgeschickt worden und ich bemerkte sie erst jetzt. Ich rief zurück, sie war bereits auf dem Weg zu meinem Haus.

Meine Bereitschaft, mich um ein verwirrtes Liebespaar zu kümmern, war nicht sehr ausgeprägt, doch ich machte mich auf den Weg.

Perihan wartete im Vorgarten auf einer Bank und blätterte in einem Buch. Ich las den Titel: *Hoffnung auf Liebe.* Wenn das ein Zeichen für ihren emotionalen Zustand war, würde der Abend entsprechend ausfallen.

»Seit wann liest du Nackenbeißer?«, fragte ich.

Sie schaute mich leicht verwirrt an.

Ich erklärte ihr den Begriff: »Das sind Kitschromane, in denen eine junge schöne Frau die große Liebe erlebt. Und auf dem Cover küsst ein gut aussehender Mann sie in den Nacken.«

»In dem Buch geht es um Heimkinder, die in den Sechzigerjahren in deutschen Heimen gequält wurden.«

Ups. »Es ist eben doch nicht alles so, wie es scheint«, räumte ich ein. »Hast du Hunger? Durst? Gesprächsbedarf?«

»Alles drei«, lächelte sie. Sie holte ein Päckchen aus ihrer Tasche. »Ich hab Döner mitgebracht und gefüllte Weinblätter. Das machen wir uns warm.«

Guter Plan. Wir gingen ins Haus und packten die Sachen in die Mikrowelle.

»Erzähl«, bat ich.

»Es geht um Wayne.«

»Darauf wäre ich nie gekommen.«

»Er nimmt mir übel, dass ich ihn heiraten will.«

Die Mikrowelle piepte. Ich drapierte das Essen auf einer Platte und stellte Rotwein und Wasser auf den Küchentisch.

»Du irrst«, sagte ich. »Er nimmt dir nicht übel, dass du ihn heiraten willst. Ihm hat dein Grund dafür nicht gefallen. Du hast ihm eine Scheinehe vorgeschlagen.«

»Ich hatte nicht damit gerechnet, dass er nichts Illegales machen will. Es sollte doch nur ein Gefallen sein. Ich hab ihm sogar eine Aufwandsentschädigung angeboten.«

»Geld?«

»Ja.«

Ich goss den Rotwein in die Gläser. »Perihan, Wayne ist ein Romantiker. Wenn er heiratet, dann nur eine Frau, die er liebt und die ihn liebt. Ich kann gut verstehen, dass er verletzt ist.«

»Das hab ich inzwischen auch begriffen.« Sie griff zum Glas und stürzte den Wein herunter. »Ich wollte mich bei ihm entschuldigen. Aber er hat meine Nummer auf seinem Phone blockiert und auch auf Mails reagiert er nicht. Ich weiß nicht, was ich nun machen soll.«

Ich taxierte sie. War sie bereit für einen Hinweis auf Waynes tatsächlichen Gemütszustand? Noch ein halbes Glas Wein und die Sache läuft, dachte ich und goss ihr nach.

Der *Beaujolais primeur* wirkte schnell. Perihans Körperhaltung entspannte sich und sie bekam rote Wangen.

»Willst du wissen, warum Wayne so verletzt ist?«

»Natürlich. Sag es mir bitte, Grappa.«

»Er hat sich in dich verliebt.«

Hoffentlich reißt mir Wayne nicht den Kopf ab, dachte ich. Perihan blieb nach meinem Satz zunächst stumm. Ich wartete. Sie trank ein Glas Wein auf Ex.

»Was sieht er denn in mir?«, fragte sie dann. »Ich bin doch nichts Besonderes.«

»Für ihn schon. Du bist jung, schön und empathisch. Er will dich beschützen, sich mit dir schmücken, dich verstehen und Sex mit dir.«

Wenn ich in Rente bin, heuere ich bei einer Zeitschrift als Briefkastentante an, dachte ich.

»Du meinst also, dass er mich auch erotisch anziehend findet?«

»Perihan, guck doch mal in den Spiegel, und wenn du dann immer noch an dir zweifelst, lass dir die zweihundert Fotos zeigen, die er von dir gemacht hat.«

»Und warum spricht er nicht mit mir über seine Gefühle?«

»Weil er Angst hat, von dir zurückgestoßen zu werden. Er ist zwanzig Jahre älter als du.«

»Das ist doch nicht schlimm«, rief sie aus. »Männer in meinem Alter sind unbeholfen und langweilig. Sie interessieren sich nur für Autos und achten Frauen in der Regel nicht besonders. Männer lieben die Erregung und nicht die Frau. Außerdem verschwindet die Leidenschaft sowieso nach kurzer Zeit, sagt Mutter.«

»Ach so«, sagte ich, »dann kann man sich ja gleich begraben lassen oder ins Kloster gehen. Was willst du jetzt tun?«

Sie erhob sich. »Ich muss über alles nachdenken. Kannst du mir ein Taxi rufen?«

Pitbull geht in die Vollen

Kleist hatte recht gehabt. Berger hatte Blut geleckt und lieferte jetzt. Am Morgen verschickten Polizei und Staatsanwaltschaft eine ausführliche Presseinformation. Darin teilte der Leiter der Mordkommission die Zerschlagung eines international operierenden Kinderpornorings mit. Die Infos verpackte ich in einen sachlichen Artikel.

Pädophilen-Netzwerk zerschlagen –
Mordopfer sammelte Beweise

Endlich kommt Bewegung in den Mordfall Jakobus H. Der Lebensgefährte der getöteten Marina Schrott war hinter einem Kinderpornoring her. Durch Informationen, die sich auf dem Computer des Jakobus H. befanden, sind nun auch die Behörden auf die Spur der Bande gekommen. H. hatte Videos, Fotos, Adressen und E-Mails gespeichert. Aus dem Material geht hervor, dass H. die Mitglieder der Gruppe mit seinem Wissen erpresst hat. Deshalb vermuten die Behörden nun, dass H. von einem oder mehreren seiner Erpressungsopfer getötet wurde – oder in deren Auftrag. Das Krankenzimmer, in dem der Mord verübt wurde, war durchwühlt worden – ein Handy wurde gestohlen, doch die Informationen waren auf einem Laptop gespeichert, der sich nicht im Krankenzimmer befand.

Auf den beschlagnahmten Dateien sind zahlreiche sexuelle Gewalttaten gegen Kinder und Jugendliche zu sehen. Inzwischen konnte Interpol einige der Kinderschänder festnehmen. Die Kommunikation der Straftäter untereinander wurde unterbunden. Weitere Auskünfte erteilen die Behörden wegen der laufenden Ermittlungen nicht. Wir berichten, sobald es etwas Neues gibt.

Ich bekam hundert Zeilen auf der Eins zugeteilt, inklusive Fotos. Wayne und ich verzogen uns in den Großraum, bewaffnet mit zwei Kaffeepötten.

»Endlich passiert mal was«, sagte Wayne. »Dieser Pitbull scheint gar nicht so neben der Spur zu sein.«

»Das war ja einfach mit den Beweisen, die wir ihm gegeben haben«, relativierte ich. »Mich interessiert aber schon, ob Venus Schrott auf den Filmen zu sehen ist.«

»Ich dachte, du willst darüber nichts schreiben«, erinnerte er mich.

»Will ich ja auch nicht«, beteuerte ich.

Ich musterte Wayne. Er verhielt sich ganz unbefangen. Vermutlich hatte Perihan ihm nichts von ihrem Besuch bei mir erzählt. Aber ich konnte ihn nicht im Unklaren lassen. Wir waren seit vielen Jahren befreundet und ich schuldete ihm die Wahrheit.

»Perihan war gestern Abend bei mir.«

»Aha.« Seine Miene gefror. »Warum erzählst du mir das?«

»Sie ist zurzeit ziemlich unglücklich.«

»Weil sie noch keinen Dummen gefunden hat, der sie zum Schein heiratet?«

»Wayne! Deine Verbitterung bringt eure Freundschaft nicht wieder in Ordnung.«

»Habt ihr über mich gesprochen?«

»Ja, das haben wir.«

»Weiber!«, meinte er wegwerfend.

Ich nahm mir ein Herz und sagte: »Ich habe ihr gesagt, dass du in sie verliebt bist.«

Wie vom Donner gerührt, starrte er mich an.

»Du bist ein solches Miststück, Grappa!«, presste er hervor. Er stieß den Stuhl zurück, dass es krachte, verließ den Raum und schlug die Tür zu. Die Wand wackelte und ein Aktenordner fiel aus dem Büroschrank.

»Was hat er denn?«, krähte Mäggi. »Du verdirbst es dir aber auch mit jedem, Grappa.«

»Solange du mich noch magst, ist alles in Butter«, entgegnete ich.

Zufällig fiel mein Blick auf ihren Schreibtisch. *Weiblichkeit erleben. Von Alraune von Bessen.* Die Tussi verteilte ihre Bücher flächendeckend.

Ich nahm das Buch. »Willst du dich weiterbilden, liebe Mäggi?«

»Die Autorin hat mir ein Rezensionsexemplar geschickt«, erläuterte sie. »Es handelt sich um einen Ratgeber für Frauen, die wieder ganz Frau sein möchten. Ich werde den Schnupperkurs besuchen und darüber schreiben. Bärchen hat es schon genehmigt.«

»Den Schnupperkurs hat sie mir auch angeboten. Ich mag mich aber so, wie ich bin.«

»Klar, Grappa, an dir kann man nichts verbessern«, nickte

sie. »Ganz Frau zu sein scheint jedenfalls zum neuen gesellschaftlichen Trend zu werden.«

»Ich dachte, dein Mamadou hat dich bereits ganz zur Frau gemacht«, sagte ich. »Oder ist er nicht mehr aktuell?«

Die Anspielung auf ihren kenianischen Lover tauchte ihren blassen Teint in rosa Farbe. »Er hat geheiratet und ist kürzlich Vater geworden. Ich fahre jetzt nicht mehr nach Kenia in Urlaub, sondern an den Gardasee.«

»Ist doch auch schön«, tröstete ich sie. »Da flanieren Legionen von rüstigen Pensionären über die Seepromenade. Die sind zwar erotisch nicht mehr so präsent, aber Sex im Alter wird sowieso überschätzt.«

»Du weißt wohl, wovon du sprichst, Grappa«, konterte sie.

»Genau. Ein Mann trinkt dir nur den Wein weg und jammert, wenn er Schnupfen hat. Wer braucht so was?«

»Wahre Freundschaft gibt es sowieso nur unter Frauen«, grinste Mäggi. »Wir beide sind ja das beste Beispiel dafür. Sollen wir heiraten?«

»Bärchen Biber war schneller als du. Ich prüfe gerade seinen Antrag.«

Wir lachten schallend. Endlich mal wieder. Sarah, Stella und Susi lauschten und schauten sich gegenseitig an. Gute Stimmung hatte es in diesem vermaledeiten Großraumbüro schon einige Tage nicht mehr gegeben.

»Keinen Stress heute, Mädels«, rief ich den dreien zu. »Ihr könnt euch eurer Arbeit zuwenden, also weiter bei Parship surfen. Immerhin verliebt man sich dort alle elf Minuten.«

Die Lawine rollt

Ich brauchte mehr als elf Minuten, um den Bericht zu begreifen, der am späten Nachmittag über die Deutsche Presseagentur eintrudelte. Der Leiter der Interpol-Sonderkommission gegen Kindesmissbrauch hatte der DPA jede Menge Informationen gegeben.

Brutaler Kindesmissbrauch – Pädophile zeigten Vergewaltigung von Kindern live im Internet

Die deutsche Polizei und Interpol haben einen international agierenden Pädophilenring gesprengt. Auf den Dateien der Kriminellen fanden die Ermittler grausame Szenen, die nur schwer zu ertragen sind.

Zwanzig Männer wurden festgenommen. Gegen weitere vierzig wird ermittelt. Es soll sich bei dem Fall um den schlimmsten Fall von sexueller Kindesmisshandlung handeln, der bislang bekannt geworden ist.

Der Chefermittler der Operation erklärte, dass insgesamt 150 Terabyte Bild- und Videomaterial gesichert werden konnten. Dieses zeige den Missbrauch von Kindern in besonders grausamer Form. So seien sie gefesselt und zum Sex untereinander sowie mit Tieren gezwungen worden. Die Täter verabredeten sich demzufolge im Darknet, um über ihre Verbrechen zu fantasieren. Viele der Täter sind hochgebildet und konnten ihre Spuren im Darknet lange verschlüsseln und verstecken. Unter den Verdächtigen seien auch Politiker, ein Lehrer und ein Anwalt.

Auf die Spur der Pädophilen kamen die Ermittler dem Bericht zufolge durch einen Tipp der deutschen Polizei in Bierstadt, die sich in das Netzwerk der Täter hacken konnte. Ihnen war das Laptop eines Mordopfers zugespielt worden. Zurzeit wird geprüft, ob der Besitzer des Geräts sterben musste, weil er die Pädophilen erpresst hat.

So eine DPA-Meldung wirkt wie der Startschuss eines Wettrennens. Gierige Journalisten würden blitzartig in Bierstadt einfallen und alles auf links drehen.

Bärchen stürzte in den Raum und wedelte mit dem Papier. »Wusstest du davon, Grappa?«

»Nicht so detailliert«, antwortete ich wahrheitsgemäß. »Dass Hiller diese Leute erpresst hat, war mir bekannt – offiziell aber erst seit heute Morgen.«

»Was ist das ekelhaft!«, rief er aus. »Sex mit Tieren. Hat diese Venus was damit zu tun? Oder ihre tote Mutter? Oder gar die Köter? Mir wird übel.«

Er ließ sich auf einen Stuhl fallen und atmete schwer. Sein Gesicht war bleich.

»Sarah, hol ihm mal ein Glas Wasser!«, befahl ich.

Die Sekretärin wagte keinen Protest und gehorchte.

»Wie sollen wir damit umgehen?«, fragte er.

»Wir drucken die DPA-Meldung ab. Die Sache ist ja jetzt in der Welt und die Lawine beginnt zu rollen. Morgen wird hier der Teufel los sein.«

Sarah reichte Bärchen das Wasser. Er trank hastig und verschüttete die Hälfte. Er war sichtlich überfordert.

»Du hast die Erfahrung, Grappa«, sagte er. »Ich vertrau auf dich.«

»Lass das nicht zur Gewohnheit werden«, grinste ich schief.

»Aber verzichte auf die ganz schlimmen Sachen«, bat er.

»Vertraust du mir nun oder nicht?«

Ich bestückte die Redaktionshomepage mit den neuesten Nachrichten, hielt mich an den DPA-Text und lobte die Bierstädter Behörden, was nicht schaden konnte. Zwischendurch versuchte ich mehrfach, die Schrotts zu erreichen, ohne Erfolg. Ich hinterließ eine Nachricht auf der Mailbox.

Endlich meldete sich mein Handy. Doch es war Kleist.

»Pitbull hat sein Ding gut gemacht«, erklärte er. »In ganz Deutschland werden Mitglieder des Pädophilenrings festgenommen. Hiller hat mit deutscher Gründlichkeit gearbeitet und alles dokumentiert. Aber ich muss dir noch etwas sagen, was nicht in den offiziellen Pressemitteilungen steht.«

Schlagartig bekam ich einen trockenen Mund.

»Venus ist auf den Videos zu sehen. Sie muss um die zehn Jahre alt gewesen sein. Sie ist ein Opfer.«

Er beschrieb den Missbrauch nicht näher, wofür ich ihm dankbar war. Aber etwas war ihm aufgefallen: Das Video, auf dem Venus zu sehen war, war in einem abgedunkelten Raum gedreht worden, Scheinwerfer erhellten die Szene. Einmal schwenkte die Kamera ungewollt nach oben, es sah aus, als sei jemand ans Stativ gestoßen.

»In dem Moment ist ein Fenster zu erkennen. Auf dem milchigen Glas sieht man eine Schrift. Die Buchstaben *ALON* sind deutlich zu lesen, natürlich in Spiegelschrift.«

»Hundesalon«, stellte ich fest. »Diese Verbrecher haben im Hundesalon gedreht!«

»Kundschaft kann in dem Salon wohl nicht gewesen sein«, fügte Kleist hinzu. »Sie müssen sich einen Sonntag ausgesucht haben.«

»Ich besuche Doreen noch mal«, kündigte ich an. »Sie hat viele Jahre für die Schrott gearbeitet. Weiß Pitbull von deiner Entdeckung?«

»Die Entdeckung ist sein Verdienst. Der Kollege ist sehr professionell und aktiv. Er will das Fenster in den Salons suchen lassen. Er hat jedoch noch keinen Durchsuchungsbeschluss bekommen.«

»Vielleicht bin ich schneller«, meinte ich. »Morgen früh stehe ich bei Doreen auf der Matte.«

Der Tag hatte mich geschafft. Warum fühlten sich erwachsene Männer sexuell zu kleinen Mädchen oder Jungen hingezogen? Warum wandten sie brutale Gewalt an, um ihre Befriedigung zu bekommen? Warum riskierten sie, dass ihre Opfer lebenslang traumatisiert wurden? Und warum sahen sie nicht, dass auch ihr eigenes Leben durch ihre Taten zerstört wurde?

Ich erinnerte mich an einen früheren Bundestagsabgeordneten, einen hochgebildeten Mann, dem jede politische Karriere offengestanden hätte. Der war Kunde einer Kinderpornoseite gewesen, hatte sich Fotos kleiner Jungs sogar über den Server des Deutschen Bundestages heruntergeladen. Nach Bekanntwerden des Skandals hatte er sich als Opfer gesehen und keinerlei Einsicht gezeigt.

Und dann die BBC-Legende Jimmy Savile. Er hatte über Jahrzehnte hinweg systematisch Hunderte Kinder und Jugendliche sexuell missbraucht. Er war gestorben, bevor er bestraft werden konnte.

Michael Jackson nicht zu vergessen. Er entging 1993 einem Prozess nur deshalb, weil ein angeblich von ihm sexuell missbrauchter Vierzehnjähriger und dessen Familie gegen eine Millionen-Dollar-Zahlung ihre Klage zurückgezogen und Aussagen verweigert hatten.

Schließlich die vielen katholischen Priester. Sie missbrauchten und quälten ihnen anvertraute Kinder über Jahrzehnte – die katholische Kirche tat sich immer noch schwer bei der lückenlosen Aufklärung.

Erklärungen für solche sexuellen Störungen gab es viele. Bei Kindesmissbrauch ging es hauptsächlich um Macht und Kontrolle, aber auch um die Lust daran, unschuldiges Leben zu zerstören. Besonders perfide erschien es mir, wenn die Pädophilen von freiwilliger Hingabe der Kinder oder gar von ihrer Liebe sprachen.

Diana Schrott und ihr Vater meldeten sich an diesem Abend nicht mehr. Mein letzter Besuch hatte sie vermutlich verärgert und dieser Ärger schien geblieben.

Zum Glück erreichte ich wenigstens Wayne. Er hatte sich beruhigt. Ich schilderte ihm, was passiert war, und wir verabredeten uns für den nächsten Morgen im Bistro.

Suche nach dem Tatort

Wayne hatte vorgearbeitet, alle Fotos herausgesucht und nach einem Milchglasfenster mit Buchstaben gesucht. Leider ohne Ergebnis. »Das Fenster kann irgendwo sein. Wir kennen ja nicht alle Salons«, meinte er. »Oder es ist längst ausgebaut. Kaputtgegangen.«

Frau Schmitz brachte uns Frühstück. Sie war wie immer auf dem neuesten Stand der Informationen, hatte die Zeitungen gelesen und Radio gehört.

»Da hat jemand Rache genommen für das Leiden der kleinen Venus – wenn sie es nicht selbst gewesen ist«, wiederholte sie ihre Theorie. »Manche Menschen entwickeln ungeheure Kräfte, wenn ihre Wut groß genug ist.« Sie reichte mir die Bild-Zeitung. »Da, lies mal. Die haben geschrieben, was du nicht schreiben wolltest.«

Münchhausen-Mutter verkaufte Tochter an Porno-Ring

Sie war erst zehn Jahre alt und schwer behindert: Venus Sch., heute 21 Jahre, wurde von ihrer Mutter nicht nur krank gemacht, sondern auch als Sexobjekt an fremde Männer vermietet. Polizei und Interpol liegen Videobeweise vor. Sie stehen in Zusammenhang mit der Zerschlagung eines internationalen Pädophilenrings.

Die weiteren Infos waren keine Überraschung.

»Und?«, fragte Frau Schmitz.

»Mieser Artikel. Venus war auf einem guten Weg. Ob das jetzt noch so ist, wage ich zu bezweifeln.«

Wayne beteiligte sich nicht an unserem Gespräch. Still mümmelte er seine Brötchen.

Frau Schmitz ging in den Verkaufsraum zurück, um Kunden zu bedienen.

»Hast du was von Perihan gehört?«, fragte ich.
»Mein Privatleben geht dich nichts an, Grappa.«
»Ich meine es doch nur gut«, verteidigte ich mich.
»Dann sei bitte nie wieder gut zu mir«, gab er zurück.
Schweigend beendeten wir unser Frühstück. Dann fuhren wir zu Doreens Salon.

Doreen war mit einer Hundemutti beschäftigt. Wir setzten uns in den Wartebereich für Kunden. Die Frau interessierte sich für einen Hundekinderwagen.

»Hier ist das Modell Trixie, ideal für Ihr Schätzchen.« Die Groomerin griff sich den Cockerspaniel und setzte ihn auf die Theke. »Wollen wir den Schnuggel mal reinstecken?«

Der Hund wollte vom Tisch springen, doch er hatte nicht mit Doreen gerechnet. Beherzt packte sie zu und drückte ihn in den Wagen, obwohl er mit den Beinen strampelte und gottserbärmlich quietschte.

Wir beobachteten das Drama und konnten uns das Lachen nicht verkneifen. Doreen schloss das Sichtfenster mit dem Reißverschluss, sodass Schnuggel bewegungsunfähig war.

»Ja, was hatter denn?«, neckte Doreen den Cocker.

»Vielleicht Angst?«, raunte Wayne. »Vor allem vor der Stimme.«

»Der Buggy ist ideal für ältere und ängstliche Hunde und Hunde in der Rekonvaleszenz – also wenn sie krank waren«, führte die Groomerin das Verkaufsgespräch weiter.

Der Wagen wackelte, weil der Hund immer mehr durchdrehte.

»Nehmen Sie ihn mal da raus«, rettete die Besitzerin ihr Schätzchen. »Caligula ist ja voll panisch. Ich denk, das isses nicht.«

»Er muss sich erst dran gewöhnen«, wandte Doreen ein, gehorchte aber dann.

Kaum hatte sie den Reißverschluss geöffnet, schnellte die

Hundeschnauze heraus und die Zähne schlugen sich in ihre Hand. Sie griff nach einem Papiertuch, lächelte bemüht. »Berufsrisiko.«

»Wir gehen dann mal wieder«, kündigte die Kundin an, nahm den Hund in die Arme und stürzte aus dem Salon.

»Dumm gelaufen«, meinte ich.

»Diese blöde Kuh«, schimpfte Doreen und prüfte ihre Hand. Zwei kleine blutende Wunden. »Und die verrückte Töle gehört in die Tötungsstation!«

»Aber Doreen«, sagte ich entsetzt. »Ich dachte, Sie mögen Hunde.«

»So wat nicht.« Sie sprühte sich eine Desinfektionsflüssigkeit auf die Macken.

»Sollte sich das nicht mal ein Arzt angucken?«

»Kein Doktor. Ich hab Tetanus. Kevin, mach mal Kaffee!«

Der Angesprochene spurtete zum Automaten.

»Ihr seid wegen der Venus hier, richtig?«, fragte sie. »Wird ja immer schlimmer, was da so rauskommt. Ich bin froh, dass der Jupp nichts damit zu tun hatte. Er wollte die Schweine an die Wand nageln.«

»Ich nenne so was Erpressung«, stellte ich klar. »Heldentum sieht anders aus.«

»Und was liegt jetzt an?«

»Ein Video mit Venus wurde in einem Salon gedreht«, erklärte Wayne. Er beschrieb den Ausschnitt.

»Keine Ahnung, wo das gewesen sein könnte«, sagte sie. Unsere Fragen begeisterten sie nicht.

»Das Ganze ist viele Jahre her«, sagte ich. »Venus war damals zehn oder elf Jahre alt. So lange kennen Sie die Schrotts doch schon, oder?«

Kevin brachte die Getränke. Doreen nahm einen Schluck, verbrannte sich die Lippen und fluchte.

Ich musste meine Taktik ändern. »Doreen, Sie sind doch eine Frau mit Format und Empathie. Wenn uns jemand helfen kann, dann Sie. Wir wollen Ihnen nicht schaden und niemand erfährt von unserem Gespräch.«

»Ich denk Tag und Nacht über Marina nach. Manche Sachen waren schon komisch, aber ich hab mir nix dabei gedacht, das müssen Sie mir glauben.«

»Was war komisch?«

»Als ich bei Marina anfing, hatte sie nur einen Laden. Den hier. Sie war schon damals fast jeden Tag mit Venus hier. Die Kleine wurde in den Shampoonierraum gefahren und guckte uns bei der Arbeit zu. Wenn Marina mal wegmusste, haben wir das Kind zur Toilette gebracht, ihr Mahlzeiten und Pillen gegeben und so weiter. Die Marina hatte das Essen immer schon vorbereitet und mitgebracht.«

»Und was war jetzt komisch?«

»Mittwochs hatte der Salon immer zu. Einmal hab ich mein Handy vergessen und bin trotz des freien Tages hingefahren. Ich wunderte mich, dass die Rollos runtergelassen waren. Dann schloss ich auf und war von den Socken. Überall Platten mit Häppchen, Getränkekisten, Teller und Gläser und ein Ständer mit Kamera und ein paar Lampen. Als ich mit dem Telefon rauswollte, stand Marina in der Tür. Sie wurde voll wütend und schrie rum. Ich war völlig verdattert. Am nächsten Tag entschuldigte sie sich und behauptete, dass sie ein Werbevideo für den Salon in Auftrag gegeben habe.«

»Haben Sie dieses Video später gesehen?«

Doreen verneinte. »Ich hab mich nur gewundert, dass keine Hunde da gewesen sind. Einen Werbefilm übers Groomen ohne die Tölen? Das ging ja gar nicht. Aber dann dachte ich mir, dass die vielleicht später in den Salon gebracht worden sind. Gefragt hab ich nicht. Und ich war auch mittwochs nie wieder dort.«

Doreen führt uns in den Shampoonierraum. Wayne musterte die Fenster. Keine Spur von einer Schrift.

»Ein Fenster ist mal kaputtgegangen und ersetzt worden«, erklärte Doreen. »Aber das ist auch schon ein paar Jahre her.«

»Haben Sie später mit Marina irgendwann über diese Mittwochsveranstaltungen gesprochen?«

»Nee. Ich wollte keinen Stress mit ihr.«

»Man macht sich aber Gedanken, oder?«, hakte ich nach.

»Das schon«, druckste sie. »Aber ich hab das als privat angesehen. Ich tippte auf einen Hexenzirkel oder irgendwas mit Sex, Sadomaso oder Rudelficken. An Kinder hab ich allerdings nie gedacht, das müssen Sie mir glauben. Und ich kann erst recht nicht glauben, dass die Venus da mitmachen musste.«

»Leider doch«, entgegnete ich. »Es gibt Beweise. Videos. Sie waren auf Jupp Hillers Laptop.«

»Das ist ja gruselig!« Doreens Augen füllten sich mit Tränen und ihre Lippen zitterten. Sie legte die Hände vor die Augen und schluchzte laut.

Wayne verdrehte die Augen nach oben. Er knipste ein paar Fotos und deutete an, dass wir gehen sollten. Er hatte recht, hier war nicht mehr zu erfahren. Außerdem gingen mir der Geruch des Hundeshampoos und die feuchte Luft auf die Nerven.

Ich reichte Doreen ein Papiertaschentuch. Sie brachte uns zum Ausgang.

Pitbull kocht und Kevin hilft

Reifen quietschten. Türen schlugen. Geschrei.

Wir stürzten nach draußen. Blaulicht gleißte. Dem ersten Wagen entstieg Pitbull Berger, in der Hand ein Funkgerät.

»Was issen jetzt los?«, stotterte Doreen. »Macht ihr meinen Laden schon wieder dicht?«

Wayne fotografierte. Nach und nach folgten weitere Polizisten. Sie sperrten das Gelände rund um den Salon ab.

Praktikant Kevin beobachtete die Szene mit offenem Mund, die anderen Angestellten waren im Salon geblieben und kiebitzten durchs Fenster.

»Hast du ein Smartphone, Kevin?«, fragte ich.

»Klar.«

»Dann mach Fotos, aber so, dass die Bullen das nicht merken«, sagte ich leise. »Und hier schickst du die Bilder hin.« Ich drückte ihm meine Karte ins feuchte Händchen.

»Was hab ich davon?« Er roch nach Hundeshampoo.

»Einen Hunni – versprochen.«

Er nickte, trollte sich und zückte das Telefon.

Pitbull kam auf mich zu. »Was machen Sie denn hier?«

»Recherche.«

»Sie stören eine polizeiliche Maßnahme«, polterte er. »Verlassen Sie das Sperrgebiet.«

»Schon mal was von Pressefreiheit gehört?«, lächelte ich. »Steht im Grundgesetz.«

»Sehr originell, Frau Grappa.«

Wayne näherte sich.

Pitbull drehte sich zu ihm hin und schrie: »Keine Fotos!« Auf der Speckrolle in seinem Nacken blühte ein Eiterpickel.

Wayne knipste weiter. Berger gab zwei Polizisten ein Zeichen. Sie hielten das Objektiv der Kamera zu, nahmen sie Wayne ab.

Wayne warf mir den Blick zu, den ich kannte: Er hatte den Chip ausgetauscht, bevor die Bullen den Apparat in die Hände bekommen hatten. Dieser Trick klappte fast immer. Fast. Leider prüfte der Beamte heute den Chip.

»Da ist nichts drauf«, stellte er fest.

»Aha«, grinste Pitbull Berger. »Ihr Schreiberlinge haltet uns wohl für berufsdämlich. Her mit dem Teil!« Er streckte Wayne die Hand hin.

Ich nickte ihm zu. Wayne griff in die Jackentasche und rückte den Chip heraus.

»Lasst mich in Frieden, ihr Sackgesichter!« Doreens zartes Stimmchen drang bis ins Mark. »Das ist mein Salon und ihr Drecksbullen habt hier nix zu suchen, dass das mal klar ist!«

»Sie sind vorläufig festgenommen«, schnauzte Pitbull sie an. »Beamtenbeleidigung, Verdunkelungsgefahr, Behinderung eines Polizeieinsatzes. Bringt die Dame in den Wagen.«

»Keine Sorge, Doreen, Sie sind bald wieder draußen«, rief ich. »Ich besorge Ihnen einen Anwalt.«

Sie nickte und die Schiebetüren des Transporters schlossen sich.

»Übertreiben Sie nicht ein bisschen?«, fragte ich. Im Augenwinkel sah ich Kevin bei der Arbeit.

»Sie sind ja auch noch da, Frau Grappa. Möchten Sie der Dame im rosa Kittel folgen oder gehen Sie freiwillig?«

»Wir beugen uns der Exekutive – aber unter Protest.«

»Alles klar. Da schlag ich mir ein Ei drauf.«

»Dann passen Sie mal auf, dass es nicht eins von den Ihren ist«, riet ich ihm.

»Geile Geschichte«, freute ich mich, als sich unser Wagen in Bewegung setzte.

»Klar, nur leider ohne Fotos«, seufzte Wayne. »Der Trick mit dem Chip-Austausch funktioniert nicht mehr. Wir müssen uns was Neues einfallen lassen.«

»Hab ich schon.«

»Echt?«

Ich informierte ihn.

»Und du glaubst, dass der Praktikant das hinbekommt?«

»Ich denke schon.«

»Grappa! Der heißt *Kevin!*«

Immer wieder mittwochs

Die Fotos waren bereits auf dem Rechner. Kevin hatte alles richtig gemacht.

»Pitbull wird toben«, freute ich mich.

»Er ist gut getroffen«, sagte Wayne. »Erinnert mich an diese Zeichentrickfigur Hulk. Und Doreen sieht aus wie die typische Nordstadttussi auf Speed.«

»Du hast Besuch, Grappa!«, rief Susi quer durch den Raum. »Der junge Mann hier. Er sagt, du schuldest ihm was.«

Kevin war gekommen, um zu kassieren. Ich schaute in mein Portemonnaie – es waren nur fünfzig Euro drin.

»Hast du mal einen Fünfziger?«, fragte ich Wayne.

»Und? Alles angekommen?«, fragte der Nachwuchsgroomer.

»Ja. Hast du prima gemacht.«

Ich nahm Waynes Schein und gab ihm das Honorar. »Wenn du es satt hast, die Viecher zu bespaßen, kannst du bei uns ein Praktikum machen.«

Er steckte die Kohle ein, tippte sich an die Stirn und trollte sich.

»Du hast fünfzig Zeilen«, informierte mich Sarah. »Wenn du mehr brauchst, sag Bärchen Bescheid. Dann kriegst du mehr.«

Ich verzog mich vor meinen Rechner und rief zuerst einen mir bekannten Anwalt an. Er versprach, sich um die Freilassung von Doreen zu kümmern.

Neues im Schrott-Skandal: Hundesalon geschlossen – Geschäftsführerin festgenommen – Polizei behindert Pressefreiheit

Langsam kommen Details an den Tag, die man nicht wirklich wissen will: Im Hundesalon der ermordeten Marina Schrott sollen

jahrelang Kinderpornofilme der schlimmsten Art gedreht worden sein, in denen auch die behinderte Tochter der Toten zum Opfer wurde. Videos, die sich auf dem Laptop des erschossenen Lebensgefährten der Mutter, Jakobus H., befanden, beweisen, dass im Waschraum des Salons regelmäßig Dreharbeiten stattfanden.
Doreen R., eine langjährige Mitarbeiterin der Toten, zeigte sich tief betroffen. »Wahrscheinlich kamen die immer mittwochs, wenn der Salon geschlossen war. Natürlich wusste niemand, was da wirklich geschah« – so äußerte sie sich gegenüber unserer Zeitung.
Die Polizei hat den Salon versiegelt und die neue Geschäftsführerin Doreen R. wegen Beamtenbeleidigung und Verdunkelungsgefahr festgenommen. Auch gegen das *Tageblatt* ging der Einsatzleiter, Hauptkommissar Peter Berger, vor: Er hat Fotos beschlagnahmt und die Pressefreiheit behindert.

Ich suchte drei Fotos aus: Doreen keifend zwischen zwei Polizisten, eine Totale vom Salon mit den Polizeiwagen und die verdatterten Groomer vor dem *Schrott-macht-flott*-Logo.

Bärchen las den Artikel gegen und muckste nicht. So lob ich mir mein Chefchen, dachte ich.

»Grappa?«

Das war Mäggi.

»Ich hab den Kurs gemacht im *Tempel der Weiblichkeit*.«

»Schön für dich«, brummte ich. »Und jetzt bist du wieder ganz Frau?«

»Weiß noch nicht. Ich muss das alles erst mal sacken lassen.«

»Viel Spaß dabei«, wünschte ich.

»Ich würde dir gern davon berichten.«

»Mach dir nicht die Mühe. Ich lese es nach, wenn du es geschrieben hast«, versprach ich.

»Ich bin so verwirrt«, gestand sie.

»Mensch, Mäggi! Hast du keinen Friseur, dem du das erzählen kannst?«

»Musst du immer so grob sein?«

»Ja.«

»Es ging um den unterdrückten Schoßraum«, machte sie weiter. »Seit vielen tausend Jahren ist der Schoß der Frau immer wieder verletzt worden. Deshalb hat sich dieser Raum verschlossen. Es ist den meisten Frauen nicht mehr bewusst, dass er der Ur-Ort des weiblichen Prinzips ist. Die Trainerin Alraune von Bessen ist eine sehr kompetente Frau, sie hat mir alles erklärt.«

Mir schossen Bilder ins Hirn: geile sabbernde Typen, die sich über Kinder hermachten und sie penetrierten. *Der Schoß als Ur-Ort des weiblichen Prinzips*. Die Wut, die mich packte, nahm mir den Atem. Ich brauchte ein paar Sekunden, um reagieren zu können.

»Mäggi, verschone mich mit der Unterleibspoesie gelangweilter Vorstadtweiber.«

Am Abend rief mich Doreen an. Sie war wieder auf freiem Fuß, aber völlig durcheinander.

»Die glauben mir nicht, dass ich nix gemerkt hab«, klagte sie.

»Kann ich gut verstehen«, entgegnete ich. »Aber das ist deutsche Tradition.«

»Wieso?«

»Nach dem Krieg behaupteten die meisten Deutschen, dass sie nichts über die Konzentrationslager gewusst haben, in denen Millionen von Menschen ermordet wurden.«

»Ich hab wirklich nichts mitbekommen. Und ich lüge nicht.«

Treffen am Phoenix-See

Kleist informierte mich am Morgen, dass der mutmaßliche Mörder von Jakobus Hiller in der Nacht gefasst werden konnte. Der Staatsanwalt der Interpol-Sonderkommission hatte ein Mitglied des Pornorings, einen Richter im Ruhestand, mehrere Stunden lang vernommen und ihm für seine umfassende Aussage die Abmilderung seiner Strafe in Aussicht gestellt.

»Die Kollegen haben den Täter in seiner Wohnung festgenommen und die Mordwaffe sichergestellt.«

»War es ein Auftragskiller?«, fragte ich.

»Ein Mitglied, das fürs Grobe zuständig war. Am Mittag geht eine Pressemitteilung an die Agenturen.«

»Du weißt aber gut Bescheid in dieser Sache. Wie kommt's?«, fragte ich.

»Ich behandele den Fall in meinen Vorlesungen«, erklärte er. »Internationale Ermittlungen und Zusammenarbeit mit ausländischen Behörden. Interpol hat eine *green notice* ausgelöst und wir haben uns drangehängt.«

»*Green notice?*«

»Das ist ein Suchauftrag. Er wird an die Mitgliedsstaaten von Interpol weitergeleitet. Die Suchauftragsarten sind in sieben Kategorien aufgeteilt und *green notice* ist eine davon. Es geht um Informationen über Personen, die Straftaten begehen und sie in anderen Ländern wiederholen. Wir können durch unsere Livekameras sogar an Vernehmungen teilnehmen und diese anschließend im Unterricht diskutieren.«

»Die Polizei ist ja moderner, als ich dachte«, meinte ich. »Habt ihr denn auch endlich eine Idee zum Mord an Marina Schrott? Frau Schmitz hat übrigens eine Theorie entwickelt, über die ich viel nachdenken muss.«

»Und die wäre?«

»Dass Venus ihre Mutter ertränkt hat. Ein oder mehrere Helfer hätten die Leiche anschließend im Hundetaxi zum Phoenix-See transportiert und dort versenkt.«

Kurze Pause. Dann sagte er: »Eine meiner Studentinnen hat die gleiche Theorie aufgestellt.«

»Interessant. Wie kommt sie darauf?«

»Es gab in den USA einen ähnlichen Fall. Ich schicke dir die Dokumentation als Mail.«

»Danke, ich muss jetzt in die Konferenz«, sagte ich. »Was kann ich von dem, was du mir erzählt hast, verwenden?«

»Nachdem DPA berichtet hat, kannst du loslegen.«

Meine Story vom geklärten Mordfall Hiller wurde als Aufmacher vorgesehen. Der Bericht der Deutschen Presseagentur kam gegen Mittag. Er war nicht so ausführlich wie Friedemann Kleists Informationen. Es wurde zum Beispiel nicht erwähnt, dass ausgerechnet die Aussage eines Richter a. D. zum Auftragskiller geführt hatte. Ich schrieb das natürlich – weil es die Wahrheit war.

Auch Pitbull Berger rührte sich. Im Hundesalon war ein Safe gefunden worden, der hinter einem Spiegel verborgen war. Die Polizei hatte ihn geöffnet.

Es befanden sich zahlreiche Psychopharmaka, unter ihnen sogenannte K.-o.-Tropfen, Schmerz- und Schlafmittel, in dem Safe. Außerdem wurden Sexspielzeuge, Videofilme, Fotos, Akten, Gleitmittel, Verbandsmaterial und Bargeld in erheblicher Höhe sichergestellt.

So stand es in der Pressemitteilung.

Kaum hatte ich die Homepage des *Tageblattes* mit den neuen Infos gefüttert, meldete sich Doreen Raupenstrauch auf meinem Handy.

»Ich muss die Venus sehen und mich entschuldigen«, schniefte sie. »Ich fahr jetzt zu der Wohnung am Phoenix-See.« Sie war wild entschlossen. »Können Sie nicht mitkommen? Sie kennen die Leute besser als ich.«

Warum eigentlich nicht? Vielleicht gab die Situation eine emotionale Story her.

Gespräch unter vier Augen

Es ging aufs Wochenende zu und das Wetter war sonnig. Eine leichte Brise machte die Hitze erträglich. Doreen erwartete mich. Sie lehnte an ihrem alten Golf und qualmte eine Zigarette. Die Glassteine auf ihrem orangefarbenen T-Shirt glitzerten in der Sonne. Ihr Nabel lag frei, ein Piercing vollendete den Gesamteindruck.

»Die Schrotts erwarten uns«, informierte ich sie. »Ich habe uns angekündigt. Aber viel Zeit haben sie nicht.«

Wir schwebten nach oben. Engelbert Schrott öffnete uns die Tür. Im Flur stapelten sich Kartons. Aufbruchsstimmung.

Diana und Venus saßen auf dem Sofa. Sie waren sich noch ähnlicher geworden.

»Hey, Kleine!«, rief Doreen und näherte sich den beiden Frauen.

Venus lächelte.

Doreen platzierte sich neben sie und streichelte ihren Arm.

»Du sieht voll gut aus, Süße. Ich wollte dir Tschüss sagen und, dass es mir leidtut. Alles. Aber ich hab dich immer lieb gehabt, das musst du mir glauben. Und ich möchte dich sehr gern in Amerika besuchen, schon bald, wenn ich darf«, schluchzte Doreen und richtete ihren Blick auf Engelbert Schrott.

»Ich habe nichts dagegen«, warf dieser ein. »Aber denken Sie daran, dass Sie ein Visum brauchen. Am einfachsten ein ESTA-Visum. Das beantragen Sie ganz einfach elektronisch. Aber Ihr Pass muss in Ordnung sein und Ihre Fingerabdrücke enthalten. Zum Glück hatte Venus schon so einen. Sonst würden wir nicht so bald wegkommen.«

Venus nickte langsam.

»Darf ich mit der Venus allein sprechen?«

Engelbert und Diana Schrott sahen sich an.

»Wir gehen in die Loggia«, beantwortete Venus die Frage und erhob sich. Langsam schritten sie aus dem Raum. Wir sahen den beiden nach.

»Venus läuft bald, als wäre nichts gewesen«, stellte ich fest.

»Was will diese Frau von meiner Tochter?«, antwortete Schrott.

»Sie hat ein schlechtes Gewissen«, antwortete ich. »Venus soll ihr verzeihen, dass sie gegen Marina nichts unternommen hat.«

Ich stand am nächsten zur Loggia-Tür und hatte deshalb den besten Beobachtungsposten. Doreen sprach auf Venus ein. Ihre Körperhaltung war leicht gebeugt und ihrer Gesprächspartnerin zugewandt. Venus' Gesicht war voll in meinem Blick. Doreen zeigte mir leider nur ihr Profil.

Ich zog langsam – und hoffentlich von den anderen unbemerkt – mein Handy aus der Tasche, aktivierte die Videofunktion und richtete die Kamera auf Venus. Noch sagte sie nicht viel. Ab und zu nickte sie und sie lächelte einige Male. Doreen legte ihre Hand auf Venus' Kopf. Die pflückte die Hand weg und drückte sie nach unten.

»Was geht da vor?«, hörte ich Diana sagen.

Venus bewegte die Lippen und sprach. Ungefähr dreißig oder vierzig Sekunden. Doreen hatte den Kopf gesenkt und hörte zu.

»Ich unterbreche das jetzt«, kündigte der Vater an, eilte zur Glastür und schob sie auf. Ich ließ mein Handy in die Tasche zurückfallen.

»Wovor haben Sie Angst?«, fragte ich.

»Venus soll alles vergessen«, antwortete Diana. »Solche Gespräche wühlen sie auf. Einmal muss Schluss sein.«

»Was haben Sie Venus gesagt?«, fragte ich Doreen, als wir auf dem Parkplatz standen.

»Das wissen Sie doch. Ich hab sie um Verzeihung gebeten. Bald ist sie in Amerika. Wer weiß, ob ich sie je wiedersehe.«

Ich gab mich damit zufrieden und wir verabschiedeten uns voneinander. Zurück in der Redaktion, schaute ich mir meinen Handyfilm an. Er brachte mich nicht weiter, denn ich konnte nicht von den Lippen lesen.

Mir kam eine Idee und ich rief Simon Harras an. »Du kennst doch diesen Logopäden, der bei den Fußballspielen immer von den Lippen der Spieler liest. Kannst du mir den herschaffen?«

Er versprach, sich zu kümmern.

Dee Dee Wanted Her Daughter To Be Sick, Gypsy Wanted Her Mom To Be Murdered – das war die Überschrift des Artikels, den mir Kleist geschickt hatte und der den Mord in den USA zum Gegenstand hatte.

Dee Dee wollte, dass ihre Tochter krank ist, Gypsy wollte, dass ihre Mutter ermordet wird.

Der Fall hatte es in sich. Dee Dee Blancharde hatte an dem Münchhausen-Stellvertreter-Syndrom gelitten und ihre Tochter zwanzig Jahre lang langsam vergiftet. Das Kind hatte wochenlang künstlich beatmet werden müssen und war mehrfach ins Koma gefallen. Die Ärzte stellten Chromosomdefekte, Muskeldystrophie, Epilepsie, schweres Asthma, Schlafapnoe, Augenprobleme und eine geistige Behinderung fest.

Eines Tages wurde die Mutter ermordet aufgefunden. Nach langwierigen Ermittlungen erkannte man, dass Gypsy überhaupt nicht krank war, und stieß auf einen ihrer Freunde. In einem monatelangen Mordprozess gestand Gypsy, ihren Freund Nicholas Godejohn angestiftet zu haben, die Mutter zu erstechen. Sie hatte sich während der Tat im Nebenzimmer aufgehalten und alles mitbekommen. Das Urteil der Richter lautete auf zehn Jahre Gefängnis. Der Prozess gegen den Freund wegen Mordes ersten Grades wurde abgetrennt.

Im Prozess sagte Gypsy Blancharde wörtlich: »Es machte mich fertig, dass keiner der vielen Ärzte festgestellt hat, dass ich völlig gesund war. Ich fühle mich jetzt wie aus einem Gefängnis befreit, befreiter als ich es je zu Hause bei meiner Mutter war.«

Eine wahrhaft gruselige Geschichte. Aber war hier in Bierstadt tatsächlich etwas Ähnliches passiert?

Bärchen störte mich beim Nachdenken. Er hatte sich mal wieder angeschlichen.

»Was hat das mit den hundert Euro in deiner Spesenabrechnung auf sich?«, fragte er.

»Honorar für einen Fotografen namens Kevin«, erklärte ich.

»Heißt unser Fotograf nicht Wayne?«

»Ja, aber die Bullen hatten ihm den Chip abgenommen. Und da hat Kevin geholfen.«

»Du musst langsam auf deine Ausgaben achten«, ermahnte er mich. »Ich unterschreibe das jetzt ausnahmsweise, aber beim nächsten Mal kontaktierst du mich gefälligst, bevor du mit dem Geld um dich wirfst. Und jetzt wünsche ich dir ein schönes Wochenende.«

»Du mich auch«, entgegnete ich.

Befreiung durch Mord

Am Samstag kehrte ich wieder bei Frau Schmitz ein. Den Artikel über den Mordfall in den USA hatte ich in meiner Tasche. Ich erzählte der Bäckerin den Inhalt. Zu einer wörtlichen Übersetzung sah ich mich nicht in der Lage. Mein Englisch war ziemlich eingerostet.

Frau Schmitz zeigte sich besonders beeindruckt von der Verwandlung der Gypsy Blancharde, die sich von Foto zu Foto zu häuten schien wie eine Heuschrecke. Die ersten Bilder aus dem Kindesalter trieben einem fast die Tränen in die Augen: ein schiefhalsiges, zahnloses kleines Kind mit bombastischer Blondhaar-Perücke steckte in einem weißen Spitzenkleid und grinste in die Kamera.

Dann die Fotos zu Beginn des Prozesses: Gypsy mit kurzen dunklen Haaren in Gefängniskluft ohne Rollstuhl. Einige Monate später auf der Anklagebank: halblanges Haar, offenes Gesicht und ein hübsches Lächeln.

»Ich befürchte, dass du recht hast, Frau Schmitz«, sagte ich. »Venus Schrott könnte es so gemacht haben wie Gypsy Blancharde: Sie hat sich von ihrer teuflischen Mutter befreit.«

»Dann war das Notwehr«, entgegnete die Bäckerin. »Das kann kein Gericht bestrafen.«

»Leider doch. Gypsy hat zehn Jahre bekommen, ohne an ihre Mutter Hand anzulegen. Ihr Freund wird noch sehr viel härter bestraft werden.«

»Die Bullen müssen Venus den Mord aber erst mal beweisen«, sagte sie trotzig. »Dein Rührei wird kalt, Frau Grappa.«

Nachdenklich stocherte ich auf meinem Teller herum. Bisher war ich fest davon überzeugt gewesen, dass Mörder bestraft gehören – egal, welches Motiv sie hatten. Wenn jedoch eine jahrelang gequälte Familie den gewalttätigen Vater totschlägt, während er besoffen im Bett liegt, kommt bei mir so etwas wie Freude auf. Wenn ein Vater den Vergewaltiger und Mörder seiner kleinen Tochter abknallt, denke ich: Gut gemacht! Aber darf man das?

»Denk mal an was anderes, Frau Grappa«, sagte Anneliese Schmitz. »Sonst kriegste noch mehr Falten.«

»Noch mehr?« Ich machte ein erschrockenes Gesicht.

»Ich mein, dass du fertig aussiehst. Du solltest mal wieder in Urlaub fahren. Der Sommer ist doch noch lange nicht vorbei.«

Urlaub. Meer. Berge. Gutes Essen. Kultur. Südfrankreich. Provence. Nizza. Diese Begriffe erfrischten mein müdes Hirn. Dann fiel mir ein, was auf der Strandpromenade von Nizza passiert war. Das Paradies gibt es wohl nirgends.

»Vielleicht kann der Herr Doktor ja mit.«

Urlaub mit Kleist?

»Ich werde ihn fragen«, versprach ich. »Danke, Frau Schmitz. Du hast mich daran erinnert, dass das Leben schön sein kann.«

»Aber nur, wenn du es erkennen willst«, zwinkerte sie.

Wieder zu Hause schaute ich mir im Netz Ferienwohnungen in Südfrankreich an. Die bezahlbaren waren schlicht, abgewohnt und mindestens drei Kilometer vom Meer entfernt, die schönen Unterkünfte kosteten bis zu dreitausend Euro die Woche. Frustriert beendete ich die Urlaubsträume.

In meinem Garten hatte ich alles, was ich brauchte, sogar gutes Wetter.

In der Dämmerung scheuchten mich die Mücken vom Phoenix-See wieder ins Haus zurück. Mit Schrecken stellte ich fest, dass kein Wein mehr da war. Ab ins Auto zur Tanke. Müller-Thurgau im Tetrapack oder Winzerschoppen in der Zweiliter-Pulle? Ich kaufte den Schoppen. Irgendwann musste ich ja anfangen zu sparen. Warum nicht heute?

Mäggi doppelt und ein Frühstück zu dritt

Leider führte meine Weinauswahl zu einer unruhigen Nacht mit merkwürdigen Träumen:

Verleger Hans Damm taucht in der Redaktionskonferenz

auf – eine Frau im Schlepptau. Ihr Gesicht ist hinter einer Clownsmaske versteckt.

Damm sagt: Das ist eure neue Chefin. Sie fängt morgen an. Stellen Sie sich den Kollegen selbst vor, meine Liebe.

Sie sagt: Ich freue mich auf die neue Aufgabe. Mein Name ist Alraune von Bessen.

Ich muss lachen und frage: Was macht Ihr unterdrückter Schoßraum?

Sie nimmt die Maske ab und schreit: Beleidigen lasse ich mich hier nicht. Schon gar nicht von Ihnen.

Ich bin erstaunt, denn Alraune ist Mäggi. Lass den Mist, Mäggi, sage ich.

Wieso?, fragt Mäggi, die am Tisch sitzt.

Seht ihr denn nicht, dass die Frau nicht echt ist?, rufe ich.

Sei still, Grappa, bittet Wayne. Du drehst mal wieder völlig durch. Soll ich die Zwangsjacke holen?

Verzweiflung ergreift mich. Wieso sehe ich Mäggi in doppelter Ausführung? Ich muss das klären.

Wie alt sind Sie denn, frage ich die Frau, die sich als Alraune ausgibt.

Schneiden Sie mir doch ein Bein ab und zählen Sie die Ringe.

Grappa kann kein Blut sehen, sagt Bärchen. Deshalb ist sie für den Job nicht mehr geeignet. Es sei denn, du beweist es uns. Nimm dieses Schwert.

Nein, schreie ich, ihr seid ja alle irre.

Dann mach ich es, sagt Susi und erhebt sich. Sie ergreift das Schwert und schwenkt es über ihrem Kopf. Es verfehlt mich knapp …

Schweißgebadet wachte ich auf. Nie wieder Winzerschoppen, schwor ich.

Zwei Espressi, drei Glas Wasser und eine Aspirin sorgten für einen einigermaßen aufrechten Gang. Zum Glück war

Sonntag. Ich öffnete die Tür zum Garten. Die Kirchenglocken, die sonst dezent-harmonisch bimmelten, knallten mit voller Wucht in meine Kopfschmerzen. Jetzt klingelte auch noch mein Handy. Halb blind tastete ich den Küchentisch ab, fand es, doch es war schon zu spät, der Anrufer hatte nicht durchgehalten. Ich entdeckte Waynes Nummer. Keine Nachricht auf der Mailbox. Sollte ich ihn zurückrufen? Vielleicht hatte er sich nur vertippt. Seit dem Streit über meine Mitteilungsfreude war unsere Freundschaft abgekühlt. Egal. Mehr als mich anblaffen konnte er nicht.

»Wayne?«

»Hier ist Perihan. Wayne ist unter der Dusche.«

Ups. Ich verkniff mir die naheliegende Frage.

»Er hat mich eben angerufen«, sagte ich. »Weißt du, was er wollte?«

»Wir wollten zu dir zum Frühstück kommen – mit frischen Brötchen natürlich.«

»Das hört sich gut an. In einer halben Stunde? Ich bin noch nicht ganz wach.«

»Ich sag's ihm.«

Ich sah die beiden durchs Fenster und wusste: Alles war gut. Hand in Hand schlenderten sie auf mein Haus zu, lachten sich an und sie legte ihren Kopf auf seine Schulter. Bloß nicht rührselig werden, Grappa, ermahnte ich mich.

»Sieh an!«, begrüßte ich Wayne und Perihan.

»Was guckst du?«, grinste er und reichte mir die Brötchentüte.

Sie gingen voraus in die Küche. Der Kaffee duftete und die Eier warteten darauf, in die Pfanne geschlagen zu werden.

»Ich sag's lieber gleich, Grappa«, sagte Wayne. »Ich war stinkwütend auf dich, aber jetzt entschuldige ich mich.«

»Aha, und warum hast du deine Meinung geändert?«

»Weil ich ihn besucht habe«, erklärte Perihan. »Ich konnte

ja nicht ahnen, dass er sich wirklich in mich verliebt hatte. Er sollte mir das selbst sagen und ich hab ihn gefragt.«

»Du bist ein tolles Mädchen. Da kann sich dieser alte Stoffel mal eine Scheibe von abschneiden.«

Ich schlug die Eierschalen am Pfannenrand entzwei und bugsierte das Innere ins Olivenöl.

»Gibt es schon Kaffee?«, lenkte Wayne ab.

»Weißt du nicht mehr, wo die Tassen stehen?«

Er holte sie.

»Und jetzt Frage Nummer eins.« Ich drehte das Spiegelei um. »Hattet ihr schon Sex?«

Wayne blickte erschrocken zu Perihan, doch die lächelte amüsiert. »Hatten wir, Grappa, und es war sehr schön.«

»Frage Nummer zwei: Seid ihr jetzt ein Paar?«

»Sind wir«, bestätigte sie.

»Frage Nummer drei: Heiratet ihr?«

»Erst leben wir mal zusammen, Grappa«, mischte sich Wayne in unser Frauengespräch ein. »Und dann sehen wir weiter. Bist du jetzt fertig mit deiner Vernehmung?«

»Ja, die Eier sind auch durch. Jedenfalls finde ich es gut, dass es mir gelungen ist, dich unter die Haube zu bringen. Bist ja nicht mehr taufrisch.«

»Du hast mich unter die Haube gebracht?«, protestierte er.

»Stimmt doch«, sprang mir Perihan bei. »Ohne Grappas schreckliche Indiskretion wären wir nicht noch einmal aufeinander zugegangen, Wayne.«

»Na siehste!« Ich schob Wayne ein Ei auf den Teller. »Nun iss, damit du groß und stark wirst und deine junge Frau auf allen Gebieten zufriedenstellen kannst. Falls du weißt, was ich meine.«

»Nein, Grappa, erklär's mir oder mal ein Bild«, frotzelte er.

»Ich brate dir zur Sicherheit noch ein zweites Ei.«

Seelenfeier, Jodtabletten, alte Klamotten

»Der Lippenleser kommt am Nachmittag«, informierte mich Simon Harras am Montagmorgen. »Er ist Lehrer an einer Gehörlosenschule und ziemlich gut. Bisher hat er immer richtiggelegen, wenn er beim Fußball von den Lippen der Spieler und Trainer abgelesen hat.«

»Will er Honorar?«

»Hat er nichts von gesagt.«

Prima, dann musste ich nicht bei Bärchen betteln.

Im Konferenzraum riss ich die Fenster auf und ließ den Mief vom Wochenende ins Freie. Mäggi kam zu mir und fragte mich nach meinem Befinden. Eine seltsame Frage, die sie vermutlich nur stellte, um über ihren eigenen Zustand zu reden.

Genauso war es. Sie hatte wieder eine Runde Weiblichkeitsseminar bei Alraune von Bessen besucht, ihre Schoßübungen intensiviert und einem Vortrag über die Vermännlichung der Frau gelauscht.

»Mäggi, du bist so unterhaltsam wie ein Glas abgelaufener Spreewaldgurken«, versuchte ich, sie zu stoppen. Leider vergeblich.

»Am Ende des Kurses tauschen wir uns in einem Romantikhotel in den Bergen auf einer Seelenfeier mit der Männergruppe aus«, berichtete sie.

»Früher hieß das Rudelbumsen«, stellte ich fest. »Aber Seelenfeier hört sich auch gut an.«

Der Raum füllte sich. Wayne tänzelte zu seinem Stuhl – die Lippen geschwollen und den Blick verwirrt-verträumt.

Verliebt sein ist wirklich eine Geisteskrankheit, seufzte ich innerlich. Aber vielleicht war ich auch nur neidisch.

»Guten Morgen, liebe Kolleginnen und Kollegen.« Chefchen hatte ebenfalls gute Laune. »Und schon starten wir in eine neue arbeitsreiche Woche. Wie immer haben wir einige Termine zu besetzen. Die Stadtverwaltung lädt zu einer Pressekonferenz ein. Es geht um den Kauf von Jodtabletten für einen möglichen Atomunfall. Immerhin befinden wir uns in Reichweite eines aktiven Atomkraftwerks. Lingen oder einer dieser Schrottbauten in Belgien.«

»So ein Quatsch«, meldete sich Simon Harras. »Die Pillen sollen die Schilddrüse schützen, damit sich kein radioaktives Jod ablagert. Dazu muss man aber ungefähr 1300 Tabletten schlucken. Und die anderen Organe sind damit noch lange nicht gerettet.«

»Da hat die Pharmaindustrie ihre Beziehungen spielen lassen«, bemerkte Mäggi. »Bombenprofit für die Strolche.«

»Fast fünfhunderttausend Tabletten allein für Bierstadt«, wusste Wayne. »Und nur für Bürger bis fünfundvierzig. Wer älter ist, kann sterben.«

»Dann guck ich in die Röhre«, stellte ich fest. »Die Politiker, die das beschließen, aber auch.«

»Seit wann produzieren wir Meinungsjournalismus?«, ging Bärchen dazwischen. »Wollen wir uns nicht zuerst sachlich informieren?«

»Dann gehen Sie doch selbst hin«, schlug Mäggi vor.

»Das werde ich auch«, antwortete er resigniert. »Die restlichen Termine habe ich per Mail verschickt. Und jetzt zur Ideenrunde. Ich höre.«

Simon Harras meldete sich brav.

»Ach, der Sport«, rief Biber aus. »Ein Thema, das uns allen gefällt.«

»Die Spielerfrauen misten ihre Kleiderschränke aus und verkaufen ihre ausgedienten Klamotten. Der Erlös geht an die Mitternachtsmission zur Bekämpfung der Kinderprostitution.«

»Millionärsgespielinnen spenden ihre abgelegten XS-Trachten? Wie zynisch ist das denn?«, fragte ich.

»Sieh dir das mal an, Grappa«, schlug Harras vor. »Vielleicht findest du was, das dir passt. Eine Handtasche oder so.«

»Oder einen Schal«, kicherte Bärchen.

»Schal ist gut, Bärchen«, antwortete ich. »Und für dich such ich ein paar Stilettos und einen sexy Stringtanga aus. Damit wirst du der Star auf der nächsten Schwulenfete.«

»Aber nur, wenn du mitkommst, Grappa«, lachte er.

Ups. Er konnte tatsächlich schlagfertig sein. Die allgemeine Stimmung verbesserte sich.

»Harras, du kriegst achtzig Zeilen ohne Fotos«, entschied Chefchen. »Wayne, kannst du ihn begleiten oder hat Grappa dich gebucht?«

Wer ist Mark?

Der Lippenableser zog sich mit dem Smartphone-Video in mein Einzelzimmer zurück. Dort hatte er seine Ruhe.

»Ich weiß nicht, ob ich Ihnen wirklich helfen kann«, sagte er. »Simon hat mir erzählt, dass die Person, die Sie interessiert, behindert ist. Dann artikuliert sie womöglich nicht korrekt und es wird schwierig. Ich werde aber mein Bestes geben.«

»Versuchen Sie es. Würde Ihnen eine Tasse Kaffee dabei helfen?«

Er bejahte, und als ich ihm den Pott brachte, war er schon bei der Arbeit. Immer wieder spulte er den Film zurück, sah sich einzelne Bilder an und grübelte.

Ich ließ ihn allein.

»Da sitzt ein fremder Mann in deinem Büro«, informierte mich Sarah.

»Ich weiß.«

»Wer ist das denn?«

»Der Verleger hat ihn geschickt«, schwindelte ich. »Er ist von einer PC-Firma und frischt meinen Rechner auf.«

»Kann der auch mal zu mir rüberkommen?«

»Er putzt alles sauber. Dann werden deine Spiele gelöscht und in deine Chaträume kommst du auch nicht mehr.«

»Nee, dann soll er wegbleiben«, schmollte sie.

Eine halbe Stunde später präsentierte mir der Logopäde das Ergebnis.

»Ich hab es Ihnen aufgeschrieben. Person A ist die Frau rechts, Person B die Frau links. Bei B war es nahezu unmöglich, herauszufinden, was sie sagt, weil der Mund nur ab und an zu sehen ist – immer, wenn sie zur Seite schaut. Bei Person A war ich erfolgreicher, auch wenn die Artikulation durch die Behinderung ziemlich unsauber ist. Dafür ist das Tempo angenehm, weil langsamer. Hier, lesen Sie.«

Person A: *Ich werde nicht mehr lange hier sein. Dann ist alles schnell vergessen.*

Person B: *(unverständlich)*

Person A: *Wenn wir beide nichts sagen, kann uns nichts passieren.*

Person B: *(unverständlich)*

Person A: *Ich musste etwas tun. Sie wollte mich nicht gehen lassen.*

Person B: *Wie sieht Mark die Sache?*

Person A: *Nicht anders. Ich hab jetzt Geld und werde spenden.*

Person B: *Erpressung?*

Person A: *Nein, nein. Wir sind Freunde und das bleibt so. Das gilt auch für dich.*

Person B: *(unverständlich)*

Person A: *Wir müssen wieder rein, die werden ungeduldig. Also halt den Mund, dann wird alles gut.*

Ich war erstaunt, wie gut sich Venus ausdrücken konnte. Sie und Doreen hatten also ein Geheimnis. Und wer, zum Teufel, war Mark?

Was sollte ich mit den Informationen anfangen? Sie der Polizei übergeben? Mark ausfindig machen? Allein versuchen, dem Geheimnis auf die Spur zu kommen – und darüber schreiben, wenn ich es gelüftet hatte?

Es ging nicht anders: Ich drückte Kleists Nummer und wartete. Mailbox. Ich hinterließ eine Nachricht.

Wenn wir beide nichts sagen, kann uns nichts passieren – dieser Satz brannte sich in mein Hirn.

Waren Venus und Doreen die Mörderinnen von Marina Schrott? War der unbekannte Mark Zeuge oder Mittäter?

Ohne ein Konzept zu haben, rief ich Diana Schrott an.

»Was gibt es denn schon wieder?«

»Kennen Sie einen Mark? Er sagt, er sei ein Freund Ihrer Schwester.«

»Und?«

»Er bietet mir Informationen zum Tod Ihrer Mutter an«, log ich. »Könnten Sie Venus fragen, ob sie sich an ihn erinnert?«

»Ich denke nicht daran«, zickte Diana. »Und jetzt adieu, Frau Grappa. Die Flüge sind gebucht. Vielen Dank für alles. Ich hoffe trotzdem, dass wir uns nie wiedersehen.« Sie beendete das Gespräch.

Wenn Venus den Namen *Mark* mitbekommen hat, wird sie Doreen warnen, dachte ich. Und die könnte mich wiederum zu Mark führen.

Im Großraumbüro herrschte Stimmung. Simon und Wayne hatten den Besuch des Kleiderbasars der Spielerfrauen hinter sich gebracht. Susi, Stella und Sarah umringten die beiden und betrachteten die Fotoausbeute.

»Das ist die Ann-Kathrin Brömmel vom Götze«, wusste

Stella und deutete auf eine langhaarige Blondine mit Rehblick. »Die arbeitet als Model und Moderatorin.«

»Und das ist ihre Schwester?«, fragte ich und deutete auf eine langhaarige Blondine mit Rehblick.

»Grappa, du weißt aber auch gar nix«, entrüstete sich Sarah. »Das ist dem Reus seine, Scarlett Gartmann.«

»Und wer ist die?« Ich tippte auf eine langhaarige Blondine mit Rehblick.

»Christina Dirr, die Freundin von Matthias Ginter«, klärte mich Susi auf.

»Wie halten die Spieler die bloß auseinander?«, wunderte ich mich.

»Vielleicht haben die Mädels ein Tattoo mit ihrem Namen auf dem Hintern«, meinte Wayne.

»Wäre es nicht besser, Namen und Nummer des zugehörigen Spielers einzugravieren?«, machte Simon Harras einen praktischen Vorschlag.

»Ihr seid echt gemein. Immerhin sind rund sechstausend Euro zusammengekommen für die Rettung von Prostituierten«, verteidigte Sarah ihre Idole.

»In dem Gewerbe kennen sich die Damen ja bestens aus«, schob Harras nach.

»Wieso? Die haben doch bestimmt alle studiert, bevor sie Model, Moderatorin und Spielerfrau wurden«, sagte ich.

»Falsche Reihenfolge, Grappa.« Wayne konnte es nicht lassen.

»Grappa!«, schrie Stella durch den Raum. »Telefon für dich. Es ist dringend!« Sie hielt mir den Telefonhörer entgegen.

»Ich konnte dich auf deinem Handy nicht erreichen«, sagte Kleist. »Ist alles in Ordnung?«

»Nicht wirklich.« Es hörten zu viele Ohren zu. »Ich ruf dich sofort zurück.« Ich spurtete in meine Einzelzelle.

Nach meinem Bericht über das geheime Gespräch zwischen Doreen und Venus wurde Kleist ernst.

»Willst du die Wahrheit um deiner selbst willen herausbekommen oder möchtest du, dass der Mörder oder – wie es aussieht – die Mörderin bestraft wird?«

Ich konnte nicht antworten.

»Maria! Überleg dir, was du anrichtest, wenn Venus ihre Mutter getötet haben sollte. Die Justiz wird sie bestrafen wollen. Wie im Gypsy-Fall.«

»Ich kann nicht glauben, dass du als Polizist mir rätst, eine Mörderin davonkommen zu lassen«, sagte ich.

»Ich möchte nur, dass du dein Handeln überdenkst«, bat er.

»Danke für den Tipp. Ich denke ja sonst nie.«

»Sei nicht eingeschnappt.«

»Ich will einfach nur wissen, was in dieser Nacht passiert ist«, erklärte ich. »Ich bin kurz davor, das rauszukriegen.«

»Wenn du es weißt, hast du die Büchse der Pandora geöffnet«, warnte er.

Büchse der Pandora

Wann hat ein Mensch das Recht, sich gegen Unterdrückung und den Unterdrücker zu wehren? Meine Toleranzschwelle war da ziemlich niedrig. Wenn mich jemand angriff, schlug ich sofort zurück.

Aber hier lag die Sache anders. Ein Kind kann sich nicht dagegen wehren, wenn seine Mutter es jahrzehntelang systematisch vergiftet und damit zum Krüppel macht. Ein Kind liebt seine Mutter und weiß nichts von ihrer psychischen Deformation und ihrer abgrundtiefen Mitleidslosigkeit.

Ich grübelte mehrere Nachtstunden lang über die Büchse der Pandora, ihren Inhalt und was geschehen könnte, wenn die Wahrheit freigelassen würde.

Am Morgen fühlte ich mich wie gerädert, mein Kreislauf spielte verrückt. Ich meldete mich krank. Zehn Minuten später hatte ich Wayne an der Strippe.

»Was ist los?«

Ich schilderte mein Problem.

»Wir müssen uns Doreen vorknöpfen«, beschloss Wayne. »Danach können wir immer noch entscheiden, was wir mit den Infos anfangen.«

»Gut. Ich überleg mir ein Konzept.«

»Du und ein Konzept?«, lachte er. »Das geht schief. Deine Stärke ist die Improvisation.«

»Ich muss mich wieder hinlegen«, sagte ich. »Im Halbschlaf kommen mir immer die besten Ideen.«

Ich stellte alle Telefone ab, warf eine Pille ein und zog die Decke über den Kopf.

Doreen machte es mir einfach. Sie drückte meine Türklingel und rief meinen Namen.

Ich kroch aus dem Bett. Es war fünf Uhr nachmittags.

»Ich hab Sie am Telefon nicht erreicht, Frau Grappa«, sagte die Groomerin atemlos.

»Ich bin krank und wollte meine Ruhe«, grummelte ich, noch halb verschlafen. »Was gibt es denn?«

»Die Diana hat mich angerufen und erzählt, dass Ihnen ein Mann namens Mark was zu dem Mord sagen will.«

»Und wenn es so wäre?«

»Dann lügen Sie.«

»Stimmt leider. Kommen Sie. Ich mach Kaffee. Auch einen?«

Sie bejahte und folgte mir. Während die Maschine arbeitete, schwiegen wir. Doreen war unentspannt. Ständig fummelte sie an den goldenen Knöpfen ihrer Handtasche herum, drehte und polierte sie. Auf ihren Fingernägeln glitzerten winzige rosa Herzchen.

Ich stellte die Kaffeebecher auf den Tisch und setzte

mich. »Und jetzt wollen Sie wissen, wie ich auf den Namen Mark komme, richtig?«, fragte ich.

»Genau.«

»Erinnern Sie sich an Ihr letztes Gespräch mit Venus? In der Loggia der Wohnung am See?«, kam ich zur Sache. »Ich habe eine Videoaufnahme davon gemacht und einen Experten engagiert, der von den Lippen lesen kann.«

Sie schwieg.

»Er hat aufgeschrieben, was er rausbekommen hat.« Ich holte das ausgedruckte Protokoll aus meiner Tasche und las vor: »*Wenn wir beide nichts sagen, kann uns nichts passieren. Ich musste etwas tun. Sie wollte mich nicht gehen lassen.* Das war Venus. Und Sie, Doreen, entgegnen: *Wie sieht Mark die Sache?* Wer also ist dieser Mark und was hat er mit all dem zu tun?«

»Ich kann nicht«, stieß sie hervor. »Ich hab es doch versprochen und ... die werden uns bestrafen, wenn alles rauskommt.«

»Welches Geheimnis habt ihr zwei? Was ist in der Mordnacht geschehen?«

»Und was passiert, wenn ich Ihnen alles erzähle? Gehen Sie dann zu den Bullen?«

»Das kommt drauf an«, antwortete ich.

»Auf was?«

»Wer Marina Schrott ertränkt hat und warum.«

»Gut. Aber Mark muss dabei sein. Es betrifft ihn auch.«

»Dann holen Sie ihn her.«

Sie ging auf die Terrasse und telefonierte.

Eine halbe Stunde später war er da. Ich hatte mit einem jungen Mann in den Zwanzigern gerechnet. Er war jedoch um die vierzig, kräftig, mit ein paar Pfunden zu viel. Sein angegrautes Haar war zu einem Knoten gebunden.

»Mark Niklas«, stellte er sich vor. »Ich war einige Monate

lang der Hauslehrer von Venus, bis mich Frau Schrott rausgeworfen hat. Das ist ungefähr zehn Jahre her.«

»Aus welchem Grund?«

»Ich hatte damals den Verdacht, dass sie Venus sinnlose und gefährliche Medikamente oder Drogen verabreichte. Als ich Frau Schrott damit konfrontierte und ihr sagte, dass ich sie anzeigen würde, drohte sie mir mit einer Verleumdungsklage und hetzte mir ihre Schläger auf den Hals.«

Er deutete auf eine Narbe, die quer über seine linke Wange lief.

»Haben Sie was von dem sexuellen Missbrauch mitbekommen? Den Filmaufnahmen im Salon?«, fragte ich.

»Ich habe von den Vorwürfen in der Zeitung gelesen, aber dazu kann ich nichts sagen. Der Unterricht fand zu Hause statt, meist unter Aufsicht. Die Mutter sorgte dafür, dass ich keine persönliche oder gar freundschaftliche Beziehung zu Venus aufbauen konnte.«

»Und wie kam der Kontakt jetzt wieder zustande?«

»Per Zufall. Ich habe in der Zeitung ein Foto von Frau Schrott und Venus gesehen. Ich war schockiert und mir war klar, dass die Schrott sie weiterhin vergiftete. Mein Gewissen meldete sich. Da ich inzwischen eine Internatsschule für Behinderte und Nichtbehinderte gegründet habe, die von Experten als vorbildlich in Sachen Inklusion bewertet wird, hatte ich die Idee, das Mädchen zu mir zu holen und in meiner Einrichtung zu fördern.«

Doreen meldete sich: »Der Mark kam in den Salon und hat mir einen Zettel für Venus gegeben. Sie war aber schon vom Behindertenfahrdienst nach Hause gebracht worden. Ich versprach, ihn anzurufen, wenn Marina sie das nächste Mal im Salon abladen würde.«

»Mein Angebot hat Venus sofort gefallen«, ergänzte Mark Niklas. »Sie traute sich aber nicht, mit ihrer Mutter darüber zu sprechen. Also wollte ich Frau Schrott den Vorschlag selbst machen. Dass dieser Tag mit ihrem Tod enden würde, daran hat niemand von uns gedacht.«

Mark Niklas zog einige Prospekte aus seiner Tasche. Sie informierten über das Internat. »Diese Sachen hatte ich an dem Tag auch dabei, ich war wirklich ernsthaft daran interessiert, Frau Schrott davon zu überzeugen, dass Venus bei mir gut aufgehoben sein würde. Ohne Streit, ohne Vorwürfe oder Schuldzuweisungen.«

Stattdessen war die Situation sofort eskaliert. Marina Schrott forderte ihn ultimativ auf zu verschwinden. Venus dagegen begehrte plötzlich auf und erklärte, dass sie ins Internat umziehen und dort bleiben wolle.

»Frau Schrott ließ mich überhaupt nicht mehr zu Wort kommen«, erinnerte er sich. »Drehte völlig durch.«

»Du warst echt cool«, vervollständigte Doreen. »Marina brüllte immer weiter und schrie, dass Venus ihre Tochter sei und ihr gehöre. Sie war kurz davor, Niklas eine zu scheuern. Dann hatte sie plötzlich eine Trimmschere in der Hand und ging auf ihn los. Ich wollte schon die Bullen rufen.«

»Ich verdrehte ihr den Arm um und sie ließ die Schere fallen«, sagte Niklas. »Dann wollte Venus ihre Mutter plötzlich unter vier Augen sprechen. Beide zogen sich in den Shampoonierraum zurück. Ich dachte, dass doch noch alles gut wird.«

»Ging das Geschrei drinnen weiter?«, fragte ich.

»Ich hab die Tür zugemacht. Sie ist schallgedämpft«, erläuterte Doreen. »Damit die Kunden ihre Tölen nicht jaulen hören, wenn wir sie dazwischen haben. Es war also mucksmäuschenstill. Richtig gruselig war das. Mark und ich setzten uns aufs Kundensofa und warteten.«

»Ich weiß nicht mehr, wie lange die beiden dadrin waren«, übernahm Niklas den Bericht. »Irgendwann ging die Tür auf und Venus erschien. Sie stand in der Tür, ohne Rollstuhl, guckte uns an und sagte leise: *Sie wollte mich nicht gehen lassen und jetzt ist sie tot. Es ist gut so.* Wir guckten nach und fanden Marina Schrott – mit Kopf und Oberkörper im Wasser des Hundewaschbeckens.«

»Hat Venus so viel Kraft? Unvorstellbar!«, zweifelte ich.

»Sie hat viele Jahre die Räder ihres Stuhls mit den Armen bewegt«, erklärte Doreen. »Deshalb hat sie ordentlich Muckis. Und sie muss trainiert haben, sonst hätte sie nicht gehen und stehen können.«

»Wieso war Wasser in dem Becken? Der Laden war doch schon zu«, fragte ich.

»Ich hatte Näpfe, Bürsten und Scheren und noch so Zeugs eingeweicht. Das machen wir einmal die Woche so, um die Sachen zu säubern.«

»Warum habt ihr nicht die Polizei geholt und die Wahrheit gesagt?«, fragte ich.

»Aus Angst. Venus sollte nicht in den Knast. Das hätte sie nicht überlebt. Sie hatte doch so schon ein schlimmes Leben.«

»Doreen! Wir leben doch nicht in einem Unrechtsstaat. Die Behörden hätten die richtige Entscheidung getroffen bis zum Prozess. Es gibt passende Einrichtungen für solche Fälle.«

»Das Mädchen hat so viel Angst gehabt. Da hab ich gedacht, dass wir das so regeln«, sagte Niklas leise.

Mark Niklas hatte Marina Schrotts Leiche in einem unbenutzten Spind im Personalumkleideraum verstaut. Doreen hatte dann das Wasser aus dem Becken abgelassen und aufgewischt.

Danach trocknete sie Venus ab, telefonierte mit dem Behindertenfahrdienst und ließ sie nach Hause bringen.

Mark und Doreen beschlossen, sich am nächsten Tag um alles zu kümmern und Venus nichts davon zu sagen. Bei Dunkelheit holten sie die Leiche aus dem Schrank, luden sie ins Hundetaxi und warfen den Körper in den See. Das war's.

Jetzt kannte ich die Wahrheit, aber ich wusste nichts mit ihr anzufangen. Ich schickte Mark und Doreen weg, ohne etwas zu versprechen.

Ein toter Hund als Lachnummer

Am nächsten Morgen informierte ich Kleist telefonisch.

»Ich habe die Büchse der Pandora geöffnet«, begann ich, »und jetzt fliegt mir der Inhalt um die Ohren.«

Er lachte. »Das war mir klar, dass du es nicht lassen kannst. Was ist passiert?«

Ich berichtete.

»Ein guter Anwalt und die beiden kommen mit neun bis zwölf Monaten wegen Strafvereitelung davon. Auf Bewährung«, sagte er. »Sie werden keinen einzigen Tag in Haft sitzen. Bei Venus sieht es etwas anders aus. Es gibt Rechtshilfeabkommen mit den USA, in denen auch Auslieferungen geregelt sind. Totschlag, Körperverletzung mit Todesfolge oder Mord – keine Ahnung, wie ein Staatsanwalt das sieht.«

»Mord kommt bestimmt nicht infrage«, sinnierte ich. »Venus hat nichts vorbereitet, hat die Wehrlosigkeit ihrer Mutter nicht ausgenutzt, sondern spontan gehandelt.«

»Ich bin sicher, dass ein Gericht das alles berücksichtigen wird – auch die jahrzehntelange schwere Körperverletzung durch die eigene Mutter und den sexuellen Missbrauch.«

»Was soll ich jetzt tun?«, fragte ich.

»Mit Klebow von der Staatsanwaltschaft sprechen«, empfahl Kleist. »Und nimm Doreen und den Hauslehrer gleich mit. Das macht gewöhnlich einen guten Eindruck.«

Wir beendeten das Gespräch. Kleists Rat gefiel mir gar nicht, zumal ich nicht wusste, ob Doreen und Mark Niklas mitspielen würden.

Ich machte mich ausgehfertig und verließ das Haus Richtung Bistro, um jemanden mit gesundem Menschenverstand zu treffen: Anneliese Schmitz.

»Frau Grappa! Wie isses?«

»Muss. Und selbst?«

»Muss. Frühstück?«

»Aber so was von.«

»Dann geh ma rein.«

Ich ging rein und setzte mich. Das Bistro war gut gefüllt. Schmitzens Luxusfrühstück war in der Gegend eine Institution geworden. Acht Euro für alles, was das Herz begehrte.

»Frau Grappa, du siehst aus wie ein Schluck Wasser in der Kurve.«

Ich ahnte, dass der Spruch nicht Gutes verhieß.

»Kaffee? Ich brauch Kaffee!«, flehte ich.

»Kommt!«

Ich zog die Zeitungen vom Nebentisch zu mir rüber. Sie waren schon reichlich zerfleddert. Ich blätterte sie durch, nichts Neues zum Mordfall Schrott oder zum Pornoring. Neue und vor allem belanglose Themen bestimmten die Schlagzeilen.

Mein Lieblingspolitiker Werner Buschbach hatte es wieder in die Zeitung geschafft.

CDU-Politiker im Urlaubstief –
Werner Buschbach stürzt in Gully

– titelte die Bild-Zeitung.

Er war auf der spanischen Insel Mallorca, um zu entspannen, fiel aber in der Nähe seines Hotels in einen Gullyschacht. Eigentlich wollte Buschbach mit Badehose, Schlappen und Handtuch ausgerüstet zum Meer spazieren. Dabei trat der beliebte Politiker auf einen losen Gullydeckel und fiel in den darunterliegenden Schacht. Ein spanischer Bauarbeiter und ein deutsches Ehepaar halfen ihm wieder heraus. Sogar Buschbachs Schlappen fischte der Spanier aus dem Loch. Im Hotel wurden die Schürfwunden an den Beinen des Politikers versorgt. Damit waren Baden und Sport erst einmal tabu. Buschbach wörtlich: »Zum Glück schaffte ich es noch zum Handy, um die Bild-Zeitung anzurufen.«

»Hier, Frau Grappa, lass es dir schmecken«, hörte ich Anneliese Schmitz sagen. »Und mach nicht so ein Schlechtwettergesicht.«

Sie schaute auf meine Lektüre. »Die Sache mit dem Buschbach ist doch lustig. Der hat sogar ein Foto von sich und dem Gullydeckel machen lassen. Der Mann denkt an alles.«

»Ein Foto von ihm im Schacht wäre spannender gewesen«, stimmte ich zu. »Vielleicht mit einer mallorquinischen Kanalratte im Toupet.«

»Und sonst?«

»Frau Schmitz, ich hab einen Mord geklärt und weiß nicht, was ich tun soll.«

Ich erzählte ihr die ganze Geschichte und sie hatte auch schnell einen Rat.

»Alles muss auf den Tisch. Und weißt du, warum? Weil es nicht gut ist, wenn jemand sein ganzes Leben so ein Geheimnis mit sich rumschleppt. Das macht einen krank in der Seele. Man wird Venus nicht hart bestrafen. Aber die Wahrheit muss raus, Frau Grappa. Was sagt denn der Herr Kleist dazu?«, fragte sie.

»Dass ich mit dem Staatsanwalt reden und alles auf den Tisch legen soll.«

»Na also. Dann mach das.«

Anwalt für Affenrecht

Erstaunlicherweise hatte ich wenig Mühe, Doreen und Mark Niklas zu überzeugen, eine Aussage zu machen. Staatsanwalt Klebow stimmte einem Treffen am Nachmittag zu und bat den Leiter der Mordkommission, Peter »Pitbull« Berger, mit zu dem Termin.

In der Redaktionskonferenz kündigte ich eine Überraschung für die nächste Ausgabe des *Tageblattes* an. Mehr verriet ich nicht, falls die Nummer schiefging.

Bärchen startete die Ideenrunde und fing prompt bei Wurbelchen an.

Die legte ihre Brille ab, zog ein buntes Etui aus ihrer Handtasche und setzte eine neue, supercoole Sehhilfe auf die Nase: strassbesetzte Bügel, knallgrünes Gestell, ganz schmal und die Gläser neonorange.

Chefchen starrte das Brillenungetüm an und meinte: »Aha, ich ahne es. Sie wollen etwas über die hässlichsten Trends der Brillenmode schreiben. Soll Herr Pöppelbaum ein Foto von Ihnen machen?«

»Immer mit der Ruhe, Herr Bärchen«, lächelte sie mitleidig. »Wir erwarten hohen Besuch. Sehr hohen Besuch!«

Die Kollegen hielten den Atem an.

»Hoffentlich meint sie nicht Alraune von Bessen«, raunte ich Pöppelbaum zu.

»Hä? Kenn ich nicht«, flüsterte er zurück.

»Will Bob Dylan seine Dankesrede für den Literaturnobelpreis auf den Stufen unseres Rathauses nachholen?«, fragte Biber.

»Nein. Steven Wise wird uns die Ehre erweisen.«

Gekicher kam auf und Blicke voller Unwissenheit zogen durch den Raum. Wer war Steven Wise?

»Ist schon klar, dass niemand von euch weiß, wer das ist.« Mäggi klang amüsiert.

»Ich könnte jetzt gut eine Prise Klartext vertragen«, grummelte Simon Harras. »Oder soll diese Veranstaltung zum Quiz mutieren?«

»Steven Wise ist ein amerikanischer Anwalt«, verriet Mäggi.

»Nun erzählen Sie schon, was dieser Mann Tolles angestellt hat, um als hoher Besuch zu gelten«, riss Bärchen die Gesprächsleitung wieder an sich.

»Na, gut.« Mäggi entfaltete zwei Blätter Notizen. »Dieser Anwalt hat es geschafft, das Recht auf Selbstbestimmung für nicht menschliche Lebensformen zu erstreiten.«

»Da findet er in Bierstadt eine Aufgabe bis zum Lebensende«, witzelte ich.

Mäggi warf mir durch ihre Mörderbrille einen warnenden Blick zu und machte unbeirrt weiter. »Wise ist Anwalt für Affenrecht. Er möchte den Tieren die gleichen Grundrechte wie Menschen geben.«

Simon Harras machte Affenschreie nach. Gelächter.

»Ich finde das prima«, sprang ich Mäggi bei. »Menschenaffen werden rechtlich als Sachen betrachtet. Der Mensch kann Affen in einen Käfig sperren, im Zirkus als lustige Tanznummer verkaufen oder er zwingt sie …«, ich sah Simon an, »… in einer Zeitungsredaktion Sportberichte zu schreiben.«

Gegröle.

»Es hat schon drei Prozesse gegeben«, erklärte Mäggi. »Der letzte war einigermaßen erfolgreich. Die Richterin stimmte in elf Punkten mit den Argumenten von Wise überein. In einem Vortrag in der Bürgerhalle des Rathauses wird Wise uns die Rechtslage erklären und das dürfte ja für unsere Leser von Interesse sein.«

»Na gut«, lenkte Bärchen ein. »Vierzig Zeilen und zwei Fotos. Wise und ein befreiter Affe. Und in der Bildzeile bitte erläutern, wer Affe und wer Anwalt ist.«

Festgetackerte Zeit

Wir trafen uns vor dem Eingang des Justizgebäudes. Mark Niklas brachte einen Rechtsbeistand mit. Diesem Mann gelang es sogar, Doreen zu beruhigen. Daraufhin beauftragte sie ihn, sie ebenfalls zu vertreten.

»Hoffentlich ist es bald vorbei«, wünschte Doreen auf dem Weg ins Haus.

Im Büro von Staatsanwalt Manfred Klebow wartete Pitbull Berger. Als er mich sah, verfinsterte sich seine Miene.

»Was macht die Presse hier?«, kam es prompt.

Auch Klebow war irritiert.

»Ich habe die beiden Zeugen dazu überredet auszusagen«, erklärte ich.

»Herr Niklas und Frau Raupenstrauch werden anwaltlich vertreten, oder irre ich mich?«, fragte Klebow.

Drei Minuten später stand ich vor der Tür. Jetzt hieß es warten.

Nach anderthalb Stunden traten die Versammelten endlich in den Flur. Doreen erschien als Erste, das Gesicht hellrot. Niklas und der Anwalt folgten. Die drei verzogen sich in den hinteren Teil des Flurs und berieten sich. Leider konnte ich nichts verstehen. Dann verabschiedete sich der Jurist und die beiden kamen auf mich zu.

»Na, wie war's?«, fragte ich.

»Es gibt einen Ortstermin«, berichtete Niklas. »Hauptkommissar Berger glaubt nicht, dass Venus ihre Mutter getötet hat. Er will das uns anhängen.«

»Der Kerl spinnt doch voll«, schimpfte Doreen. »Und er will, dass Venus dazukommt. Es war keine gute Idee, die Wahrheit zu sagen, Frau Grappa!«

Zurück in der Redaktion verlangte ich von Bärchen Biber vierzig Zeilen. Ich bekam sie, nachdem ich ihm versichert hatte, dass wir die Aussagen von Doreen und Niklas exklusiv hatten.

Leider nicht lange. Am späten Nachmittag wurde die gemeinsame Pressemitteilung von Polizei und Staatsanwaltschaft veröffentlicht. Darin wurden Doreen R. und Mark N. als Zeugen bezeichnet und nicht als Beschuldigte. Immerhin.

Fall Marina Schrott: Muttermord im Hundesalon?

Rund drei Wochen nach dem gewaltsamen Tod der 45-Jährigen haben sich zwei Zeugen bei der Staatsanwaltschaft gemeldet und eine überraschende Aussage gemacht. Sie wollen den Mord hautnah miterlebt haben. Außerdem gaben sie zu, die Leiche weggeschafft und im Phoenix-See versenkt zu haben. Als Täterin bezeichneten sie die behinderte Tochter des Opfers, Venus Schrott (21). Die junge Frau soll ihre Mutter nach einem heftigen Streit in einem Hundewaschbecken ertränkt haben. Ein Geständnis fehlt, die Beschuldigte befindet sich in den USA. Ein Auslieferungsbegehren soll eingeleitet werden. Die Ermittler haben einen Ortstermin anberaumt, um den genauen Ablauf der Tat zu rekonstruieren. Wir berichten weiter.

In einem Extrakasten erinnerte ich an die Vorwürfe gegen Marina Schrott: jahrelanges bewusstes Quälen ihrer Tochter, ihre Verwicklung in den Kinderpornoskandal und die vielen Lügen, mit denen sie sich in der Öffentlichkeit als Mutter Teresa dargestellt hatte.

Ich fuhr den PC runter. Feierabend. Auf meinem Handy hatte Friedemann Kleist eine SMS hinterlassen. Er hatte alles gelesen und beglückwünschte mich zu meinem Erfolg, Doreen und Niklas zu einer Aussage überredet zu haben.

Na toll. Leider hatte er ein persönliches Wort an mich vergessen.

Zu Hause lümmelte ich mich aufs Sofa und zappte durch die Programme.

Werner Buschbach war wieder allgegenwärtig. In einem Promimagazin im Privat-TV präsentierte er seine taufrische Uhrenkollektion: ein Armbandwecker in verschiedenen Farben, der – ohne irgendwelche Energie zu verbrauchen – die wichtigste Uhrzeit des Tages anzeigte: den Beginn des abendlichen Fernsehprogramms um 20.15 Uhr. Die Zeit war festgetackert. Das Ziffernblatt zierte das Antlitz des Medienstars, die gängigen Talkshows waren dort markiert.

Ich lachte los und wachte auf. Leider war es nur ein Traum gewesen. Jetzt aber ab ins Bett.

Das Nest wird ausgehoben

Im *Morgenmagazin* wurde eine Sensation gemeldet. Bei der Überprüfung eines Mitglieds des Pädophilenrings war der Polizei ein spektakulärer Erfolg gelungen. Ich stellte den Ton laut:

Bei Ermittlungen zu einem Kinderpornoring stießen BKA-Fahnder auf einen Mann, der ein altes Haus in eine Art Gefängnis verwandelt hat – vermutlich um seine pädophilen Neigungen dort ausleben zu können. Den Fahndern wurde schnell klar, dass es sich bei dem 35-Jährigen nicht nur um einen üblichen Kinderporno-Konsumenten handelt. In der Berliner Wohnung des Mannes fanden die Ermittler Sexpuppen aus Silikon, die fünf- bis sechsjährigen Mädchen nachempfunden waren, sowie Pornos und Werkzeuge zum Fesseln und Knebeln.
O-Ton Polizeipressesprecher: »Wir fanden Material, das darauf schließen lässt, dass der Besitzer besessen ist von der Vorstellung, kleine Mädchen zu entführen.«

Mitten in der Nacht stürmten die Ermittler das Grundstück und durchsuchten das Haus. Im Inneren des heruntergekommen wirkenden Gebäudes fanden die Ermittler Erschreckendes.
O-Ton Polizeipressesprecher: »So etwas hat keiner von uns je gesehen. Die Hausfenster waren nur Attrappen. Dahinter hatte er alles zugemauert und schalldichte Türen eingebaut.«
Außerdem stellten die Ermittler Fessel-Materialien und Kinderspielzeug sicher. Der Festgenommene gehörte zu einem Pädophilenring, der nach zwei Morden in Bierstadt (Nordrhein-Westfalen) gesprengt werden konnte.

Das lief doch prima. Das Nest wurde peu à peu ausgehoben, und zwar gründlich.

Ich duschte und machte mich fertig. Eigentlich war ich es schon – fertig.

Ich hatte keine Lust mehr auf diesen Sumpf. Keine Lust mehr auf den lächerlichen Schlagabtausch in den Redaktionskonferenzen. Auf Bärchen Bibers Schaulaufen oder Mäggis skurrile Themen. Mir war die Substanz in meinem Leben abhandengekommen. Für wen begab ich mich jeden Morgen in diesen Stall der Selbstdarsteller? Ich schrieb meine Artikel für Menschen, die mich nicht kannten und die ich nicht kannte und nicht kennenlernen wollte. Was war mit mir los? *Burn-out* oder nur das Alter?

Ich verschob die Antwort auf diese Frage und fuhr los.

Moderne Lesegewohnheiten

Verleger Hans Damm hatte um komplettes Erscheinen gebeten. Der Grund: Vorstellung der neuen Chefin. Bärchen blieb uns also in Zukunft erspart. Fast schade, wir hatten ihn inzwischen recht gut im Griff.

Damm rauschte in die Redaktionskonferenz – im Schlepptau eine jüngere Frau. Ich dachte an meinen Albtraum und musste lächeln. Wenn das jetzt Alraune von Bessen ist, drehe ich durch.

»Guten Tag, liebe Kolleginnen und Kollegen«, säuselte Damm. »Dies ist Ihre neue Redaktionsleiterin. Jutta Hold. Sie wird am nächsten Ersten anfangen. Erzählen Sie doch bitte etwas über sich, liebe Frau Hold.«

Ich musterte die Frau, die unter mir Chefin sein würde. Kein Püppchen und kein Dragoner. Eine kühle Erscheinung. Rappelkurzes weißblondes Haar, sonnenbankgebräunte Haut, athletische Figur. Das Alter war schlecht zu schätzen.

»Es freut mich sehr, dass ich schon heute die Gelegenheit habe, mal reinzuschnuppern.« Ihr Stimme ähnelte dem Gequäke von Heidi Klum. »Zu meiner beruflichen Vita: Ich habe in verschiedenen Medien gearbeitet, zuletzt in leitenden Positionen bei Gruner und Jahr, Springer und Bertelsmann. Die Herausforderung, das *Bierstädter Tageblatt* wieder auf Vordermann zu bringen und modernen Lesegewohnheiten anzupassen, hat mich gereizt und deshalb habe ich mich beworben.«

Moderne Lesegewohnheiten? Meinte sie die Abwesenheit von korrekter Rechtschreibung, mangelhafte Interpunktion und die Tendenz zu Drei-Wort-Sätzen wie *Isch geh Aldi*?

»In den Verlegerrichtlinien des Tageblattes steht, dass wir eine *Familienzeitung* sind. So weit, so gut – möchte man sagen. Ich finde allerdings: so weit und so veraltet.«

Ihr Tempo war rasant. Jetzt tastete sie sogar die heilige Tendenz der Zeitung an.

Ich sah mich in der Runde um. Verleger Damm hing an den Lippen seiner Favoritin und schien glücklich. Wayne hatte die linke Augenbraue bis zum Haaransatz hochgezogen. Mäggi schleuderte Blitze durch ihre grelle Designerbrille. Simon Harras drückte sich maliziös lächelnd in seinen

Stuhl, als wolle er Abstand nehmen von dieser Frau und den Sprüchen, die sie absonderte. Bärchen Biber saß so aufrecht, als habe er einen Stock verschluckt.

»Familienzeitung«, wiederholte Jutta Hold. »Gibt es diese Familie überhaupt noch? Vater, Mutter, zwei Kinder? Ja, die gibt es noch, aber die anderen Lebensmodelle holen auf. Patchworkfamilien, homosexuelle Partnerschaften, alleinerziehende Väter und Mütter, Wohngemeinschaften und – nicht zu vergessen – das Problem mit den Zuwanderern, das unsere Gesellschaft zu spalten scheint. Ich nenne nur exemplarisch Kinderehen, Polygamie, muslimisches Frauenbild. Insofern hat sich der Familienbegriff stark verändert, und dieser Veränderung müssen wir uns als modernes Printmedium stellen, wenn wir konkurrenzfähig bleiben wollen.«

»Und was haben wir bisher falsch gemacht?«, meldete ich mich zu Wort.

»Gehe ich recht in der Annahme, dass Sie die rührige Frau Grappa sind?«

Ich nickte.

»Danke für Ihre Frage«, lächelte Hold. »Wir müssen näher am Puls der Menschen sein, ihn spüren und darauf reagieren. So wie Sie das seit Jahren machen, Frau Kollegin. Spannende Geschichten mit Augenmaß, Mut und einer Prise Humor.«

Sie hat den Grundkurs *Mitarbeiterverarsche* erfolgreich absolviert, dachte ich. Zuerst die schwierigen und charakterlich Starken *positiv verstärken,* sprich: *zuschleimen*, damit sie sich gebauchpinselt und angenommen fühlen. Nicht mit mir, Jutta-Maus!, dachte ich grimmig.

»Ich habe das Produkt in den letzten drei Wochen analysiert«, sabbelte sie weiter. »Noch mal das Stichwort: am Puls der Menschen sein. Da gab es einen Artikel über einen durchgeknallten amerikanischen Künstler, der irgendwas mit

Schneewittchen gemacht hat … sein Name ist mir gerade entfallen …«

»McCarthy!«, rief Mäggi. Die Neongläser ihrer Brille begannen zu beschlagen.

»Ja, genau, so hieß dieser Verrückte«, nickte Hold. »Dieser Artikel war weit vom Puls des Lesers entfernt, es sei denn, der Ärger über dieses Thema hat ihn schneller schlagen lassen.«

Sie lachte über ihren gelungenen Joke.

»Und jüngst dieser Affenanwalt, der Schimpansen für bessere Menschen hält … Ein skurriles Thema zwar, aber für eine bürgerliche Tageszeitung vollkommen daneben.«

»Die beiden Themen habe ich bearbeitet«, krähte Mäggi mit rot geflecktem Dekolletee.

»Das ist mir schon klar, Frau Dr. Wurbel-Simonis«, meinte Hold kühl. »Deshalb spreche ich es ja an, wenn Sie dabei sind. Hintenrum liegt mir nicht.«

»Dann werden künftig Menschen, die keine massenkompatiblen Interessen haben, von uns nicht mehr wahrgenommen?«, fragte ich.

»So eng würde ich das nicht sehen, Frau Grappa – aber die Tendenz stimmt. Und jetzt möchte ich dem Tagesgeschäft nicht mehr im Wege stehen. Wir werden sicherlich noch Gelegenheit haben, uns auszutauschen. Ich freue mich auf eine gedeihliche und professionelle Arbeit mit Ihnen. Einen erfolgreichen Tag für Sie alle.«

Sie warf einen Blick auf den Verleger. Damm erhob sich sofort und beide verließen den Konferenzraum.

»Die war früher mal Domina im Puff«, sagte Harras. »Ich google das gleich mal.«

»Arrogante Pute.« Das war Mäggi.

»Das gibt ein Blutbad«, prophezeite Wayne.

»Aber dich kann sie leiden, Grappa«, tönte Sarah.

»Die tut nur so«, stellte ich klar.

»Vielleicht wird alles gar nicht so schlimm«, wiegelte Bärchen ab.

»Dich haben wir ja auch zurechtgestutzt, Chefchen«, nickte ich. »Aber die Hold ist ein anderes Kaliber als du.«

Ich schrieb einen Zweispalter zum geplanten Ortstermin. Danach versuchte ich, Diana Schrott auf dem Mobiltelefon zu erreichen. Eine Automatenstimme teilte mir mit, dass die Nummer nicht vergeben sei. Offensichtlich war die Familie Schrott jetzt wirklich weg. Aber was kümmerte mich das? Wenn Berger der Super-Polizist war, für den ihn jeder hielt, würde er die Familie schon finden.

Am Nachmittag meldete sich Kleist und teilte mir mit, dass er und einige seiner Studenten am Ortstermin in Sachen Schrott im Hundesalon teilnehmen würden. »Zu Studienzwecken«, behauptete er.

»Schön«, freute ich mich. »Wenn du nach dem Termin freihast, kochen wir was Schönes und du erzählst mir, was passiert ist. Denn ich darf als Vertreterin der Öffentlichkeit nicht an dem Termin teilnehmen, auch wenn ich ihn erst möglich gemacht habe. Dieser undankbare Pitbull will mich nicht dabeihaben.«

»Er kann nicht anders handeln«, verteidigte Kleist seinen Kollegen. »Er muss sich an die Vorschriften halten. Wäre es in Ordnung, wenn ich heute Abend schon bei dir auftauchen würde?«

Doreen macht schlapp

Am Abend hatten wir das Thema Schrott vermieden, doch am Morgen überschlugen sich die Ereignisse. Wayne hatte einen Tipp von einem Kontaktmann beim Rettungsdienst der Feuerwehr erhalten. Doreen Raupenstrauch hatte versucht, sich das Leben zu nehmen. Wir erhielten die Nachricht noch vor dem ersten Kaffee.

»Ich verstehe das nicht«, sagte ich. »Ich hab ihr doch genau erklärt, dass ihr nicht viel passieren kann. Warum macht sie das?«

»Weil sie überfordert ist«, antwortete Kleist.

»Kannst du rausbekommen, in welchem Krankenhaus sie liegt?«

Er griff zum Handy. Ich hüpfte unter die Dusche und hörte ihn telefonieren.

»Klinikum«, sagte er, als ich aus dem Bad kam. »Schlaftabletten, aber sie ist übern Berg. Der Ortstermin findet trotzdem statt. Ohne sie, aber mit Mark Niklas. Ich muss da jetzt hin. Ich melde mich, wenn's vorüber ist.«

Eine halbe Stunde später betrat ich Doreens Krankenzimmer. Die Blondine lag bleich in ihren Kissen und hing am Tropf.

»Doreen«, sagte ich leise und berührte sie am Arm.

Sie blinzelte und stöhnte.

»Warum haben Sie das getan?«

»Alles war falsch«, murmelte sie.

»Was war falsch?«

Sie antwortete nicht und drehte den Kopf zur Seite.

Die Pflegerin bat mich nach draußen. »Sie braucht Ruhe.«

Ich verließ die Klinik und fuhr zur Redaktion. Dort wartete Wayne, doch ich konnte ihm nicht viel berichten.

»Hast du eine Ahnung, warum?«, fragte er – sichtlich erschüttert.

»Ich bin schuld. Doreen ist sensibler, als ich dachte. Kleist hat mich gewarnt, die Büchse der Pandora zu öffnen, aber ich hab nicht auf ihn gehört. Wenn der Mord an Marina Schrott nicht geklärt worden wäre, hätte das niemandem geschadet. Meine Sucht nach der Wahrheit bringt nur Übles.«

»In der Büchse der Pandora blieb doch die Hoffnung zurück«, behauptete Wayne. »Oder hab ich da was Falsches gelesen?«

»Du hast nachgeguckt?«

Er grinste. »Nachdem du schon einige Male mit deinem Wissen geprotzt hast, Grappa, konnte ich mich doch nicht lumpen lassen. Pandora war genau so ein neugieriges Weib wie du. Wie konnte Zeus ihr eine Büchse schenken und ihr gleichzeitig verbieten, sie zu öffnen? Das bringt keine Frau fertig.«

»Die Mythologien wurden von Männern erfunden«, entgegnete ich. »Eva verführte Adam zum Apfelessen und beide flogen aus dem Paradies, Pandora brachte Laster, Übel und Schlechtes in die Welt ... Helena löste den Trojanischen Krieg aus ... Immer sind es die Frauen, die die Welt ins Unglück stürzen.«

»Vielleicht ist da ja was Wahres dran«, sinnierte Wayne. »Aber verzichten möchte kein Mann auf sie. Ich weiß das jetzt.«

»Dann läuft es gut zwischen euch?«, hakte ich nach.

»Wunderbar, Grappa«, schwärmte er leicht verlegen. Er schaute auf die Uhr. »Wir müssen.«

»Wir brauchen frische Fotos«, erklärte ich Chefchen kurz vor der Konferenz am Telefon. »Deshalb fahren Wayne und ich jetzt zum Ortstermin im Hundesalon.«

Er konnte nicht widersprechen, denn ich legte den Hörer auf.

»Genial gemacht«, meinte Wayne auf dem Flur. »Eine geschwänzte Konferenz ist eine gute Konferenz. Hoffentlich krieg ich ein paar brauchbare Bilder.«

Vor dem Salon parkten mehrere Polizeifahrzeuge und Kleists Wagen. Den Eingang bewachten zwei uniformierte Polizisten.

Wir stellten unser Auto ab und stiegen aus. Wayne umkreiste das Gebäude, an dem noch immer der Spruch *Schrott macht flott* angebracht war. Ich behielt die Eingangstür im Auge. Hoffentlich konnte Wayne Außenschüsse machen und einen Blick durchs Fenster des Shampoonierraums werfen.

Die Warterei ging mir auf den Geist. Kein Geräusch, keine Stimme, keine Bewegung drang nach draußen. Wayne kam schnell zurück – auch er war frustriert. Nach gefühlten drei Stunden öffnete sich die Tür. Ein paar junge Leute erschienen, gefolgt von Kleist. Er verabschiedete sich von seinen Studenten und kam zu uns. Wayne machte ein Foto nach dem anderen.

»Und? Wie war es?«, fragte ich Kleist.

Er konnte nicht antworten, denn Pitbull Berger stürzte aus dem Haus, sichtlich in Rage. Staatsanwalt Klebow redete auf ihn ein, doch der Hauptkommissar drehte sich weg, setzte sich in sein Auto und düste ab.

Mark Niklas wurde von Polizisten und zwei Frauen aus dem Salon begleitet. Als er mich sah, kam er zu uns.

»Was ist mit Doreen?«, fragte er.

»Machen Sie sich keine Sorgen«, beruhigte ich ihn. »Es geht ihr den Umständen entsprechend gut. Was ist da drinnen passiert?«

»Der Polizist wollte mich festnehmen wegen Mordes«, antwortete Niklas. »Aber der Staatsanwalt hat es verhindert. Ich weiß nicht mehr, woran ich bin. Wir haben doch nichts getan, wir haben Venus nur helfen wollen.«

»Berger bezweifelt, dass Venus die Kraft hatte, Frau Schrott unter Wasser zu drücken«, mischte sich Kleist ein. »Die Polizistin, die die Rolle von Venus spielte, hat es nicht geschafft und sie ist durchtrainiert. Also folgert Hauptkommissar Berger, dass Doreen Raupenstrauch und Herr Niklas die Frau ertränkt haben. Nur kann er es nicht bewiesen.«

»Darf ich ein Foto von Ihnen machen?«, fragte Wayne.

Niklas hatte nichts dagegen.

Kleist gab mir noch ein paar Infos für meinen Artikel und wir verabschiedeten uns. Aber nur bis zum Abend.

Überirdische Kräfte?

Ortstermin im Mordfall Schrott –

Eklat zwischen Polizei und Staatsanwalt

Ein Exklusivbericht von Maria Grappa

Kann eine schwer behinderte Frau einen Menschen in einem Hundewaschbecken ertränken? Diese Frage sollte auf einem Ortstermin beantwortet werden. Einer jungen Polizistin gelang es nicht, eine sich wehrende Frau hochzuheben und ins Wasser zu drücken. Erst als zwei weitere Polizisten ihr halfen, blieb das »Opfer« unter Wasser. Der Leiter der Mordkommission Peter Berger schließt daraus, dass die Aussagen von zwei Zeugen und Mitwissern falsch sein müssen – und forderte die Festnahme und einen Haftbefehl wegen Mordes. Er beschuldigte die Zeugen, aktiv am Tötungsvorgang beteiligt gewesen zu sein. Der zuständige Staatsanwalt kündigte vor Ort an, zunächst keinen Haftbefehl zu beantragen, weil gerichtsfeste Beweise fehlten.

Unsere Zeitung erfuhr exklusiv, dass die weibliche Zeugin, die mitgeholfen hat, die Leiche Marina Schrotts im Phoenix-See zu versenken, nach einem Selbstmordversuch in einer Klinik liegt. Es geht ihr den Umständen entsprechend gut.

Wir berichten weiter.

Garniert wurde der Bericht mit Waynes Fotos. Er hatte Berger gut getroffen. Mit verzerrtem Mund hatte er den Staatsanwalt angeschnauzt, als Wayne klick gemacht hatte. Solche Fotos liebten die Leser. Ich formulierte die Bildunterschrift: *Hauptkommissar Peter Berger, genannt Pitbull, macht seinem*

Spitznamen alle Ehre: Hier geigt er Staatsanwalt Klebow die Meinung.

Ich stellte den Artikel online und verließ das Haus.

Kleist hatte ein paar Häppchen vorbereitet und eine Flasche Wein kalt gestellt.

»Ich hab deinen Artikel bereits gelesen«, teilte er mir mit. »Kollege Berger wird sich freuen, dass du ein so vorteilhaftes Foto von ihm gebracht hast. Spätestens jetzt weiß er, wie sehr du ihn magst.«

»Stimmt. Ich bin immer wieder von seinem Charme betört.«

»Er hat bisher völlig korrekt und professionell gehandelt. Fragt sich nur, ob er Doreen und Niklas nachweisen kann, dass sie mehr gemacht haben, als die Leiche wegzuschaffen. Das dürfte schwierig werden – ohne Geständnis.«

Ich nahm einen Schluck Riesling. »Venus hat ordentlich Muskeln in den Armen vom jahrelangen Rollstuhlfahren. Und in ihr hatte sich jahrelange Wut aufgestaut. Da können Menschen überirdische Kräfte entwickeln.«

»Das ist auch das Argument von Mark Niklas. Er hat sich gut verkauft. Er blieb gelassen und hatte auf alle Fragen eine plausible Antwort.«

»Wie geht es jetzt weiter?«

»Ich denke, dass Kollege Berger die Auslieferung von Venus Schrott beantragen wird. Die Befragung von Doreen steht ja auch noch aus. Ihr Anwalt hat der Staatsanwaltschaft allerdings mitgeteilt, dass seine Mandantin schweigen wird – was ihr gutes Recht ist.«

Die Wahrheit ist weder gut noch schlecht

Kleist startete am frühen Morgen. Da ich schlecht geschlafen hatte und mir die Decke auf den Kopf fiel, verließ ich nach dem Abschied das Haus Richtung Bäckerei. Es war Samstag.

»Die Frau Grappa! Wie isses denn?«

»Muss. Und selbst?«

»Muss. Vor allen Dingen muss ich mit dir reden. Geh schon mal durch«, lächelte Frau Schmitz. »Ist nicht viel los heute. Kaffee?«

»Klar.«

»Ich sag der Donka Bescheid.«

Die Bäckereifachangestellte winkte mir zu. Frau Schmitz und ich setzten uns an einen Tisch.

»Ich hab sie als Geschäftsführerin angestellt«, erklärte die Bäckerin.

»Und du setzt dich endlich zur Ruhe?«, fragte ich.

»Fast. Nominell muss ich die Chefin bleiben. Ich hab eine Bäckerlehre, Donka nur eine Ausbildung zur Fachverkäuferin. Sie kann also die Verantwortung für die Qualität der Backwaren nicht übernehmen, so steht es im Gesetz.«

Donka brachte Kaffee und wir schwiegen einen Moment. Dann wechselte Frau Schmitz das Thema: »Und, Frau Grappa? Hatte ich recht oder hatte ich recht?«

»Womit?«

»Dass es die Venus war.«

»Ja, du warst die Erste, die auf die Idee gekommen ist«, nickte ich. »Aber Venus ist weg und hat kein Geständnis abgelegt. Und ich frage mich, ob es in diesem Fall nicht egal ist, wer Frau Schrott den Kopf unter Wasser gedrückt hat.«

»Die Wahrheit ist immer gut!«, rief sie aus.

»Das hab ich bisher auch immer so gesehen, doch es gibt keine gute und keine schlechte Wahrheit, sondern nur Wahrheit. Für wen die gut oder schlecht ist, hängt vom Standpunkt und von den jeweiligen Interessen ab.«

»Aber du als Journalistin, musst du nicht nach der Wahrheit suchen, Frau Grappa?«

»Heute werden Journalisten eher dazu angehalten, zu verschweigen und zu lügen. Damit der soziale Frieden nicht gefährdet wird und die Mächtigen weiterhin ihr politisches Süppchen kochen können«, seufzte ich.

»Und was machst du? Gehorchen?«

»Ich gehorche nicht gern. Eher versuche ich, mich durchzuschlängeln – ohne allzu viel auf die Mütze zu kriegen. Der Mythos, dass alles wahr ist, was in der Zeitung steht, ist eben nur ein Mythos.«

»Besonders die Horoskope«, grinste die Bäckerin. »Für heute hat man mir einen Lottogewinn angekündigt. Dabei spiel ich gar kein Lotto.«

»Ich muss los, Frau Schmitz. Einkaufen, Haare färben und – vielleicht – Wohnung putzen.«

In den nächsten Stunden erledigte ich fast alles. Statt zu putzen, ging ich allerdings in eine Lottoannahmestelle und füllte auf den Namen von Frau Schmitz einen Schein aus.

Abends fieberte ich weder der Helene-Fischer-Show noch dem schon oft gesendeten Schweden-Krimi, sondern den Lottozahlen entgegen. Tatsächlich hatte ich fünf richtige Zahlen angekreuzt. Die Gewinnquoten wurden erst später ermittelt, aber Frau Schmitz würde bestimmt bald um ein paar Tausender reicher sein.

Erster und zweiter Grad beim Morden

Schon in der Nacht hatte es heftig geregnet und am Morgen regnete es weiter. Ein Wetter, das zu meiner Stimmung passte. Die Tomaten in meinem Garten sahen traurig aus. Die Blätter waren an manchen Stellen bräunlich und die Früchte hatten Schimmelflecken.

Ich tapste in die Küche, bediente im Halbschlaf die Espressomaschine, verzog mich an meinen Rechner und informierte mich über das amerikanische Strafrecht. Mord war natürlich auch in den USA verboten, es wurde zwischen drei Arten der Tötung unterschieden. Da gab es den Mord ersten Grades, bei dem besondere Heimtücke oder Grausamkeit vorausgesetzt wurde. In manchen US-Staaten wurden die Täter hingerichtet, in anderen gab es lebenslänglich ohne die Chance auf vorzeitige Bewährung.

Mord zweiten Grades war eine vorsätzliche Tötung ohne Heimtücke. Lebenslang auch hier, aber mit Bewährungschance nach fünfzehn Jahren.

Als Totschlag galt eine Tötung im Affekt, wenn der Täter den Tod des Opfers nicht bewusst herbeiführte, sondern nur billigend in Kauf nahm. Da hing das Strafmaß vom Einzelfall ab.

Ich sah die Onlinezeitungen durch: Natürlich hatte die Konkurrenz die Infos zum Ortstermin veröffentlicht – basierend auf einer lakonischen Pressemitteilung der Staatsanwaltschaft.

Mein Telefon klingelte. Es war Wayne.

»Ich bin in der Klinik«, erklärte er. »Hier ist der Teufel los. Die Bullen wollen Doreen vernehmen und die Ärzte lassen das nicht zu. Pitbull droht mit Zwangsmaßnahmen. Können wir was machen?«

Ich überlegte fieberhaft. »Hol sie da raus! Sie soll sich selbst entlassen und du bringst sie zu mir. Nehmt einen der Hinterausgänge.«

»Ich versuch's«, versprach er.

Eine Stunde später parkte ein Krankentransporter der Johanniter vor meinem Haus ein. Zwei Sanitäter stützten Doreen, Wayne folgte. Ich riss die Tür auf.

»Geniale Idee«, lobte ich.

»Nicht von mir, sondern vom Chefarzt. Mit Tatütata ab

durch die Mitte. Und die Bullen stehen noch immer da und warten.«

»Hallo, Frau Grappa«, meldete sich Doreen.

»Doreen! Wie geht es Ihnen?«

»Ganz gut.«

Die Sanis brachten sie ins Haus und bugsierten sie aufs Sofa. Wayne begleitete die Männer zurück zum Fahrzeug.

Ich legte eine Decke über Doreens Körper.

»Alles wird gut«, versprach ich.

Sie lächelte mich an.

»Venus kommt mich holen«, flüsterte sie. »Dann kriegt mich keiner.«

Das hörte sich nicht gut an. Hatte der Selbstmordversuch bei ihr Halluzinationen verursacht?

»Ich mach uns mal einen Tee«, kündigte ich an. »Und dann reden wir.«

Wayne kam zu mir in die Küche. Ich suchte nach den Teebeuteln und stellte den Wasserkocher an. Er öffnete die Tür zum Garten. Es regnete immer noch, aber die Luft war mild.

»Sprich lieber allein mit ihr«, sagte Wayne. »Ich warte in der Laube. Kriegst du das mit dem Tee hin?«

»Ich strenge mich an.«

Er tippte an die Stirn und ging nach draußen.

Zurück zum Sofa. »Haben Sie in letzter Zeit mit Venus sprechen können?«, fragte ich.

Doreen bejahte.

»Haben Sie ihr erzählt, was hier passiert ist?«

»Das wusste sie doch. Ihre Artikel stehen ja im Internet, Frau Grappa. Sie weiß auch, dass sie angeklagt werden soll. Ihr Vater hat schon seinen Anwalt eingeschaltet.«

»Sie haben eben gesagt, dass Venus Sie holen kommt. Wie war das gemeint?«

»Ich werde die Salons verkaufen und in die USA gehen.

Der Herr Schrott hat mich eingeladen und das Visum habe ich auch schon.«

»Doreen, hören Sie mir genau zu.« Ich nahm ihre Hand. »Hat Venus ihre Mutter ganz allein umgebracht? Oder haben Sie ihr geholfen?«

Keine Antwort.

»Ich verspreche Ihnen, dass ich schweigen werde. Aber es wird Ihnen sehr viel besser gehen, wenn Sie die ganze Wahrheit sagen. Niemand zweifelt daran, dass Marina Schrott eine abgrundtief böse Frau war.«

»Na gut. An dem Abend waren Venus und Marina allein im Hundewaschraum. Es war nichts zu hören wegen der Schallabdichtung. Das machte mich nervös. Ich hatte Angst um Venus. Ich ging also zur Tür und riss sie auf.«

»Wo war Niklas?«

»Der blieb erst mal zurück. Ich sah Venus mit ihrer Mutter kämpfen, die schon halb im Wasser lag. Venus kreischte und schimpfte und schlug auf Marina ein. Ich rief, dass sie beide aufhören sollten. Aber das Theater ging weiter. Marina brüllte, dass sie mich fertig machen würde. Mark kam dazu und sie ging den auch noch an. Venus war noch immer am Durchdrehen, japste und bekam kaum noch Luft ... Ich dachte, sie stirbt. Marina befreite sich endgültig, packte Venus am Arm und versuchte, nun sie in das Becken zu stoßen. Aber Venus klammerte sich an den Rollstuhl. Ich bin dazwischengegangen und hab die Marina von hinten an den Beinen hochgehoben, sodass sie in der Luft waren – und dann hab ich sie ins Becken gekippt. Dabei ist Venus aus dem Rollstuhl gefallen. Sie lag auf dem Boden.«

Sie machte eine Pause und sah mich an.

»Weiter ...«, bat ich leise.

»Marinas Kopf war unter Wasser und sie kam da nicht mehr raus. Sie zappelte mit den Armen und strampelte mit den Beinen.«

»Sie haben Marina ertrinken lassen?«

»Ich hab ihren Kopf nach unten gedrückt, bis sie still war.«

Hallo, Wahrheit!, dachte ich.

»Ich bereue nix«, erzählte Doreen – sichtlich entspannt.

»Und Niklas?« fragte ich.

»Der hat sich um Venus gekümmert, die ja auf dem Boden lag. Als Mark wieder aufsah, war alles schon vorbei.«

»Sie sollten so schnell wie möglich in die USA fliegen«, schlug ich vor.

»Will ich ja«, sagte sie. »Ich muss aber erst nach Hause und meine Sachen holen.«

»Das lassen wir lieber. Vielleicht wartet dort schon die Polizei auf Sie. Dieser Pitbull wird nicht aufgeben. Er wird Sie finden, festnehmen und versuchen, Sie zu überführen. Haben Sie die neue Handynummer von den Schrotts?«

Sie gab mir ihr Handy. »Die letzte Nummer in der Anruferliste.«

Ich speicherte die Nummer auf meinem Handy ein und drückte sie.

Engelbert Schrott meldete sich.

Ich gab ihm ein paar Infos und kündigte Doreens Ankunft an. Die Daten über Doreens Flug würde ich ihm per SMS schicken.

Eilige Ausreise

Ich klapperte die Homepages der Fluglinien ab und fand einen Flug nach Chicago, der bereits am Abend ging. Nicht über den Bierstädter Airport, sondern ab Frankfurt.

Ich schickte Schrott die Daten, er revanchierte sich mit seiner Kreditkartennummer. Ich buchte den Flug und druckte das Ticket aus.

Wayne klopfte an die Tür und wollte wissen, was los sei.

»Doreen muss weg!«, erklärte ich. »Und zwar schon heute Abend. Hilfst du uns?«

»Wobei?«

»Bei ihrer Ausreise. Sie braucht ein paar Sachen aus ihrer Wohnung. Ich habe den Schlüssel. Du könntest Kleider, Toilettenartikel und so was einpacken und zu mir bringen. Lass dich aber nicht von den Bullen erwischen. Es könnte sein, dass ihre Bude beobachtet wird.«

Ich gab ihm den Schlüsselbund.

»Mensch, Grappa, du hältst einen ganz schön auf Trab«, stöhnte er. »Die Bullen kennen mich doch. Weißt du was? Ich bitte Perihan, in die Wohnung zu gehen. Die bringt niemand mit uns und Doreen in Verbindung.«

»Prima Idee«, lobte ich. »Sie soll ein Taxi rufen und die Sachen zu meinem Haus bringen lassen.«

»Raffinierter Plan, Grappa. Wenn du in Rente bist, solltest du Krimis schreiben.«

»Hab ich auch schon dran gedacht«, entgegnete ich. »Meine Heldin wird eine Journalistin sein – wie ich. Schön, intelligent und mutig.«

»Ist klar, Grappa«, grinste er. »Genau wie du.«

»Pass jetzt auf, was du sagst!«, warnte ich ihn.

Er rollte die Augen, verstaute Doreens Wohnungsschlüssel und verzog sich.

Ich auch allein

Ich mag es, wenn Fluchtpläne mit der Präzision eines Uhrwerkes umgesetzt werden. Perihan gelangte ohne Probleme in Doreens Wohnung und packte einen Koffer. Ein Taxi brachte ihn vorbei. Doreen entledigte sich ihrer Krankenhauskluft und kleidete sich an. Das blonde Haar versteckte sie unter einer schwarzen Baskenmütze, die ich ihr überließ.

Keine auffällige Schminke. Ihren Personalausweis und den Reisepass nebst Visum hatte sie zum Glück in ihrer Handtasche bei sich getragen.

In der Dämmerung fuhren wir los. Niemand folgte uns. Zwei Stunden bis Frankfurt. Wir kamen gut durch und leisteten uns eine Kaffeepause. Ich prüfte mein Handy. Ein Anruf: unbekannte Nummer. Eine Nachricht auf der Mailbox. Pitbull Berger bat um Rückruf. Du kannst mich mal, dachte ich.

Wir erreichten den Airport zeitig und ohne Probleme, stellten das Auto ab und betraten die Abfertigungshalle. Am Schalter der Fluglinie zeigte Doreen ihr Ticket, den Pass und das Visum. Alles prima. Ihr Koffer verschwand auf dem Laufband.

Wir setzten uns in die Wartehalle. Es war Zeit, Abschied zu nehmen.

»Danke für alles, Frau Grappa«, sagte Doreen. »Kommen Sie mich mal besuchen in Amerika?«

»Mal sehen. Es zieht mich nichts in dieses Land. Aber wir bleiben in Verbindung. Schicken Sie mir eine SMS, wenn Sie angekommen sind?«

Sie versprach es, stand auf, nahm ihre Handtasche und ging Richtung Sicherheitskontrolle.

Weit nach Mitternacht. Auf dem Weg nach Hause schaltete ich mein Handy wieder ein. Zwei weitere verpasste Anrufe. Kleist. Keine Nachrichten auf der Mailbox.

Im Bergischen Land regnete es wieder und ich baute fast einen Unfall, weil ich zu schnell fuhr. In einer Raststätte erholte ich mich von dem Schock. Ich war der einzige Gast um diese Uhrzeit. Gespenstisch. Hinter dem Tresen versuchte die dunkelhäutige Bedienung, die Bratensoße für das ungarische Gulasch lebendig zu halten, indem sie immer wieder darin rührte. Die Wurstscheiben auf den Brötchen bogen sich nach oben und die Salatblätter im *Gesundheitsbuffet* ließen die Mundwinkel hängen.

»Kaffee«, bat ich.

Die Frau sah mich mit müden Augen an, nickte und griff nach einer Thermoskanne.

»Frisch?«, fragte ich.

Sie verstand, stellte die Kanne zurück und befüllte die Maschine mit neuem Kaffee. Ich wartete.

Sie brachte zwei Tassen und setzte sich zu mir.

Draußen prasselte der Regen gegen die Glasfassade.

»Du auch allein?«, fragte sie.

»Ich auch allein«, sagte ich.

Und es war noch nicht mal gelogen.

Epilog

Zwei Monate später sprach niemand mehr über den Mord an Marina Schrott. Hauptkommissar Berger war es nicht gelungen, einen Haftbefehl gegen Doreen Raupenstrauch und Mark Niklas zu erwirken – die Beweislage war zu dünn. Niklas drohte lediglich ein kleines blaues Auge durch ein Strafvereitelungsverfahren.

Doreen und Venus lebten in den USA, ein Auslieferungsantrag wurde zwar gestellt, aber von den amerikanischen Behörden nicht bearbeitet. Doreens zehn Hundesalons in Bierstadt wurden verkauft, verpachtet oder aufgegeben.

In der USA-Boulevardpresse erzählten Diana und Venus ihre Geschichte. Der clevere Engelbert Schrott verkaufte die Filmrechte an Hollywood. Es wurde gemunkelt, dass Angelina Jolie die Rolle von Marina Schrott übernehmen würde, Tom Cruise war heißer Favorit für die Rolle als Jupp Hiller.

Wayne und Perihan blieben zusammen und planten eine

gemeinsame Zukunft. Es war schön, dass mein langjähriger Freund endlich seine Seelenverwandte gefunden hatte.

Anneliese Schmitz holte den Lottogewinn ab, den ihr das Horoskop in der Zeitung prophezeit hatte. Die achttausend Euro legte sie auf die hohe Kante für ihren baldigen Ruhestand, den sie angeblich kaum erwarten konnte und seit Jahren doch immer wieder hinausschob.

Leider nicht hinausgeschoben wurde der Dienstbeginn der neuen Chefin des *Bierstädter Tageblattes*. Jutta Hold übernahm die Redaktion. Aber das ist die nächste Geschichte – und das nächste Buch.

Mehr Grappa-Krimis von ...

Grappas Versuchung
ISBN 978-3-89425-034-8, eISBN 978-3-89425-980-8
1. Fall: Reporterin umkreist charmanten Bösewicht

Grappas Treibjagd
eISBN 978-3-89425-981-5
2. Fall: Wer ist der geheimnisvolle Onkel Herbert?

Grappa macht Theater
ISBN 978-3-89425-042-3, eISBN 978-3-89425-982-2
3. Fall: Geheimbund kontrolliert Kulturleben in Bierstadt

Grappa dreht durch
eISBN 978-3-89425-983-9
4. Fall: Nackte Tatsachen in einem Bierstädter Filmstudio

Grappa fängt Feuer
eISBN 978-3-89425-984-6
5. Fall: Eine Reisegruppe in Griechenland verliert ihre Teilnehmer ...

Grappa und der Wolf
eISBN 978-3-89425-985-3
6. Fall: Ein charmanter Auftragskiller und Plutoniumschmuggel

Killt Grappa!
eISBN 978-3-89425-986-0
7. Fall: Schönheitschirurgie und Satanismus

Grappa und die fantastischen Fünf
eISBN 978-3-89425-987-7
8. Fall: Toter Teppichhändler und tückische Erpresserbande

Grappa-Baby
ISBN 978-3-89425-207-6, eISBN 978-3-89425-988-4
9. Fall: Die menschliche Reproduktion zwischen Himmel und Hölle

Zu bunt für Grappa
eISBN 978-3-89425-989-1
10. Fall: Ein Toter im Melonenfeld und ein unbekannter van Gogh

Grappa und das große Rennen
eISBN 978-3-89425-990-7
11. Fall: Wer meuchelte die drei prominenten Sozis?

Flieg, Grappa, flieg!
ISBN 978-3-89425-256-4, eISBN 978-3-89425-991-4
12. Fall: Wilde Tiere, tote Callboys und aggressive Neonazis

Grappa und die acht Todsünden
ISBN 978-3-89425-267-0, eISBN 978-3-89425-992-1
13. Fall: Tödliches Festmahl für sieben Männer und Frauen

... Gabriella Wollenhaupt

Grappa im Netz
ISBN 978-3-89425-278-6, eISBN 978-3-89425-993-8
14. Fall: Der OB ist verschollen und untreue Ehemänner werden gemeuchelt

Grappa und der Tod aus Venedig
ISBN 978-3-89425-290-8, eISBN 978-3-89425-994-5
15. Fall: Grappa und ein Mörder auf den Spuren Thomas Manns

Rote Karte für Grappa
ISBN 978-3-89425-318-9, eISBN 978-3-89425-995-2
16. Fall: Wer killte den brasilianischen Stürmerstar Toninho?

Grappa und die Nackenbeißer
eISBN 978-3-89425-996-9
17. Fall: Die Welt der Kitschromane – da bleibt kein Auge trocken!

Es muss nicht immer Grappa sein
eISBN 978-3-89425-845-0
18. Fall: Eine zu früh verstorbene Rentnerin und 35 kg Kaviar

Grappas Gespür für Schnee
ISBN 978-3-89425-359-2, eISBN 978-3-89425-846-7
19. Fall: Wer bezahlt die Kokspartys im Bierstädter Rathaus?

Grappa und die keusche Braut
ISBN 978-3-89425-372-1, eISBN 978-3-89425-812-2
20. Fall: Amokläufer tötet eine ganze Klasse – die Lehrerin überlebt ...

Grappa und die Seelenfänger
ISBN 978-3-89425-385-1, eISBN 978-3-89425-850-4
21. Fall: Der Chef einer Castingshow wird erst entführt, dann erleuchtet

Grappa lässt die Puppen tanzen
ISBN 978-3-89425-395-0, eISBN 978-3-89425-861-0
22. Fall: Ein Karussell des Elends – von Plovdiv nach Bierstadt in den Tod

Grappa und die Toten vom See
ISBN 978-3-89425-418-6, eISBN 978-3-89425-886-3
23. Fall: Brauner Sumpf in Bierstadt – alte und neue Nazis

Grappa sieht rosa
ISBN 978-3-89425-436-0, eISBN 978-3-89425-155-0
24. Fall: Ein Coming-out mit fatalen Folgen

Grappa und die stille Glut
ISBN 978-3-89425-455-1, eISBN 978-3-89425-181-9
25. Fall: Eine Rentnerin stalkt Pfarrer – dann ist er tot

Grappa greift durch
ISBN 978-3-89425-468-1, eISBN 978-3-89425-196-3
26. Fall: Terror in Bierstadt: Wie viel Wahrheit verträgt die Öffentlichkeit?

grafit

Ist das das Aus für Klaus-Ulrich Mager?

Christiane Bogenstahl & Reinhard Junge

Datengrab

ISBN 978-3-89425-480-3
Auch als E-Book erhältlich

**Das legendäre Filmteam
PEGASUS
gerät unter Druck**

Für Kameramann Klaus-Ulrich Mager kommt es doppelt hart. Im ehemaligen Kleingarten seiner Eltern wird eine skelettierte Leiche gefunden und sein Vater ist der Hauptverdächtige. Das schädigt nicht nur den Ruf der Familie, sondern sorgt vor allem für Probleme im Job. Magers Mitarbeit beim Fernsehteam PEGASUS steht vor dem Aus.

Zeitgleich ermittelt Sohn Kalle mit Freundin und IT-Expertin Simone am Kopula-Institut der Uni Duisburg-Essen: Wo ist die Doktorandin Lea Bennsdorf? Schnell zeigt sich, dass an dem renommierten Institut nicht alles mit rechten Dingen zugeht. Beim Fleddern alter Datengräber schrecken Kalle und Simone einen mächtigen Gegner auf – und plötzlich müssen sie um ihr eigenes Leben bangen.

»Erzählt wird die Story auf schnelle, zupackende Art – herber Ruhrpottcharme, bissige Dialoge und jede Menge Lokalkolorit dürfen nicht fehlen.« *Jürgen Boebers-Süßmann, WAZ*

»Dass Ermittlungen im virtuellen Raum ebenso spannend sein können wie handfeste Recherche in den dunklen Ecken des Ruhrgebiets, beweist ›Datengrab‹ ... auf überzeugende Weise.«
Joachim Feldmann, culturmag

grafit

Klaus-Werner Lippermann hat's satt

Thomas Schweres

Die Abbieger

ISBN 978-3-89425-485-8
Auch als E-Book erhältlich

Stau, jeden Tag Stau: sinnlos vergeudete Lebenszeit ...

In den letzten vier Jahren hat er 209 Stunden im Stau gestanden – sinnlos vergeudete Lebens- und Leidenszeit. Gemeinsam mit einem Kumpel entführt Klaus-Werner Lippermann Dr. Rainer Weissfeldt, den Chef des Straßenbaubetriebs Straßen.NRW. Der soll am eigenen Leib erfahren, wie das ist, täglich über die A 40 zur Arbeit fahren zu müssen. Zugleich erhält die Polizei Post: Der TuS-V! (Tierfreunde und Staugegner – Vereinigt!) fordert Maßnahmen zur Verkehrsflussverbesserung, 55.000 Euro und die Aufklärung sogenannter Kaninchenmorde.

Kommissar Georg Schüppe ist ernsthaft besorgt um das Leben des Topmanagers, denn diese Entführer ticken offensichtlich nicht normal. Und mit jedem Tag wächst die Gefahr, dass die Öffentlichkeit von Weissfeldts Schicksal erfährt. Tatsächlich wird Reporter Tom Balzack bald misstrauisch, stolpert aber über eine ganz andere Leiche …

»Beste Krimisatire aus dem Ruhrgebiet, klug und saukomisch!«
Rolf Ständeke, Echo Nord

»Thomas Schweres erzählt flott, zeichnet durchgehend griffige Charaktere und macht nicht nur ganz nebenbei durch kluge Analysen auf den NRW–Stau–Wahnsinn aufmerksam. ... Lesenswert nicht nur für die Ruhris unter den Krimi-Freunden.«
Frank Becker, Musenblätter